民國文化與文學^{研究}文叢

十二編

李怡主編

第12冊

許廣平後半生年譜
——兼及魯迅的家人與友人等（1936～1968）（下）

莊園著

國家圖書館出版品預行編目資料

許廣平後半生年譜——兼及魯迅的家人與友人等（1936～
1968）（下）／莊園 著 -- 初版 -- 新北市：花木蘭文化事業有
限公司，2020〔民 109〕
目 2+212 面；19×26 公分
（民國文化與文學研究文叢 十二編；第 12 冊）
ISBN 978-986-518-247-2（精裝）
1. 許廣平 2. 年譜
820.9   109011002

特邀編委（以姓氏筆畫為序）：

丁 帆	王德威	宋如珊
岩佐昌暲	奚 密	張中良
張堂錡	張福貴	須文蔚
馮 鐵	劉秀美	

ISBN-978-986-518-247-2

9 789865 182472

民國文化與文學研究文叢
十二編　第十二冊　　　　　　　ISBN：978-986-518-247-2

許廣平後半生年譜
——兼及魯迅的家人與友人等（1936～1968）（下）

作　　者　莊園
主　　編　李怡
企　　劃　四川大學中國詩歌研究院
總 編 輯　杜潔祥
副總編輯　楊嘉樂
編　　輯　許郁翎、張雅淋　美術編輯　陳逸婷
出　　版　花木蘭文化事業有限公司
發 行 人　高小娟
聯絡地址　235 新北市中和區中安街七二號十三樓
　　　　　電話：02-2923-1455／傳真：02-2923-1452
網　　址　http://www.huamulan.tw 信箱 hml810518@gmail.com
印　　刷　普羅文化出版廣告事業
初　　版　2020 年 9 月
全書字數　346629 字
定　　價　十二編 14 冊（精裝）台幣 36,000 元

許廣平後半生年譜
——兼及魯迅的家人與友人等（1936～1968）（下）

莊園 著

目

次

1951 年

1 月 7 日，上海魯迅紀念館成立。〔註 1〕

1 月～6 月，唐弢在《文匯報》發表短評，大多是配合黨在各階段發出的號召，總共寫了 80 餘篇。〔註 2〕

1 月 28 日，許廣平參加首都各界婦女抗美援朝，反對美帝重新武裝日本愛國大會，為主席團成員，會後與四萬婦女一同示威遊行。〔註 3〕

1 月，許廣平親自到廣州約見許崇清。〔註 4〕

許崇清的兒子許錫揮在《民主促進會和我家兩代人》一文中寫道：

1951 年 1 月，民進中央常務理事會通過了《本會 1951 年發展與鞏固組織計劃綱要》，隨即在全國主要城市積極開展工作。民進是以教育工作者為主要吸收對象的組織，為了在廣州打來局面，迫切需要一位在教育界有威望的人發揮影響力。於是他們想到了許崇清這位老教育家。

民進中央領導人許廣平親到廣州約見我父親，他們會面的地點是財廳前的白宮酒店。父親和許廣平是堂兄妹，許廣平表示，和這樣親的兄長談組織問題，難以啟齒。民進廣州市的負責人陳秋安和范興登對她說：「您不必開口，坐著就可以了，一切由我們來講。」父親終於同意加入民進這個以教育

〔註 1〕唐金海、張曉雲主編《巴金年譜（上、下卷）》第 739 頁，四川文藝出版社 1989 年 10 月第 1 版第 1 次印刷。

〔註 2〕傅小北、楊幼生《唐弢年譜》，傅小北、楊幼生編《唐弢研究資料》第 438 頁。

〔註 3〕《許廣平活動簡表（1948 年 10 月至 1968 年 3 月）》，陳漱渝著《許廣平的一生》第 154 頁。

〔註 4〕許錫揮《民主促進會和我家兩代人》，許錫揮著《廣州伴我歷滄桑》第 140 頁，廣東人民出版社 2012 年 8 月第 1 版第 1 次印刷。

工作者為主體的黨派，並擔當重任。〔註5〕

1 月，馮雪峰著作《魯迅和他少年時代的朋友》由中國青年出版社出版。〔註6〕

1 月，春節快到了，蕭軍思念在北京的老婆孩子和十二年未見面的岳父岳母，決定到北京探親。說是探親，蕭軍是想調京工作，一去不返的。可是，東北局宣傳部說什麼也不同意他調北京。〔註7〕

到了北京之後，蕭軍經過再三考慮，決定不回東北了。然而東北方面就是不開供給關係，不開調轉介紹信，多次交涉也沒有結果。於是他在北京成了「黑人」，一個革命了多年但沒有工作的人，一個真正「坐」在家裏的作家。在沒有任何生活收入的情況下，他只能靠向親友借貸度日；沒有工作單位，只好在家從事寫作。他不氣餒，不灰心。〔註8〕

到北京不久，蕭軍就為東北「兩報之爭」事件，向中共中央遞交了一份彙報材料《批評與自我批評》，接著，他完成了《第三代》第八部的後半部。〔註9〕

2 月 5 日，胡風回到上海。〔註10〕

2 月，胡風在上海參觀訪問國棉九廠、十九廠、十廠、申新九廠等。〔註11〕

2 月 20 日，周建人兼任浙江省人民政府副主席。〔註12〕

2 月 25 日，胡風參加左聯五烈士死難二十週年紀念會並講話。〔註13〕

2 月，唐弢的短評集《上海新語》由上海《文匯報》館出版，共收短評 69 篇，時間是 1950 年 10 月到 12 月為止。〔註14〕

2 月，《文藝新地》創刊，唐弢任副主編，主編為馮雪峰，雪峰調北京後改為巴金當主編，出至八期。〔註15〕

〔註 5〕 許錫揮《民主促進會和我家兩代人》，許錫揮著《廣州伴我歷滄桑》第 140～ 141 頁。

〔註 6〕《馮雪峰大事年表》，孫琴安著《雪之歌──馮雪峰傳》第 332 頁。

〔註 7〕 王科、徐塞、張英偉著《蕭軍評傳》第 173 頁。

〔註 8〕 王科、徐塞、張英偉著《蕭軍評傳》第 174 頁。

〔註 9〕 王科、徐塞、張英偉著《蕭軍評傳》第 175 頁。

〔註10〕 曉風《胡風年表簡編》，《新文學史料》1986 年第 4 期第 182 頁。

〔註11〕 曉風《胡風年表簡編》，《新文學史料》1986 年第 4 期第 182 頁。

〔註12〕《周建人年譜簡編》，謝德銑著《周建人評傳》第 382 頁。

〔註13〕 曉風《胡風年表簡編》，《新文學史料》1986 年第 4 期第 182 頁。

〔註14〕 傅小北、楊幼生《唐弢年譜》，傅小北、楊幼生編《唐弢研究資料》第 438 頁。

〔註15〕 傅小北、楊幼生《唐弢年譜》，傅小北、楊幼生編《唐弢研究資料》第 438 頁。

2 月，曹靖華出席北京市各界人民代表會。〔註 16〕

3～5 月，馮雪峰任人民文學出版社社長兼總編輯，並赴北京定居。〔註 17〕

3 月 15 日，胡風向上影演員們談創作問題。〔註 18〕

4 月 1 日，曹靖華介紹《〈油船德賓特號〉及其作者》在《人民文學》第三卷第六期發表。〔註 19〕

4、5 月間，《文藝報》第 4 卷第 1 期、第 2 期先後發表江華《建議教育界討論〈武訓傳〉》、賈霽《不足為訓的武訓》、楊耳《試談陶行知表揚「武訓精神」有無積極作用》、鄧友梅《關於武訓的一些材料》，開始批評《武訓傳》。〔註 20〕

4 月 8 日，胡風又為工人寫作講習班講話。〔註 21〕

4 月 17 日，胡風參觀上鋼三廠，訪問勞模阮開利、潘阿耀等。〔註 22〕

4 月 20 日，唐弢對《武訓傳》的批判寫了文章《缺乏政治敏銳和嚴肅性》。〔註 23〕

4 月 22 日，胡風到北京，仍住人民日報社。〔註 24〕

4 月 29 日，唐弢在上海人民大舞臺作演講《談〈水滸〉》，從《水滸》的社會影響與歷史背景、社會生活的真實反映、人物創造等方面進行了論述。〔註 25〕

4 月，徐懋庸的《亞洲的民族解放運動》由武漢中南人民出版社出版。〔註 26〕

5 月 1 日，曹靖華的論文《談蘇聯文學》刊發在《人民文學》第四卷第一期。〔註 27〕

〔註 16〕冷柯（執筆）、毛粹《曹靖華年譜》，《曹靖華研究專集》第 436 頁。
〔註 17〕《馮雪峰大事年表》，孫琴安著《雪之歌——馮雪峰傳》第 332 頁。
〔註 18〕曉風《胡風年表簡編》，《新文學史料》1986 年第 4 期第 182 頁。
〔註 19〕冷柯（執筆）、毛粹《曹靖華年譜》，《曹靖華研究專集》第 436 頁。
〔註 20〕羅銀勝著《周揚傳》第 180 頁。
〔註 21〕曉風《胡風年表簡編》，《新文學史料》1986 年第 4 期第 182 頁。
〔註 22〕曉風《胡風年表簡編》，《新文學史料》1986 年第 4 期第 182 頁。
〔註 23〕傅小北、楊幼生《唐弢年譜》，傅小北、楊幼生編《唐弢研究資料》第 438 頁。
〔註 24〕曉風《胡風年表簡編》，《新文學史料》1986 年第 4 期第 182 頁。
〔註 25〕傅小北、楊幼生《唐弢年譜》，傅小北、楊幼生編《唐弢研究資料》第 439 頁。
〔註 26〕《徐懋庸小傳》，《徐懋庸回憶錄》第 189 頁。
〔註 27〕冷柯（執筆）、毛粹《曹靖華年譜》，《曹靖華研究專集》第 436 頁。

5 月，曹靖華寫作《五四談翻譯》，刊於《翻譯通訊》第二卷第五期。〔註 28〕

5 月 6 日，許廣平在天津《進步日報》發表《悼念史沫萊特》一文。〔註 29〕

5 月 16 日，《人民日報》轉載材料時在按語中指出，《武訓傳》是「歌頌清朝末年的封建統治的擁護者武訓而誣衊農民革命鬥爭、污蔑中國歷史、污蔑中國民族的電影。

5 月 20 日，《人民日報》發表主要由毛澤東寫成的社論《應當重視電影〈武訓傳〉的討論》。於是從中央到地方的宣傳文化教育部門、大中小學校聞風而動，一場聲勢浩大的批判運動就此興起。〔註 30〕

毛澤東之所以發動批判武訓和《武訓傳》的運動，直接原因是這部影片存在著為執政黨難以容忍的政治意識問題。他的目的是要通過批判武訓和在《武訓傳》問題上暴露出來的思想觀點，向知識分子說明並使他們接受這樣一個觀點：中國革命的成功，中國社會的進步，決定性的因素是中國共產黨領導的農民革命，而不是知識分子在反動統治下進行的所謂「文化教育」。這個運動也有改造知識分子的用意，並實際地發展成為一場知識分子思想改造運動，但直接目的還是推動知識分子的政治認同。也就是說，如果把它看做一場知識分子思想改造運動，它的定位在政治的層面。〔註 31〕

幾乎是第一時間，文化部和《人民日報》社也聯合組成了「武訓歷史調查團」，在江青等人的帶領下，到武訓的老家山東進行了 20 多天的社會調查後，便在《人民日報》發表了《武訓歷史調查記》，給歷史人物武訓扣上了「大地主、大債主、大流氓」等三頂帽子。〔註 32〕

5 月 29 日，胡風參加政協全國委員會所組織的西南土地改革工作團第二團，到四川參加土改。同團的有馮白魯、謝韜、斐文中等。他坐火車、輪船先到重慶，被分到巴縣人和鎮。先到新民村（重點村），住了十五天，再到西山村，一直到工作完結。〔註 33〕

〔註 28〕冷柯（執筆）、毛粹《曹靖華年譜》，《曹靖華研究專集》第 436 頁。
〔註 29〕《許廣平活動簡表（1948 年 10 月至 1968 年 3 月）》，陳漱渝著《許廣平的一生》第 154 頁，天津人民出版社 1981 年 5 月第 1 版第 1 次印刷。
〔註 30〕羅銀勝著《周揚傳》第 180 頁。
〔註 31〕羅銀勝著《周揚傳》第 181 頁。
〔註 32〕羅銀勝著《周揚傳》第 182 頁。
〔註 33〕曉風《胡風年表簡編》，《新文學史料》1986 年第 4 期第 182 頁。

5 月，許廣平任中國民主促進會會刊《民進》編輯委員會委員。〔註 34〕

5 月，許廣平的《三屆二中全會以來》刊發在《民進》創刊號上。〔註 35〕

6 月 4 日，蕭軍開始寫作煤礦工人題材的長篇小說《五月的礦山》。〔註 36〕

6 月 5 日，唐弢寫了《在電影〈武訓傳〉的討論中》。〔註 37〕

6 月 18 日，曹靖華寫作《中國人民的偉大戰友——高爾基——高爾基逝世十五週年今年，為蘇聯〈真理報〉而寫》。〔註 38〕

6 月，抗美援朝開始。周建人為民進愛國武器捐獻委員會委員，後去朝鮮邊境調查美軍進行細菌戰罪行。〔註 39〕他作為生物學專家，曾率領一批專業工作者，前往東北等地。事後曾發表講話，證實美軍確實在中國邊境散佈細菌。他嚴厲譴責美軍違反國際法的基本準則，比之過去的德、日法西斯猶過之而無不及。他還就搞好愛國衛生工作、防止細菌感染和傳播發表意見。〔註 40〕

7 月 1 日，唐弢在《文藝新地》第一卷第六期發表《魯迅和武訓》。〔註 41〕

7 月，許廣平的《向共產黨學習》刊發在《民進》第 2 期。〔註 42〕

7 月，許廣平的專著《欣慰的紀念》由人民文學出版社出版。〔註 43〕

該書目錄如下：

序（雪峰）

研究魯迅文學遺產的幾個問題

魯迅先生的日記

略談魯迅先生的筆名

魯迅先生與女師大事件

魯迅和青年們

〔註34〕 《許廣平活動簡表（1948 年 10 月至 1968 年 3 月）》，陳漱渝著《許廣平的一生》第 154 頁。

〔註35〕 陳漱渝著《許廣平著述編目》，陳漱渝著《許廣平的一生》第 197 頁。

〔註36〕 王科、徐塞、張英偉著《蕭軍評傳》第 175 頁。

〔註37〕 傅小北、楊幼生《唐弢年譜》，傅小北、楊幼生編《唐弢研究資料》第 438 頁。

〔註38〕 冷柯（執筆）、毛粹《曹靖華年譜》，《曹靖華研究專集》第 436 頁。

〔註39〕 《周建人年譜簡編》，謝德銑著《周建人評傳》第 382 頁。

〔註40〕 謝德銑著《周建人評傳》第 208～209 頁。

〔註41〕 傅小北、楊幼生《唐弢年譜》，傅小北、楊幼生編《唐弢研究資料》第 438 頁。

〔註42〕 陳漱渝著《許廣平著述編目》，陳漱渝著《許廣平的一生》第 197 頁。

〔註43〕 《許廣平活動簡表（1948 年 10 月至 1968 年 3 月）》，陳漱渝著《許廣平的一生》第 154 頁。

魯迅先生的寫作生活

魯迅先生的日常生活

魯迅先生的娛樂

魯迅先生的香煙

魯迅先生的學習精神

魯迅先生與家庭

母親

魯迅先生與海嬰

忘記解

在欣慰下紀念

編後記（王士菁）

該書的插圖包括「魯迅先生的手跡」、「魯迅先生日常工作的書案」、「魯迅先生休息的藤躺椅」、「魯迅先生的母親」、「魯迅先生、景宋與海嬰」、「魯迅與海嬰」〔註44〕

7 月，曹靖華參加中央訪問團赴各地訪問。中央訪問團由中央內務部長謝覺哉率領，於 25 日啟程前往瑞金一帶，為期兩月。25 日晚由京出發，經天津、徐州、鄭州安抵漢口。〔註45〕

8 月，曹靖華赴瑞金，工作地區是贛南幾個縣，以瑞金為中心。〔註46〕

8 月 8 日，周揚在《人民日報》發表《反人民、反歷史的思想和反現實主義的藝術》一文，為批判武訓和《武訓傳》作了總結。他強調：「電影《武訓傳》污蔑了中國人民歷史的道路，宣傳了資產階級的反動思想，用改良主義來代替革命，用個人奮鬥來代替群眾鬥爭，用卑躬屈膝的投降主義來代替革命的英雄主義。電影中武訓的形象是醜惡的、虛偽的，在他身上反映了我國封建社會的黑暗和卑鄙，歌頌他就是歌頌黑暗和卑鄙，就是反人民、反愛國主義的。」〔註47〕

8 月 15 日，唐弢在《文藝新地》第一卷第七期發表《掃除主觀主義的作風》和《反對浪費》。〔註48〕

〔註44〕許廣平著《欣慰的紀念》，1951 年 7 月北京第 1 版，1953 年 8 月北京第 4 次印刷。

〔註45〕冷柯（執筆）、毛粹《曹靖華年譜》，《曹靖華研究專集》第 436 頁。

〔註46〕冷柯（執筆）、毛粹《曹靖華年譜》，《曹靖華研究專集》第 436 頁。

〔註47〕羅銀勝著《周揚傳》第 184 頁。

〔註48〕傅小北、楊幼生《唐弢年譜》，傅小北、楊幼生編《唐弢研究資料》第 438～439 頁。

8 月 24 日，曹靖華專程赴福建長汀羅漢嶺前瞿秋白同志就義地悼念。
〔註 49〕

8 月 26 日，夏衍在《人民日報》發表《從〈武訓傳〉的批判檢討我在上海文化藝術界的工作》。〔註 50〕

批判電影《武訓傳》強化了政治鬥爭，強化了文學主題的單一性，也使文藝隸屬於政治的關係更加凝固化。《1942 年毛澤東在文藝座談會上的講話》為中國當代文學思潮所奠定的基石在這次批判運動中被夯實加固了。
〔註 51〕

8 月，許廣平任中國民主促進會愛國武器捐獻委員會委員。〔註 52〕

9 月 1 日，胡風到南泉總結巴縣分團工作，再到重慶總結總團工作。〔註 53〕

9 月 15 日，許廣平的《進入研究》刊發在《文藝新地》第 1 卷第 8 期上。
〔註 54〕

9 月 15 日，唐弢在《文藝新地》第 1 卷第 8 期發表《堅持批評的原則》和《寫人》。〔註 55〕

9 月 27 日，胡風回到北京。〔註 56〕胡風的詩集《為了朝鮮，為了人類》由上海天下出版社出版。〔註 57〕

9 月，曹靖華寫作《羅漢嶺前弔秋白》。〔註 58〕

10 月 5 日，曹靖華出席中蘇友好協會年會及全國第一次代表大會。〔註 59〕

10 月 19 日，胡風參加魯迅紀念會。郭沫若主持，沈鈞儒、陳毅、茅盾等講話。〔註 60〕

10 月 19 日，許廣平出席首都各界聯合主持的魯迅先生逝世十五週年紀念

〔註 49〕冷柯（執筆）、毛粹《曹靖華年譜》，《曹靖華研究專集》第 436 頁。
〔註 50〕羅銀勝著《周揚傳》第 183 頁。
〔註 51〕羅銀勝著《周揚傳》第 184～185 頁。
〔註 52〕《許廣平活動簡表（1948 年 10 月至 1968 年 3 月）》，陳漱渝著《許廣平的一生》第 154 頁。
〔註 53〕曉風《胡風年表簡編》，《新文學史料》1986 年第 4 期第 182 頁。
〔註 54〕陳漱渝著《許廣平著述編目》，陳漱渝著《許廣平的一生》第 197 頁。
〔註 55〕傅小北、楊幼生《唐弢年譜》，傅小北、楊幼生編《唐弢研究資料》第 439 頁。
〔註 56〕曉風《胡風年表簡編》，《新文學史料》1986 年第 4 期第 182 頁。
〔註 57〕曉風《胡風年表簡編》，《新文學史料》1986 年第 4 期第 182 頁。
〔註 58〕冷柯（執筆）、毛粹《曹靖華年譜》，《曹靖華研究專集》第 436 頁。
〔註 59〕冷柯（執筆）、毛粹《曹靖華年譜》，《曹靖華研究專集》第 436 頁。
〔註 60〕曉風《胡風年表簡編》，《新文學史料》第 182 頁，1986 年第 4 期。

大會。〔註61〕

10月19日，許廣平在《人民日報》發表紀念文章《不容情地對敵戰鬥》。
〔註62〕

10月19日，《人民日報》刊發許廣平捐獻消息。

消息這樣寫：魯迅的北京的故居（西城宮門口二十一號）今年六月已由許廣平捐獻給中央人民政府，該處共有房屋十四間，圖書五千餘冊，金石拓片四千餘張，傢具文物等三百九十三件，都已由中央人民政府文化部文物局接收保管。〔註63〕

10月19日，唐弢在《解放日報》和《文匯報》分別發表《魯迅，一個偉大的愛國主義者》、《魯迅思想所表現的反自由主義的精神》。〔註64〕

10月22日，中國作家訪蘇代表團由北京啟程赴蘇聯，曹靖華擔任副團長，11月1日抵達莫斯科。〔註65〕

10月28日，許廣平的《不容情地對敵戰鬥》又載《人民週報》第43期。
〔註66〕

10月，許廣平參與籌建上海魯迅紀念館。〔註67〕

10月，許廣平的《更進一步發揚我們團結與進步的光榮傳統》刊發在《民進》第3期。〔註68〕

10月，周建人為民進毛澤東思想學習委員會副主任。〔註69〕

10月，唐弢的短評集《可愛的時代》由上海平明出版社出版，共收短評84題，時間是1951年初到6月為止。〔註70〕

〔註61〕《許廣平活動簡表（1948年10月至1968年3月）》，陳漱渝著《許廣平的一生》第154頁。

〔註62〕《許廣平活動簡表（1948年10月至1968年3月）》，陳漱渝著《許廣平的一生》第154頁。

〔註63〕葉淑穗《難忘的恩澤　永遠的懷念》，魯迅博物館、民進中央宣傳部編《許廣平》第91頁。

〔註64〕傅小北、楊幼生《唐弢年譜》，傅小北、楊幼生編《唐弢研究資料》第439頁。

〔註65〕冷柯（執筆）、毛粹《曹靖華年譜》，《曹靖華研究專集》第436頁。

〔註66〕收入《關於魯迅的生活》，陳漱渝著《許廣平著述編目》，陳漱渝著《許廣平的一生》第198頁。

〔註67〕《周海嬰大事年表》，《周海嬰紀念集》第228頁。

〔註68〕陳漱渝著《許廣平著述編目》，陳漱渝著《許廣平的一生》第197頁。

〔註69〕《周建人年譜簡編》，謝德銑著《周建人評傳》第382頁。

〔註70〕傅小北、楊幼生《唐弢年譜》，傅小北、楊幼生編《唐弢研究資料》第438頁。

11 月，許廣平率人民政協參加廣東省土地改革工作團百餘人經武漢赴廣州，分別前往四會、新興和恩平等縣參加土改。〔註71〕

陳漱渝在《許廣平的一生》中寫道：

為了履行「緊緊依靠著中國共產黨」這一莊嚴誓言，許廣平以飽滿的政治熱情參加了建國初期黨領導下的一系列政治運動。

1951 年 11 月 14 日，許廣平率領由北京市機關幹部、教授、曲藝人員、知識分子等一百餘人組成的人民政協參加廣東省土地改革工作團，奔赴廣東的四會、新興和恩平等縣。在土改運動中，她立場堅定，愛憎分明，堅定不移地貫徹了黨的土改政策。當時，廣東新會縣的貧苦農民對一個倚仗偽勢力殘酷壓迫、剝削農民的惡霸地主陳鶴琴展開了說理鬥爭，遭到陳鶴琴的女婿、偽廣東省參議李宏業的誣衊和攻擊。他從香港寫信給許廣平進行「申訴」，說假如魯迅仍然健在，看到土改的情形會「使他搖頭與歎息」。〔註72〕

11 月 15 日，唐弢在《文藝新地》第 1 卷第 10 期發表《思想改造》。〔註73〕

11 月 21 日，胡風赴《新民報》講話。〔註74〕

11 月，馮雪峰率中國作家代表團訪問蘇聯。〔註75〕

11 月 25 日，曹靖華乘專機離開斯大林格勒，向巴庫——阿塞拜疆社會主義共和國首都飛去。〔註76〕

11 月 30 日，曹靖華訪問格魯吉亞社會主義共和國首都。〔註77〕

12 月 3 日，胡風被周恩來總理約見談話，從下午三時直到八點三刻。〔註78〕

12 月 15 日，中國作家代表團和蘇聯作家會晤，曹靖華與斯大林獎金獲得者晤談的照片刊於《中蘇友好》1952 年 1 期封二。〔註79〕

12 月，徐懋庸的《〈魯迅〉——偉大的思想家與偉大的革命家》由武漢中

〔註71〕《許廣平活動簡表（1948 年 10 月至 1968 年 3 月）》，陳漱渝著《許廣平的一生》第 154 頁。
〔註72〕陳漱渝著《許廣平的一生》第 116 頁。
〔註73〕傅小北、楊幼生《唐弢年譜》，傅小北、楊幼生編《唐弢研究資料》第 439 頁。
〔註74〕曉風《胡風年表簡編》，《新文學史料》1986 年第 4 期第 182 頁。
〔註75〕《馮雪峰大事年表》，孫琴安著《雪之歌——馮雪峰傳》第 333 頁。
〔註76〕冷柯（執筆）、毛粹《曹靖華年譜》，《曹靖華研究專集》第 436 頁。
〔註77〕冷柯（執筆）、毛粹《曹靖華年譜》，《曹靖華研究專集》第 436 頁。
〔註78〕曉風《胡風年表簡編》，《新文學史料》第 182 頁，1986 年第 4 期。
〔註79〕冷柯（執筆）、毛粹《曹靖華年譜》，《曹靖華研究專集》第 436 頁。

南出版社出版。〔註80〕

這年，周海嬰由中南海國務院宿舍搬入自購的北京大石作胡同 10 號寓所。〔註81〕曹靖華的譯作《侵略》（列昂諾夫著）由人民文學出版社出版；《糧食》由上海新文藝出版社出版；《鐵流》、《保衛察里津》、《虹》、《我是勞動人民的兒子》等由人民文學出版社出版；《蘇聯作家七人集》由三聯書店重印一版。此次出版的《鐵流》上海重排第一版，北京第一版，有譯者的新版後記，根據 1946 年 2 月生活書店版本重新校閱，以往不能印的序文等一一補入。他還常給盧氏縣鄉親贈寄譯著、學習資料、科技資料等。〔註82〕徐懋庸的《〈實踐論〉──知己知彼百戰百勝論》由武漢中南人民出版社出版。〔註83〕

〔註80〕 《徐懋庸小傳》，《徐懋庸回憶錄》第 189 頁。
〔註81〕 《周海嬰大事年表》，《周海嬰紀念集》第 228 頁。
〔註82〕 冷柯（執筆）、毛粹《曹靖華年譜》，《曹靖華研究專集》第 436～437 頁。
〔註83〕 《徐懋庸小傳》，《徐懋庸回憶錄》第 189 頁。

1952 年

1月，中共中央發表《在城市限期開展大規模的堅決徹底的「五反」鬥爭》的決議。

本來，「五反」運動矛頭所指，是不法商人，與周作人並無關；但素來對於群眾運動懷有疑懼心理的周作人，卻幾乎本能地警惕著運動的發展動向。他很快就注意到中國民盟總部發表的一篇文章，據周作人介紹，此文是「號召小資產階級知識分子團結改造」的，「裏邊說明小資產階級知識分子的特點，因為他們沒有生產手段，只能依附於別的階級去求生活，所以他們的依存性特別明顯。」周建人立即作了一小文響應，並冠以《改造》二字的醒目標題，發表在 1 月 8 日的《亦報》上，文章內容卻空洞無物，只說民盟總部的文章「說得很得要領，現今小資產階級知識分子」究竟「依附」於誰，就不敢言及了。其實民盟文章的意圖是明顯的：即將當時還只戴著「小資產階級」帽子的知識分子與「五反」運動的鬥爭對象「資產階級」聯在一起。這一層意思周作人心裏當然明白，只是不願點明而已。於是，只得含糊其辭了。但此時周作人還想跟上潮流，於是，又在《亦報》上連續發表文章，表示「相信」「人民的智慧無限」，「他們的見解與工作，都非一般知識分子所能及」。在半是自動，半是被形勢所迫地給自己戴上了「買辦思想」的帽子以後，對知識分子的自我批判就開始失去了周作人一貫重視的分寸感。

錢理群指出：不論周作人如何努力地改造自己，跟上形勢，在 1952 年大反資產階級「猖狂進攻」的中國，他的文章之被「腰斬」乃是必然的。這結局儘管在意料之中，但對於周作人的精神打擊卻是出乎預料的沉重。寫作已成為周作人的生命存在方式，為此長時間的「精神不振，未能工作」，以至倦

於寫作，這在周作人是意味著生命的枯萎的。文章腰斬，還有譯書合同的中斷，不僅在精神上形成巨大壓力，而且，在經濟上也是極大的威脅，「財源枯竭」對周作人可是件非同小可的事。幾乎每月中（或月末），周作人都親自向老友借款救急，每回僅 30 元左右，等到得一筆稿費後再又趕去償還。這位年近 70 的老人，冒著寒暑，擠著電車，長途跋涉，為生活奔波，這番情景是夠淒涼的了。〔註 1〕折磨周作人的，除了「窮」之外，還有「病」。周作人一生追求「生活的藝術」，現在卻落入了刻板無味的生活套式裏，不是太可悲了麼？〔註 2〕

1 月 13 日，胡風回到上海。〔註 3〕

1 月 16 日，許廣平的《關於新會縣外海鄉地主陳鶴琴事件答覆香港居民李宏業的信》刊發在香港《大公報》。〔註 4〕

許廣平說：魯迅對被壓迫的農民「閏土」，是深深寄予同情的，是站在被壓迫那一方面的。但「閏土」的生活，魯迅筆下所寫的還沒有我現在所見所聞的深刻。我們的土改隊看到農民沒有棉被，蓋的是層層破碎的麻包；沒有棉衣，冷起來兩手相搓縮做一團；饑荒年兒女抵押給地主作馬牛，今年算是大豐收了，和土改隊一同吃到的還不過是番茄稀粥；窮苦的人，一天不去割山草，就得不到食。這些情況，更鼓勵我們土改工作要快快完成，使得百分之七十的貧雇農兄弟早日能夠翻身，使這偉大的隊伍能夠脫離剝削，走向新中國的建設大業的行列中。這正是魯迅生前寤寐求之，奮鬥不懈的目標！如果他仍健在，看到今天的土改，一定是會興奮和高興的。因為他有分明的是非，他痛惡反動派、蔣匪幫、特務之流，絕不會看到農民翻身，鬥爭與反動派勾結的地主惡霸而「搖頭與歎息」。也即絕不會站在地主方面替地主說那「惡意的誣衊」的話。魯迅的方向，難道是狡詐，向農民進行分化，這是活生生的事實。想不到李宏業卻會用死了的人來向我進行分化。拿著魯迅的名義替自己遮蓋，自己搖頭與歎息，卻硬栽在死了的魯迅身上。

我是一個知識分子出身的人，雖然從魯迅那裡學到些分明的是非，學到些有用解剖刀解剖自己的必要；但覺得還應該更加鍛鍊，所以自願參加土改工作，以便給廣大的農民服務，向農民學習，以便給自己思想徹底改造。也

〔註 1〕錢理群著《周作人傳》第 173～174 頁。
〔註 2〕錢理群著《周作人傳》第 175～176 頁。
〔註 3〕曉風《胡風年表簡編》，《新文學史料》1986 年第 4 期第 182 頁。
〔註 4〕陳漱渝著《許廣平著述編目》，陳漱渝著《許廣平的一生》第 198 頁。

許李宏業以為我正希望從土改中改造自己思想的時候，會愚蠢到給反動的地主惡霸方面的花言巧語分化誣衊所蒙蔽吧，絕不會的。我將藉此更加警惕，更加深入，向農民兄弟的隊伍去靠攏些。這就是我的答覆！〔註5〕

1月，徐懋庸的《馬克思列寧主義和毛澤東思想的簡單介紹》由武漢中南人民出版社出版。〔註6〕

年初，黨開展文藝整風運動，唐弢在運動中提出了入黨申請。〔註7〕

2月，馮雪峰兼任《文藝報》主編。〔註8〕

2月～4月，胡風參加上海國棉五廠的三反五反運動。〔註9〕

3月3日，曹靖華的文章《果戈理百年忌》，刊於《人民日報》第三版。

3月4日，曹靖華出席中蘇協和蘇聯對外文協舉行的果戈里逝世一百週年紀念會。〔註10〕

3月15日，許廣平的《土地改革工作給我的教育》刊發在武漢《長江日報》。〔註11〕

3月16日，周作人發表到一半的《吶喊衍義》突然被「腰斬」了。〔註12〕

3月，由上海出版公司出版魯迅著、唐弢編的《魯迅全集補遺續編》，收魯迅佚文106題（再版增至111題），另有較長的《中國礦產志》、《人生象斅》（即《生理學講義》）兩部，小說備校七篇等三題，以及手編《魯迅筆名補遺續》和《編校後記》。〔註13〕

3月，徐懋庸的《工人階級與共產黨》由武漢中南人民出版社出版。〔註14〕

4月，《民進》第4期轉載許廣平的《關於新會縣外海鄉地主陳鶴琴事件答覆香港居民李宏業的信》。〔註15〕

4月，《文藝報通訊員內部通報》第15期上發表了《對胡風文藝理論的一

〔註5〕陳漱渝著《許廣平的一生》第117頁。
〔註6〕《徐懋庸小傳》，《徐懋庸回憶錄》第189頁。
〔註7〕傅小北、楊幼生《唐弢年譜》，傅小北、楊幼生編《唐弢研究資料》第439頁。
〔註8〕《馮雪峰大事年表》，孫琴安著《雪之歌——馮雪峰傳》第333頁。
〔註9〕曉風《胡風年表簡編》，《新文學史料》1986年第4期第182頁。
〔註10〕冷柯（執筆）、毛粹《曹靖華年譜》，《曹靖華研究專集》第437頁。
〔註11〕陳漱渝著《許廣平著述編目》，陳漱渝著《許廣平的一生》第198頁。
〔註12〕錢理群著《周作人傳》第171頁。
〔註13〕傅小北、楊幼生《唐弢年譜》，傅小北、楊幼生編《唐弢研究資料》第439頁。
〔註14〕《徐懋庸小傳》，《徐懋庸回憶錄》第189頁。
〔註15〕陳漱渝著《許廣平著述編目》，陳漱渝著《許廣平的一生》第198頁。

些意見》，開始批判胡風的文藝理論。〔註 16〕

4 月 25 日，曹靖華的文章《記格魯吉亞首都的水利工程》刊發在《中蘇友好》第四期，他撰寫的《「和平」！》，刊於《文藝報》第八號。〔註 17〕

4 月，蕭軍完成三十萬字的長篇小說《五月的礦山》，費時僅一年多。〔註 18〕

5 月 1 日～5 月 14 日，周作人翻譯了《烏克蘭民間故事》，並作詳細注釋。〔註 19〕

5 月 4 日，唐弢在《解放日報》發表論文《維克多·雨果紀念》。〔註 20〕

5 月，胡風為紀念《在延安文藝座談會上的講話》發表十週年，寫了紀念文《學習，為了實踐》（未被發表）。〔註 21〕

5 月 22 日～5 月 31 日，周作人翻譯了《俄羅斯民間故事》，並作詳細注釋。〔註 22〕

6 月 8 日，《人民日報》轉載了 5 月 25 日在《長江日報》上發表的舒蕪的《從頭學習〈在延安文藝座談會上的講話〉》。《人民日報》編者按中指出，存在著「以胡風為首的一個文藝上的小集團」。〔註 23〕

6 月，胡風散文集《從源頭到洪流》由上海新文藝出版社出版。〔註 24〕

6 月 15 日～8 月 20 日，周作人翻譯了希臘悲劇《安德洛瑪刻》，並作詳細注釋。〔註 25〕

6 月 18 日，曹靖華撰文紀念瞿秋白同志，題為《瞿秋白為介紹蘇聯文學所進行的鬥爭——紀念瞿秋白同志殉難十七週年》，刊於《人民日報》。〔註 26〕

6 月 19 日，曹靖華出席北京市文學藝術界紀念高爾基逝世十六週年集會，作題為《戰士高爾基》的報告。〔註 27〕

〔註 16〕曉風《胡風年表簡編》，《新文學史料》第 182 頁，1986 年第 4 期。
〔註 17〕冷柯（執筆）、毛粹《曹靖華年譜》，《曹靖華研究專集》第 438 頁。
〔註 18〕王科、徐塞、張英偉著《蕭軍評傳》第 175 頁。
〔註 19〕錢理群著《周作人傳》第 177 頁。
〔註 20〕傅小北、楊幼生《唐弢年譜》，傅小北、楊幼生編《唐弢研究資料》第 439 頁。
〔註 21〕曉風《胡風年表簡編》，《新文學史料》1986 年第 4 期第 182 頁。
〔註 22〕錢理群著《周作人傳》第 177 頁。
〔註 23〕曉風《胡風年表簡編》，《新文學史料》第 182 頁，1986 年第 4 期。
〔註 24〕曉風《胡風年表簡編》，《新文學史料》1986 年第 4 期第 182 頁。
〔註 25〕錢理群著《周作人傳》第 177 頁。
〔註 26〕冷柯（執筆）、毛粹《曹靖華年譜》，《曹靖華研究專集》第 438 頁。
〔註 27〕冷柯（執筆）、毛粹《曹靖華年譜》，《曹靖華研究專集》第 437 頁。

　　據北大俄語系教研室主任所說，在批判恐美、崇美以及三反五反運動中，曹靖華是進步教授，他對青年幹部工作很支持和關心，大膽放手，「我那時才 20 多歲，擔任系裏秘書，他是很關心的，在辦學思想上他一貫主張外為中用，特別強調學外文的人首先要把中文學好。他常說，我們不是莫斯科大學，不要照搬人家那一套。」〔註 28〕

　　7 月，胡風的報告文學集《和新人物在一起》由上海新文藝出版社出版。〔註 29〕

　　7 月 19 日，胡風應周揚「我們將討論你的文藝理論問題」的約請到北京，住文化部宿舍。〔註 30〕

　　胡風參加文聯的一些會議，寫了態度檢查和關於《希望》及舒蕪《論主觀》的報告。〔註 31〕

　　夏天，曹聚仁寫信約王春翠到香港去教書，並給王寄來聘書和有關手續，王貪戀家鄉，謝絕了此事。〔註 32〕

　　8 月 5 日，許廣平在中國民主促進會全國組織宣教工作彙報會議上作《三屆三中全會以來的組織、宣傳、文教工作報告》。〔註 33〕

　　8 月，馮雪峰著作《回憶魯迅》出版。〔註 34〕

　　8 月至 1954 年 8 月，經北京市彭真市長的特批，蕭軍被分配到北京市人民政府文教委員會文物組，當了一名考古研究員。單位地址就在北海公園的「畫舫齋」。在文物組工作一段時間後，他對考古工作逐漸產生了興趣。有一段時間，他甚至想要放棄小說創作，轉而去寫《中國文物史綱要》或《北京史》。由於各種條件制約，這個計劃沒有實現。業餘時間，蕭軍用來修改他的《第三代》和《五月的礦山》。〔註 35〕

　　9 月 4 日～9 月 11 日，周作人抄寫並校閱俄科羅連珂《瑪爾卡的夢》舊譯稿。〔註 36〕

〔註 28〕 冷柯（執筆）、毛粹《曹靖華年譜》，《曹靖華研究專集》第 437 頁。
〔註 29〕 曉風《胡風年表簡編》，《新文學史料》1986 年第 4 期第 182 頁。
〔註 30〕 曉風《胡風年表簡編》，《新文學史料》1986 年第 4 期第 182 頁。
〔註 31〕 曉風《胡風年表簡編》，《新文學史料》1986 年第 4 期第 182 頁。
〔註 32〕 李勇著《曹聚仁研究》第 18 頁。
〔註 33〕 《許廣平活動簡表（1948 年 10 月至 1968 年 3 月）》，陳漱渝著《許廣平的一生》第 154 頁。
〔註 34〕 《馮雪峰大事年表》，孫琴安著《雪之歌——馮雪峰傳》第 333 頁。
〔註 35〕 王科、徐塞、張英偉著《蕭軍評傳》第 175 頁。
〔註 36〕 錢理群著《周作人傳》第 177 頁。

9月，《馮雪峰論文集》第一卷出版。〔註37〕

9月，《文藝報》十八期上發表了舒蕪的《致路翎的公開信》。編者按中說，這個小集團，「在基本路線上是和黨所領導的無產階級的文藝路線──毛澤東文藝方向背道而馳的。」〔註38〕

9月，許廣平的《三屆三中全會以來的組織、宣傳、文教工作報告》刊發在《民進》第六期。這是許廣平在民主促進會全國組織宣教工作彙報會議上的報告。〔註39〕

9月23日～10月7日，許廣平參加中國文學藝術工作者第二次代表大會，為主席團成員。會上被選為全國文聯第二屆委員。〔註40〕

9月23日～10月8日，周作人改譯波蘭顯克微支《炭畫》譯稿。〔註41〕

10月19日，周建人的文章《魯迅的幼年時代》刊發在《光明日報》。〔註42〕

10月，馮雪峰的《雪峰寓言》出版。〔註43〕

10月，許廣平的《讓我們更堅強地把保衛和平的事業擔當起來》刊發在《民進》第7期。〔註44〕

11月19日，許廣平第二次訪魯迅故鄉。

章貴寫道：許廣平同志第二次訪魯迅故鄉是在新中國建立不久的1952年11月19日。她隨中國人民政治協商會代表團到浙江，特轉道到紹興的。這時的魯迅故鄉已是陽光普照，紅旗飄揚。魯迅故居已得到人民政府的保護，「門禁森嚴」的時代已不復存在，都昌坊口也已被命名為魯迅路（現又恢復為都昌坊口）。魯迅故居東首（即原國民黨法院的大廳）已是魯迅文化館和魯迅越劇團的活動和演出場所。

許廣平同志仔細看了被幸而保存下來的部分魯迅故居和百草園及三味書屋。短短的泥牆，依然如故，魯迅讀書處「三味書屋」匾額仍舊懸掛在書房

〔註37〕《馮雪峰大事年表》，孫琴安著《雪之歌──馮雪峰傳》第333頁。

〔註38〕曉風《胡風年表簡編》，《新文學史料》第182頁，1986年第4期。

〔註39〕陳漱渝著《許廣平著述編目》，陳漱渝著《許廣平的一生》第198頁。

〔註40〕《許廣平活動簡表（1948年10月至1968年3月）》，陳漱渝著《許廣平的一生》第155頁。

〔註41〕錢理群著《周作人傳》第177頁。

〔註42〕《周建人年譜簡編》，謝德銑著《周建人評傳》第382頁。

〔註43〕《馮雪峰大事年表》，孫琴安著《雪之歌──馮雪峰傳》第333頁。

〔註44〕陳漱渝著《許廣平著述編目》，陳漱渝著《許廣平的一生》第198頁。

的正中，伏在古樹下的梅花鹿畫，還掛在匾下，許廣平同志看到當地黨政部門對魯迅有關遺址、遺物的保護如此完好，非常高興！為此，臨別前，她欣筆題詞：「毛主席解放了被壓迫的全中國人民，連死了多年的魯迅及其故居遺物也都翻了身」。〔註45〕

11 月，胡風寫了《一段時間，幾點回憶》送呈中央。〔註46〕

12 月 28 日，許廣平託王冶秋同志到紹興之便，帶去銀八卦一個，是魯迅的遺物之一。

章貴寫道：這是魯迅出生不久，父母親送他到都昌坊口的長慶寺裏拜和尚為師時，龍師父送給他的禮物，說是小孩子掛上此物可以辟邪。銀八卦上清楚地刻著「三寶弟子法名長根」八個字。魯迅於 1931 年 10 月曾用「長根」諧音「長庚」的筆名發表一篇題為《唐朝的釘梢》一文，對當時上海洋場惡少的流氓行為進行了有力的諷刺。〔註47〕

這一年，抗美援朝戰爭爆發，許廣平以周海嬰的名義，為全國文藝界捐獻的「魯迅號」飛機捐款 1000 萬（舊幣）。〔註48〕曹聚仁編著的《到新文藝之路》、《中國剪影一集》、《中國剪影二集》、《現代文藝手冊》在香港出版。〔註49〕曹靖華寫作了《碧海墨林油飄香》和《格魯吉亞紀行》，翻譯了《我怎樣寫〈旅伴〉的——致〈旅伴〉的中國讀者》（潘諾瓦作），譯作《油船德賓特號》由人民文學出版社重排一版；《虹》由人民文學出版社再版；《夢》出版第四版，是世界文學叢書之一；他與盧氏縣一中十班建立書信聯繫，贈寄書刊、照片等物，寫信鼓勵同學們好好學習科學文化。〔註50〕這年冬，唐弢調《文藝月報》任副主編。〔註51〕

〔註45〕章貴《許廣平三訪魯迅故鄉》，魯迅博物館、民進中央宣傳部編《許廣平》第70～71 頁。

〔註46〕曉風《胡風年表簡編》，《新文學史料》1986 年第 4 期第 182 頁。

〔註47〕章貴《許廣平三訪魯迅故鄉》，魯迅博物館、民進中央宣傳部編《許廣平》第71 頁。

〔註48〕《周海嬰大事年表》，《周海嬰紀念集》第 228 頁。

〔註49〕李勇著《曹聚仁研究》第 189 頁。

〔註50〕冷柯（執筆）、毛粹《曹靖華年譜》，《曹靖華研究專集》第 437～438 頁。

〔註51〕傅小北、楊幼生《唐弢年譜》，傅小北、楊幼生編《唐弢研究資料》第 439 頁。

1953 年

1月4日，許廣平給紹興魯迅紀念館寄了一本《紹興存件及付款薄》。此本由周建人記錄。

章貴寫道：這本小冊子是 1919 年 12 月魯迅從北京回到紹興搬家時，在處理傢具過程中由周建人同志記錄下來的清單，這本寶貴的賬冊，一直保存在北京魯迅故居里，許廣平同志把它找出來送給紹興，這對紹興魯迅紀念館復原魯迅故居陳列和搜集有關魯迅文物起了極其重要的作用。〔註 1〕

1月5日，唐弢在《文藝月報》發表雜感《糾正粗暴的偏向》。〔註 2〕

1月，周作人對希臘悲劇《伊翁》譯文脫稿。〔註 3〕

1月27日，周作人又重新校閱、修訂俄科羅連珂《瑪爾卡的夢》。〔註 4〕

1月31日，《人民日報》轉載了《文藝報》第二期上發表的林默涵的《胡風的反馬克思主義的文藝思想》。〔註 5〕

2月5日，唐弢在《文藝月報》2 月號發表《及時地反映生活和鬥爭》。〔註 6〕

2月14日，曹靖華的《蘇聯文學在中國——為蘇聯〈真理報〉而作》，刊於《人民日報》第三版。〔註 7〕

〔註 1〕章貴《許廣平三訪魯迅故鄉》，魯迅博物館、民進中央宣傳部編《許廣平》第 71 頁。

〔註 2〕傅小北、楊幼生《唐弢年譜》，傅小北、楊幼生編《唐弢研究資料》第 439 頁。

〔註 3〕錢理群著《周作人傳》第 177 頁。

〔註 4〕錢理群著《周作人傳》第 177 頁。

〔註 5〕曉風《胡風年表簡編》，《新文學史料》第 182 頁，1986 年第 4 期。

〔註 6〕傅小北、楊幼生《唐弢年譜》，傅小北、楊幼生編《唐弢研究資料》第 439 頁。

〔註 7〕冷柯（執筆）、毛粹《曹靖華年譜》，《曹靖華研究專集》第 439 頁。

4月5日，唐弢在《文藝月報》發表《高爾基作品在中國》。〔註8〕

4月11日～6月30日，周作人完成希臘悲劇《海倫》譯稿。〔註9〕

4月15日～22日，許廣平出席第二次全國婦女代表大會，被選為執行委員會委員。〔註10〕

4月25日，許廣平在中國民主婦女聯合會第二屆執行委員會第一次會議上被選為婦聯常務委員兼副主席。〔註11〕

4月，魯迅許廣平的長孫周令飛在北京出生。〔註12〕

4月，曹靖華譯作蘇聯民間故事集《關於斯大林的傳說》由中國青年出版社出版。〔註13〕

5月17日，胡風離開北京赴東北大賚去慰問被遣返的志願軍傷病戰俘。〔註14〕

5月22日～6月20日，胡風在大賚慰問戰俘、座談、聽報告，學習材料等，後寫成報告文學《肉體殘廢了，心沒有殘廢……》發表在《人民文學》上。〔註15〕

6月17日，馮雪峰在全國文協召開的關於社會主義現實主義學習座談會上發表了在1957年被當作他的典型「右派」言論之一的總結講話，尖銳地批評新中國成立後黨的文藝領導工作，全盤否定了周揚等人對文藝工作的領導。〔註16〕

6月30日，胡風回到北京。〔註17〕

7月19日，胡風回到上海去搬家。〔註18〕

7月20日，曹靖華作《馬雅可夫斯基同中國人民在一起——紀念馬雅可

〔註8〕傅小北、楊幼生《唐弢年譜》，傅小北、楊幼生編《唐弢研究資料》第439頁。
〔註9〕錢理群著《周作人傳》第177頁。
〔註10〕《許廣平活動簡表（1948年10月至1968年3月）》，陳漱渝著《許廣平的一生》第155頁。
〔註11〕《許廣平活動簡表（1948年10月至1968年3月）》，陳漱渝著《許廣平的一生》第155頁。
〔註12〕《周海嬰大事年表》，《周海嬰紀念集》第228頁。
〔註13〕冷柯（執筆）、毛粹《曹靖華年譜》，《曹靖華研究專集》第439頁。
〔註14〕曉風《胡風年表簡編》，《新文學史料》1986年第4期第182頁。
〔註15〕曉風《胡風年表簡編》，《新文學史料》1986年第4期第182頁。
〔註16〕羅銀勝著《周揚傳》第190頁。
〔註17〕曉風《胡風年表簡編》，《新文學史料》1986年第4期第182頁。
〔註18〕曉風《胡風年表簡編》，《新文學史料》1986年第4期第182頁。

夫斯基誕辰六十週年》，刊於《人民日報》第三版。〔註19〕

7月23日，中宣部副部長、中國作家協會黨組書記周揚對批評胡風文藝思想加緊步伐，這一天他寫信給毛澤東和周恩來，報告胡風問題。〔註20〕

7月24日～1956年1月3日，周作人整理、編選《明清笑話集》。〔註21〕

7月底，胡風結束希望社的工作，將存款分攤給各作者作為版稅，餘款三萬元用「鍾洪」的名義移交給了由海燕書店改組成的新文藝出版社，作為歸還當初總理在出版《希望》時給的保證金。〔註22〕

8月2日，胡風全家遷到北京，定居在地安門內太平街甲20號。〔註23〕

8月，曹靖華的譯作《鐵流》由人民文學出版社北京第三次印刷。他輯譯的蘇聯民間故事集《關於列寧的傳說》由中國青年出版社出版。〔註24〕

8月，唐弢修改《憶魯迅先生》，收入他的散文、雜文和書信集《回憶・書簡・散記》。〔註25〕

9月，唐弢出席全國第二次文代會和第二次中國文學工作者協會，會員代表大會，當選為作協理事。〔註26〕

9月，馮雪峰被選為中國作家協會副主席。〔註27〕

9月，原定1952年召開的第二次全國文代會，由於文藝界內部在一系列重大問題上存在尖銳分歧，一直推遲到1953年9月才召開。大會的主報告起初是指定馮雪峰起草。但馮雪峰受習仲勳、胡喬木安排後，起草的報告稿《克服文藝創作的落後現象，高度地反映偉大的現實》，周揚不滿意，最終遭否決。遂改由胡喬木起草，但報告仍由周揚作的。〔註28〕

周揚與馮雪峰的分歧與對立，主要集中在三個問題上。一是如何評價新中國成立後的文藝工作，這是確定黨的文藝指導方針要不要調整、應當進行何種程度的調整的前提。二是文藝創作落後的主要原因，是在黨的領導方面，

〔註19〕冷柯（執筆）、毛粹《曹靖華年譜》，《曹靖華研究專集》第439頁。
〔註20〕羅銀勝著《周揚傳》第211頁。
〔註21〕錢理群著《周作人傳》第177～178頁。
〔註22〕曉風《胡風年表簡編》，《新文學史料》1986年第4期第182頁。
〔註23〕曉風《胡風年表簡編》，《新文學史料》1986年第4期第182頁。
〔註24〕冷柯（執筆）、毛粹《曹靖華年譜》，《曹靖華研究專集》第439頁。
〔註25〕傅小北、楊幼生《唐弢年譜》，傅小北、楊幼生編《唐弢研究資料》第430頁。
〔註26〕傅小北、楊幼生《唐弢年譜》，傅小北、楊幼生編《唐弢研究資料》第439頁。
〔註27〕《馮雪峰大事年表》，孫琴安著《雪之歌——馮雪峰傳》第333頁。
〔註28〕羅銀勝著《周揚傳》第190頁。

還是在作家方面。三是如何理解文學藝術與現實政治的關係，如何評價「寫政策」的口號。〔註29〕

周揚和馮雪峰的對立表明，第二次全國文代會前後的馮雪峰，實際上成為廣大文藝工作者的代表人，他奮力爭取的目標是打破教條主義的文藝領導，解除對於作家的束縛，爭取最大限度的創作自由。然而，指出新中國成立後黨領導文藝工作存在的錯誤方面是周揚乃至胡喬木等人不能接受的。面對無可奈何的文藝落後狀態和第二次全國文代會上代表們的嚴厲批評，周揚、郭沫若、茅盾等人不得不對簡單、粗暴、教條主義的文藝批評提出批評。但是，他們只承認領導工作中存在若干缺點，不承認發生了根本性的錯誤；他們不從領導工作本身找原因，而把文藝落後的責任歸之於作家，把由「左」的指導思想導致而為人們深惡痛絕的粗暴批評歸之於陳企霞等幾個「棍子」批評家。這就決定了這次文藝調整是被動的、有限的，它對「左」的傾向的認識、批判和糾正，不可能達到應有的深度和力度。〔註30〕

9月，曹靖華出席全國第二屆文代會。〔註31〕

9月15日，許廣平寫《致王士菁》談《魯迅全集》注釋問題。〔註32〕

9月23日～10月4日，許廣平出席中國文學藝術工作者第二次代表大會，被選為中國文學藝術界聯合會第二屆全國委員會委員。〔註33〕馮雪峰被選為中國作家協會副主席。〔註34〕胡風被選為作家協會常務理事。〔註35〕

9月23日～10月6日，胡風參加第二屆全國文代會，被選為中國作家協會常務理事。〔註36〕

9月25日，曹靖華出席中國文學工作者第二次代表大會，被選為大會主席團成員。〔註37〕

10月，紹興魯迅紀念館建成開放。〔註38〕

〔註29〕羅銀勝著《周揚傳》第191頁。
〔註30〕羅銀勝著《周揚傳》第193～194頁。
〔註31〕冷柯（執筆）、毛粹《曹靖華年譜》，《曹靖華研究專集》第438頁。
〔註32〕陳漱渝著《許廣平著述編目》，陳漱渝著《許廣平的一生》第198頁。
〔註33〕《許廣平活動簡表（1948年10月至1968年3月）》，陳漱渝著《許廣平的一生》第155頁。
〔註34〕《馮雪峰大事年表》，孫琴安著《雪之歌——馮雪峰傳》第333頁。
〔註35〕曉風《胡風年表簡編》，《新文學史料》第182頁，1986年第4期。
〔註36〕曉風《胡風年表簡編》，《新文學史料》1986年第4期第182頁。
〔註37〕冷柯（執筆）、毛粹《曹靖華年譜》，《曹靖華研究專集》第438頁。
〔註38〕《周建人年譜簡編》，謝德銑著《周建人評傳》第382頁。

10 月 24 日，許廣平應蘇聯婦女反法西斯委員會邀請，率中國婦女代表團赴蘇參加十月革命 36 週年慶典。〔註 39〕

11 月 1 日，曹靖華撰寫《關於研究和介紹蘇聯文學》，刊於《文藝月報》10、11 月號。〔註 40〕

11 月，民進總部成立國家過渡時期總路線學習委員會，許廣平任主任，周建人等任副主任。〔註 41〕

11 月，周作人翻譯希臘悲劇《希波呂托斯》脫稿。〔註 42〕

11 月，唐弢論文、散文集《向魯迅學習》由平明出版社出版，內容包括唐弢與魯迅交往的史實、對魯迅思想的分析研究以及輯錄魯迅佚文的情況。〔註 43〕

11 月，蕭軍將書稿《第三代》和《五月的礦山》送到人民文學出版社要求出版。結果被原封退回。社長馮雪峰雖然是蕭軍的老朋友，卻因為東北局對蕭軍的處理而不敢助一臂之力。連同前年被退回的京劇劇本《武王伐紂》，這已經是三部退稿了。這些退稿，對蕭軍打擊很大，他為此十分難過，為什麼一個人在政治上倒了黴，一切全都完蛋，連作為普通公民的權利都被剝奪了呢？月底，他找了一部三輪車，讓王德芬押車把幾大包書稿送到中南海，附上他寫給周恩來的信，請周總理轉送毛主席審閱，看看這樣的作品能否出版。〔註 44〕

年底，總路線運動開展，唐弢去江蘇省吳江縣考察和體驗生活，後調中國作家協會上海分會工作。〔註 45〕

12 月 18 日～1954 年 1 月 5 日，胡風在河北省望都縣參加宣傳總路線的工作。〔註 46〕

這年，周建人曾在杭州接見作家許欽文，浙江師範學院教師俞芳。〔註 47〕

〔註 39〕《許廣平活動簡表（1948 年 10 月至 1968 年 3 月）》，陳漱渝著《許廣平的一生》第 155 頁。
〔註 40〕冷柯（執筆）、毛粹《曹靖華年譜》，《曹靖華研究專集》第 439 頁。
〔註 41〕《周建人年譜簡編》，謝德銑著《周建人評傳》第 382 頁。
〔註 42〕錢理群著《周作人傳》第 178 頁。
〔註 43〕傅小北、楊幼生《唐弢年譜》，傅小北、楊幼生編《唐弢研究資料》第 439 頁。
〔註 44〕王科、徐塞、張英偉著《蕭軍評傳》第 176 頁。
〔註 45〕傅小北、楊幼生《唐弢年譜》，傅小北、楊幼生編《唐弢研究資料》第 439 頁。
〔註 46〕曉風《胡風年表簡編》，《新文學史料》1986 年第 4 期第 182 頁。
〔註 47〕《周建人年譜簡編》，謝德銑著《周建人評傳》第 382 頁。

曹聚仁編著的《火網塵痕錄》（後改版為《文壇三憶》）在馬來西亞和香港出版；《酒店》在香港出版。〔註48〕

〔註48〕李勇著《曹聚仁研究》第 189 頁。

1954 年

1月1日，馮雪峰在中央人民廣播電臺向全國聽眾發表新年賀詞。〔註1〕

1月5日，胡風回到北京。〔註2〕

1月8日～2月25日，周作人譯出希臘喜劇《財神》。〔註3〕

1月13日、15日，胡風在文學講習所講魯迅精神和魯迅雜文。〔註4〕

2月，曹靖華的譯作《保衛察里津》由人民文學出版社北京第七次印刷。〔註5〕

2月，許廣平的《訪蘇觀感》刊發在《民進》第20期。〔註6〕

3月，胡風開始寫《關於解放以來文藝實踐狀況的報告》。〔註7〕路翎寫的反映抗美援朝的小說受到了讀者的熱烈歡迎，但旋即出現了有組織的對它們的批判。路翎的一些劇作無法發表和上演。胡風深感到這樣扼殺有影響的作品是文藝界的一種不良傾向，對文學事業十分有害，也為了回答文藝界對胡風文藝思想的批判。〔註8〕

3月～5月，許廣平參加全國人民慰問解放軍代表團赴新疆開展慰問活動。〔註9〕

〔註1〕《馮雪峰大事年表》，孫琴安著《雪之歌——馮雪峰傳》第333頁。

〔註2〕曉風《胡風年表簡編》，《新文學史料》1986年第4期第182頁。

〔註3〕錢理群著《周作人傳》第178頁。

〔註4〕曉風《胡風年表簡編》，《新文學史料》第183頁，1986年第4期。

〔註5〕冷柯（執筆）、毛粹《曹靖華年譜》，《曹靖華研究專集》第440頁。

〔註6〕陳漱渝著《許廣平著述編目》，陳漱渝著《許廣平的一生》第198頁。

〔註7〕曉風《胡風年表簡編》，《新文學史料》第183頁，1986年第4期。

〔註8〕曉風《胡風年表簡編》，《新文學史料》第183頁，1986年第4期。

〔註9〕劉皓《我所瞭解的許廣平及其心目中的魯迅》，《魯迅研究動態》1988年第10期第17頁。

3月6日，許廣平任全國人民慰問解放軍代表團第二總分團副團長乘機抵烏魯木齊，受到新疆軍區指戰員16000餘人的熱烈歡迎。〔註10〕

3月8日，許廣平在烏魯木齊市各族婦女紀念「三八國際婦女節」大會上講話。又赴新疆分局，省人民政府、新疆軍區的宴會和歡迎大會。〔註11〕

3月12日，唐弢的知識小品《怎樣閱讀文學作品》刊發在上海《青年報》。〔註12〕

3月18日，許廣平在慰問烏魯木齊市烈軍屬大會上致慰問詞。〔註13〕

3月27日，許廣平慰問伊犁區駐軍。赴三區革命領袖阿合買提江等烈士墓敬獻花圈。〔註14〕

劉皓在《我所瞭解的許廣平及其心目中的魯迅》一文中寫道：

在隨同她開展慰問工作期間，在慰問大會上的致詞都由我來起草。她對自己的講稿極為關注，總要反覆修改，核實每一個參考資料的數字、事實，反覆翻閱部隊提供的戰鬥和生產的材料，讓我們摘出有用的內容，充實其講稿。當時年過花甲的許大姐，常在深夜伏案修改稿件，然後交我謄抄後定稿。

許大姐曾和我談到她和宋慶齡的交往和深厚的友情。由於宋慶齡和魯迅的友情和交往她也認識了宋慶齡。魯迅先生逝世後，出於工作聯繫和中年失去丈夫同樣的處境，宋慶齡與許廣平之間友情更加親密。她說，宋慶齡是一個傑出的女性，她集貌美與心靈美於一身，默默無聞地為中國人民的革命事業奮鬥。她一生致力於孫中山先生為之奮鬥一生的革命事業，是中國婦女的楷模。關於婚姻問題，宋慶齡曾經對許廣平說：「由於孫先生的地位和國內外的影響，我不打算再婚，你和我不同，為什麼不打破『從一而終』的舊傳統觀念的束縛，再找一位情投意合的人呢？魯迅先生臨終前不是也要你忘記他，管自己生活嗎？」許廣平先生說，她和魯迅先生的情感極深，對魯迅的懷念和眷戀之情至終如一，在漫長的歲月裏，沒有按照宋慶齡所說

〔註10〕《許廣平活動簡表（1948年10月至1968年3月）》，陳漱渝著《許廣平的一生》第155頁。

〔註11〕《許廣平活動簡表（1948年10月至1968年3月）》，陳漱渝著《許廣平的一生》第155～156頁。

〔註12〕傅小北、楊幼生《唐弢年譜》，傅小北、楊幼生編《唐弢研究資料》第439頁。

〔註13〕《許廣平活動簡表（1948年10月至1968年3月）》，陳漱渝著《許廣平的一生》第156頁。

〔註14〕《許廣平活動簡表（1948年10月至1968年3月）》，陳漱渝著《許廣平的一生》第156頁。

的做。〔註15〕

關於魯迅教育子女問題，許大姐回憶說，他主張用唯物的觀點對待子女，不迴避問題，不說謊話、假話，比如家長洗澡，從不避孩子，聰明好奇的海嬰問這問那，父親就坦率地回答他的疑問。許大姐說：「魯迅的教育思想一直影響著我，在海嬰與馬新雲的相識和愛情生活中，我採取順乎自然的態度，相信他們，不隨便干預他們的事。小馬與我們是鄰居，海嬰和新雲從小青梅竹馬，兩小無猜，稍稍長大一些常常一同學習，一起玩耍，像親兄妹一樣。」〔註16〕

4月14日～27日，周作人增訂所譯的《日本狂言選》，較1926年9日《狂言十番》新增14篇。〔註17〕

4月19日，許廣平贈送給紹興博物館一套《魯迅全集》紀念本。

章貴寫道：此書裝潢極為精緻，皮面燙金，配有楠木箱子，係1938年由魯迅先生紀念委員會編，復社出版社印行。當時總共只印二百套，每套編有號碼，許廣平同志送的這套為180號，木箱正面寫著「魯迅全集紀念本」七個字，是我國教育家蔡元培先生所題。〔註18〕

5月4日，許廣平的文章《偉大的中國人民解放軍教育了我們》刊發在《新疆日報》。之後《民進》第23期轉載。〔註19〕

她親眼看到了英雄的人民解放軍指戰員守衛在海拔五千公尺以上的帕米爾高原上，終年與風雪和瘴氣搏鬥，警惕地防備著膽敢來侵犯我們國土的帝國主義者及間諜分子，忠誠地捍衛著我們可愛的祖國；她親眼看到解放軍指戰員用自己的雙手在一望無際的、荒涼的戈壁灘上，蓋起了高大樓房，並使長滿著蘆葦和芨芨草的荒灘，變成了水渠縱橫、用拖拉機耕作的大片良田。許廣平由此懂得了一個真理：哪裏有了人民解放軍，哪裏就充滿了生命的活力，哪裏有了人民解放軍，哪裏就會創造出奇蹟來。通過這次慰問工作，她對毛澤東同志所說的「沒有一個人民軍隊，便沒有人民的一切」這句話體會

〔註15〕劉皓《我所瞭解的許廣平及其心目中的魯迅》，《魯迅研究動態》1988年第10期第18頁。
〔註16〕劉皓《我所瞭解的許廣平及其心目中的魯迅》，《魯迅研究動態》1988年第10期第19頁。
〔註17〕錢理群著《周作人傳》第178頁。
〔註18〕章貴《許廣平三訪魯迅故鄉》，魯迅博物館、民進中央宣傳部編《許廣平》第71頁。
〔註19〕陳漱渝著《許廣平著述編目》，陳漱渝著《許廣平的一生》第198頁。

得更加深刻了。〔註20〕

5月14日，周建人視察紹興魯迅紀念館。〔註21〕

6月，許廣平專著《關於魯迅的生活》由人民文學出版社出版。〔註22〕

該書的目次如下：

魯迅的生活之一

魯迅的生活之二

因校對「三十年集」而引起的話舊

關於魯迅先生的病中日記和宋慶齡先生的來信

片段的記錄

元旦憶感

瑣談

青年人與魯迅

魯迅與中國木刻運動

從魯迅的著作看文學

不容情的對敵戰鬥

「人民文學出版社編輯部」在該書的「編後記」中寫道：

這本書是作者在《欣慰的紀念》以外的另一本紀念魯迅先生的文集。其中的文章，大都是在解放前和解放後的報刊上發表過的。這次出版曾經過作者的親自校閱，並作了一些文字上的修正。

這本書的中心內容，多是關於魯迅先生的日常生活的記述；這對於研究魯迅先生來說，都是非常寶貴的，但也並不僅以描寫生活為限，從這些記述中我們可以看到魯迅先生的對於工作的態度，工作的作風等，這一些對於我們都有很大的教育意義。

在各篇次序上，沒有按照發表年月的時間先後，而是大體上按照文章內容來編排的。文中的一些注釋，是編輯部所加，其目的是為了讀者閱讀時的方便。〔註23〕

〔註20〕陳漱渝著《許廣平的一生》第118頁。

〔註21〕《周建人年譜簡編》，謝德銑著《周建人評傳》第383頁。

〔註22〕《許廣平活動簡表（1948年10月至1968年3月）》，陳漱渝著《許廣平的一生》第156頁。

〔註23〕許廣平著《關於魯迅的生活》，人民文學出版社1954年6月北京第1版，1955年2月北京第3次印刷。

6 月，蕭軍收到了當時的中央文教委員會主任習仲勳同志的信，說毛主席同意出版蕭軍的兩部長篇小說，「蕭軍同志仍然有條件從事文學生活」，讓他持函再去人民文學出版社接洽。這對蕭軍是個極大的鼓舞。他非常感謝仍然把他視為革命同志的毛主席、周總理。這次，他拿出了中央文委的信，人民文學出版社同意出書了。〔註 24〕

7 月，許廣平的《憲法草案宣示了人民民主的勝利》刊發在《民進》第 24 期。〔註 25〕

7 月 22 日，胡風向中央文教委員會習仲勳同志面交了給中央的報告《關於解放以來文藝實踐狀況的報告》（即「三十萬言」）及附信。該報告包括四部分：1、幾年來的經過簡況；2、關於幾個理論性問題的說明材料；3、事實舉例和關於黨性；4、作為參考的建議。〔註 26〕

7 月，蕭軍的長篇小說《第三代》定稿，這是他用了 18 年的時間寫成的 85 萬字的巨著。〔註 27〕

7 月，曹靖華的譯作《鐵流》由人民文學出版社北京第五次印刷。〔註 28〕

7 月 15 日，曹靖華作《「黨和毛主席就是幸福！」》，刊於《文藝報》第 13 號「擁護中華人民共和國憲法草案」欄內。〔註 29〕

8 月 1 日～7 日，曹靖華出席河南省首屆人民代表大會，選為大會主席團成員，在大會上發言。〔註 30〕

8 月 9 日，曹靖華被選為出席全國人民代表大會代表（此後，二、三屆連任）。會後赴陝西參觀訪問。歸途中，騎騾子翻山越嶺回盧氏看望故鄉父老鄉親。〔註 31〕

8 月，曹靖華出席全國文學翻譯工作會議。〔註 32〕

8 月，周建人《略談關於魯迅的事情》一書由人民文學出版社出版，署名喬峰。《略談魯迅的視察力和讀書方法》刊發在《文藝學習》第七期。〔註 33〕

〔註 24〕王科、徐塞、張英偉著《蕭軍評傳》第 176 頁。
〔註 25〕陳漱渝著《許廣平著述編目》，陳漱渝著《許廣平的一生》第 198 頁。
〔註 26〕曉風《胡風年表簡編》，《新文學史料》第 183 頁，1986 年第 4 期。
〔註 27〕王科、徐塞、張英偉著《蕭軍評傳》第 192 頁。
〔註 28〕冷柯（執筆）、毛粹《曹靖華年譜》，《曹靖華研究專集》第 440 頁。
〔註 29〕冷柯（執筆）、毛粹《曹靖華年譜》，《曹靖華研究專集》第 440 頁。
〔註 30〕冷柯（執筆）、毛粹《曹靖華年譜》，《曹靖華研究專集》第 439 頁。
〔註 31〕冷柯（執筆）、毛粹《曹靖華年譜》，《曹靖華研究專集》第 439 頁。
〔註 32〕冷柯（執筆）、毛粹《曹靖華年譜》，《曹靖華研究專集》第 439 頁。
〔註 33〕《周建人年譜簡編》，謝德銑著《周建人評傳》第 383 頁。

8月13日，周建人出席浙江省第一屆人民代表大會第一次會議，為主席團成員及提案審查委員會主任委員。會上，被選為全國人大代表。〔註34〕

8月24日，周建人偕夫人王蘊如及彭瑞林同志訪問紹興魯迅紀念館。〔註35〕

8月，胡風被四川省選為全國人大代表。〔註36〕

9月1日，山東大學的《文史哲》發表了李希凡、藍翎與俞平伯商榷的《關於〈紅樓夢簡論〉及其他》一文。這篇普通的商榷性的文章被江青和毛澤東看到並引起重視。毛澤東之所以看重它，大致可以歸納為以下三點：首先，李希凡和藍翎的文章中有些言辭比較尖銳，洋溢著一種戰鬥氣息，他欣賞「小人物」敢於向「大人物」挑戰的精神；其次，這篇文章所涉及的內容正好是毛澤東推崇備至且十分熟悉的《紅樓夢》，而「兩個小人物」的研究方法又是嘗試著運用馬克思主義的理論觀點研究複雜的文學現象。其中的許多觀點，尤其是辯證唯物主義和歷史唯物主義的觀點，與毛澤東對《紅樓夢》的看法不謀而合；第三，也是最重要的一點，是這篇文章可以用來在思想文化領域引發一場大討論。〔註37〕

9月中旬的一天下午，江青帶著李希凡、藍翎的《關於紅樓夢簡論及其他》一文，來到人民日報社找到當時的總編輯鄧拓，口頭傳達了毛澤東的指示，要求《人民日報》轉載此文，以期引起爭論，展開對資產階級唯心論的批判。鄧拓不敢怠慢，連夜派秘書找到藍翎，並讓他們抓緊時間將文章略作修改。李和藍很快便將文章修改完畢交給報社，待小樣排出後，《人民日報》卻遲遲沒將此文發表出來。原來是周揚對這一決定提出反對意見。〔註38〕

當時《人民日報》的文藝宣傳工作由報社總編室和中宣部文藝處雙重領導，並且以中宣部文藝處為主。文藝組每個季度的評論計劃，都必須拿到中宣部文藝處討論，最後再由分管文藝處的副部長周揚審定。鄧拓不得不終止《關於〈紅樓夢簡論〉及其他》一文的轉載。〔註39〕

9月15日～28日，許廣平作為廣州市人民代表參加第一屆全國人民代表

〔註34〕《周建人年譜簡編》，謝德銑著《周建人評傳》第383頁。
〔註35〕《周建人年譜簡編》，謝德銑著《周建人評傳》第383頁。
〔註36〕曉風《胡風年表簡編》，《新文學史料》1986年第4期第182頁。
〔註37〕羅銀勝著《周揚傳》第194頁。
〔註38〕羅銀勝著《周揚傳》第194頁。
〔註39〕羅銀勝著《周揚傳》第195頁。

大會，為主席團成員。〔註40〕

9月15日～28日，胡風出席第一屆全國人民代表大會第一次會議。〔註41〕

9月17日，許廣平在大會發言。〔註42〕

9月27日，許廣平被選為全國人大常委委員會委員。〔註43〕

9月，周建人出席第一屆全國人民代表大會。〔註44〕

9月30日，《文藝報》轉載了青年學者李希凡、藍翎寫的《關於〈紅樓夢簡論〉及其他》一文，並發表了馮雪峰所寫的《編者按》。〔註45〕

10月7日，曹靖華作《平凡的偉大》，刊於《人民文學》10月號。〔註46〕

10月19日，唐弢的知識小品《怎樣學習魯迅的雜文》刊發在上海《青年報》。〔註47〕

10月25日，許廣平被選為全國政協第二屆全國委員會常務委員。〔註48〕

陳漱渝寫道：

許廣平擔任國家的領導職務之後，仍然克己奉公，始終保持了艱苦樸素的生活作風。按照規定：人大常委委員可有四個工作人員。但在1957年4月組織上為她安排一名秘書之前，許廣平名下只有一個汽車司機的編制。其餘工作人員的薪金，一律從她自己的工資中支付。對於公家調配的小汽車，許廣平一般在外出工作時才乘坐。偶而看病用車，她一定按章付款。冬天，公家撥了燒暖氣的煙煤。當時，許廣平家中有一個燒洗澡水的小鍋爐，也需使用煙煤。每當燒洗澡水之前，許廣平總是將所用的煙煤過秤，按價付款。就連辦公的紙張文具，許廣平也不浪費。凡用過的舊信封，她都按魯迅當

〔註40〕《許廣平活動簡表（1948年10月至1968年3月）》，陳漱渝著《許廣平的一生》第156頁。

〔註41〕曉風《胡風年表簡編》，《新文學史料》1986年第4期第182頁。

〔註42〕《許廣平活動簡表（1948年10月至1968年3月）》，陳漱渝著《許廣平的一生》第156頁。

〔註43〕《許廣平活動簡表（1948年10月至1968年3月）》，陳漱渝著《許廣平的一生》第156頁。

〔註44〕《周建人年譜簡編》，謝德銑著《周建人評傳》第383頁。

〔註45〕孫琴安著《雪之歌——馮雪峰傳》第254頁。

〔註46〕冷柯（執筆）、毛粹《曹靖華年譜》，《曹靖華研究專集》第440頁。

〔註47〕傅小北、楊幼生《唐弢年譜》，傅小北、楊幼生編《唐弢研究資料》第439頁。

〔註48〕《許廣平活動簡表（1948年10月至1968年3月）》，陳漱渝著《許廣平的一生》第156頁。

年的習慣，重新翻製，加以利用。解放初期，許廣平將她上海寓所的傢具全部捐給國家。來京之後，她請章川島先生幫忙，從小市場的舊貨店中買來一些舊傢具使用，儘量不向公家伸手。為了替國家節約點滴的開支，許廣平始終用「人民公僕」的標準嚴格要求著自己。〔註49〕

10月25日，周建人的文章《魯迅幼年的學習和生活》在《北京日報》發表。〔註50〕

10月28日，毛澤東以「袁水拍」為名在《人民日報》上發表《質問〈文藝報〉編者》的文章。〔註51〕

孫琴安寫道：毛澤東歷來對《紅樓夢》就很有興趣，對俞平伯的《紅樓夢研究》一書也有看法，認為俞平伯的觀點屬於資產階級唯心論，應該受到批判。但馮雪峰主持的《文藝報》卻對俞平伯此書多加肯定，而對李希凡、藍翎的文章沒有加以充分肯定和讚揚。這使毛澤東大為不悅。再說，他覺得馮雪峰作為一個黨內的著名文藝理論家，與自己的一些文藝觀點非但不吻合，有些地方還有點格格不入，對此也甚為不滿。於是，他就授意《人民日報》文藝部，寫了一篇《質問〈文藝報〉編者》的文章，又親自加以審定，然後以「袁水拍」的名字發表在10月28日的《人民日報》上。〔註52〕

胡風敏銳地感覺到這次運動的來頭不小，並且絕對是衝著周揚等文化界領導人來的，由於他不知道事情的內幕，還誤以為自己的「三十萬言書」產生了影響。於是他和他的朋友們都積極地行動起來，精神抖擻地投入了戰鬥。〔註53〕

10月31日～12月8日，文聯主席團和作協主席團召開擴大聯席會議，批判俞平伯在研究《紅樓夢》著作中的觀點和《文藝報》在批判《紅樓夢》研究問題中所暴露出來的錯誤。開會期間，胡風作了兩次重要發言，受到了進一步的批判。〔註54〕

〔註49〕陳漱渝著《許廣平的一生》第119頁。
〔註50〕《周建人年譜簡編》，謝德銑著《周建人評傳》第383頁。
〔註51〕孫琴安著《雪之歌——馮雪峰傳》第254頁。
〔註52〕孫琴安著《雪之歌——馮雪峰傳》第254頁。
〔註53〕羅銀勝著《周揚傳》第206頁。
〔註54〕曉風《胡風年表簡編》，《新文學史料》第183頁，1986年第4期。

10 月 31 日，周建人被任命為高等教育部副部長。〔註 55〕

11 月初，郭沫若在接受《光明日報》記者採訪時說：「三年以前進行的《武訓傳》的討論，曾給人們留下了深刻的印象，但可惜那時沒有把這一討論廣泛地深入到文化領域的各個方面去，討論沒有得到充分的展開。」這番話，雖然出自郭沫若之口，卻清楚地表達了毛澤東的不滿情緒。〔註 56〕

11 月 4 日，馮雪峰的文章《檢討我在文藝報所犯的錯誤》發表在《人民日報》上。〔註 57〕

可是毛澤東對馮雪峰的檢討文章並不滿意，認為他已經「浸入資產階級泥潭裏了」。毛還把馮的幾篇文學作品作批註並讓其他領導同志包括劉少奇、周恩來、朱德、陳雲及鄧小平等看，隨後又批示讓陳伯達、胡喬木、胡繩、田家英等閱。很顯然，馮雪峰的問題在升級，他隨時都可能受到批判。〔註 58〕

11 月 17 日，中國文聯和作協主席團第五次擴大聯席會議開始，情況改變了，這就是被文藝界人士稱作的「戰線南移」，批評的對象不再是《文藝報》，而是胡風他們了。當晚，周揚和林默涵來到胡風家中，和他談了一次話，針對他的抗拒態度和聲明，周揚解釋說，黨中央就在這裡，誰也不敢獨斷專行。意思是他們的做法是根據中央的指示，以勸告胡風認清形勢，接受批評，進行檢討。但不懂政治的胡風覺得這一切都是人為的，分明是自上而下布置好了的。所以他說，我無法說服路翎接受意見，我自己也難以理解。周揚倒很高姿態，馬上就說，搞錯了，我檢討，我是善於做檢討的。出門前，周揚還說了一句，你主張的出幾個平行的群眾刊物，也是一個好辦法。就這樣，周揚的政治態度和經驗反使胡風覺得自己的抗拒態度持之有理，對當前的嚴重形勢一點沒有察覺。〔註 59〕

11 月 24 日，根據中共中央宣傳部的決定，全國文聯召開了北京整風動員大會，周揚與胡喬木一起作了報告，吹響了「戰鬥的號角」。丁玲、老舍、歐陽予倩、李伯釗等 8 名「文藝界學習委員會」主其事。文藝界的思想改造運動就此正式開始。〔註 60〕

〔註 55〕《周建人年譜簡編》，謝德銑著《周建人評傳》第 383 頁。
〔註 56〕羅銀勝著《周揚傳》第 185 頁。
〔註 57〕孫琴安著《雪之歌——馮雪峰傳》第 254 頁。
〔註 58〕孫琴安著《雪之歌——馮雪峰傳》第 254 頁。
〔註 59〕羅銀勝著《周揚傳》第 213～214 頁。
〔註 60〕羅銀勝著《周揚傳》第 185 頁。

11 月，本來以為會順利出版的《五月的礦山》延遲了大半年才出版，而且只印了兩萬冊。蕭軍的《八月的鄉村》再版，編輯部提出了苛刻的條件：必須取消魯迅的「序言」、原版的「前記」和「後記」，否則不予出版。理由是，不符合出版社的體例，其實，誰都明白，這樣做無非是不讓人們把蕭軍與魯迅聯繫在一起，以免抬高蕭軍的身份，有辱魯迅這位偉人。蕭軍忍痛接受了這些條件，這使他多少年後每一念及就汗顏、內疚。〔註61〕

12 月 2 日晚，毛澤東召見周揚等人，著重談了如何組織力量批判胡適的資產階級唯心論的問題。〔註62〕

12 月 8 日，文藝界對《文藝報》和馮雪峰的批判戛然而止，轉向批判胡風。〔註63〕

12 月 10 日，《人民日報》發表了 12 月 8 日周揚在文聯和主席團擴大會議上的重要發言《我們必須戰鬥》。〔註64〕周揚特意指出：「表面看來，在反對對資產階級思想的投降主義問題上，在反對對新生力量的壓制態度的問題上，胡風先生和我們一致的，而且特別地激昂慷慨，但是誰要看看這個外表的背後，誰就可以看到，胡風先生的計劃卻是藉此解除馬克思主義的武裝！」一語定乾坤，胡風的悲劇命運已成定局。〔註65〕在強大的外界壓力下，胡風開始寫《我的自我批判》。〔註66〕

12 月，周揚在蘇聯全蘇作家代表大會的祝詞中談道：「《鐵的奔流》（即《鐵流》），這是我們讀到的第一首蘇維埃人民革命集體主義和英雄主義的史詩，我們深深地被感動了。《鐵的奔流》——這就是不可能戰勝的人民力量的象徵。」〔註67〕

12 月 29 日，許廣平任中蘇友好協會總會第二屆理事會理事。〔註68〕

12 月，許廣平的《發展和鞏固中蘇友好合作，保衛亞洲和世界和平——

〔註61〕王科、徐塞、張英偉著《蕭軍評傳》第 177 頁。
〔註62〕羅銀勝著《周揚傳》第 204 頁。
〔註63〕羅銀勝著《周揚傳》第 208 頁。
〔註64〕曉風《胡風年表簡編》，《新文學史料》第 183 頁，1986 年第 4 期。
〔註65〕羅銀勝著《周揚傳》第 210 頁。
〔註66〕曉風《胡風年表簡編》，《新文學史料》第 183 頁，1986 年第 4 期。
〔註67〕冷柯（執筆）、毛粹《曹靖華年譜》，《曹靖華研究專集》第 439～440 頁。
〔註68〕《許廣平活動簡表（1948 年 10 月至 1968 年 3 月）》，陳漱渝著《許廣平的一生》第 156 頁。

在中蘇友好協會第二次全國代表大會上的發言》刊發在《民進》第 29 期。
〔註 69〕

12 月，周建人出席全國政協二屆一次會議，被選為常務委員。〔註 70〕

這年，一場政治思想批判運動，在神州大地上全面爆發。〔註 71〕年底，馮雪峰被解除了《文藝報》主編之職，雖仍擔任編委，但也只是掛名而已。〔註 72〕

1954 年 12 月底至 1955 年 3 月，以郭沫若、周揚和茅盾為首的委員會相繼組織召開了 21 次批判胡適思想的會議，起到了所謂「前敵總指揮部」的作用。〔註 73〕

這年，曹聚仁編著的《中國近百年史話》、《魚龍集》、《現代名家書店》（編）、《書林新話》在香港出版。〔註 74〕曹靖華的譯作《契訶夫獨幕劇集》由人民文學出版社出版，收入《蠢貨》等四篇。《油船德賓特號》由人民文學出版社北京第五次印刷；譯作《莊稼人關於列寧的故事》（賽甫琳娜等著）由上海新文藝出版社出版，收入《犯人》等三篇；譯作《城與年》由上海新文藝出版社出版並新一次印刷；譯作蘇聯塔什干民間故事《藍壁毯》由華東人民美術出版社出版；《第四十一》、《第四座避彈室》、《遠方》、《七色花》由中國青年出版社出新一版；《恐懼》由新文藝出版社重排印刷文化生活出版社版本。〔註 75〕

〔註 69〕陳漱渝著《許廣平著述編目》，陳漱渝著《許廣平的一生》第 198 頁。
〔註 70〕《周建人年譜簡編》，謝德銑著《周建人評傳》第 383 頁。
〔註 71〕羅銀勝著《周揚傳》第 194 頁。
〔註 72〕孫琴安著《雪之歌——馮雪峰傳》第 255 頁。
〔註 73〕羅銀勝著《周揚傳》第 205 頁。
〔註 74〕李勇著《曹聚仁研究》第 190 頁。
〔註 75〕冷柯（執筆）、毛粹《曹靖華年譜》，《曹靖華研究專集》第 440 頁。

1955 年

1 月，「三反」開始，文藝界轉入「打虎」運動。〔註1〕

1 月 14 日晚，胡風找到周揚當面承認錯誤，要求收回他的「三十萬言書」，或者修改後再發表。對胡風的這一請求，周揚予以斷然拒絕。〔註2〕

1 月 15 日，周揚寫信給中央宣傳部部長陸定一併毛澤東。陸和毛在信的空白處做批示。之後事情的發展一切都按照毛的旨意調控。〔註3〕

1 月 19 日，胡風向中央呈交了《我的自我批判》，後來又多次修改並加《附記》。〔註4〕

1 月 20 日，中共中央宣傳部向中央提出了《關於開展批判胡風思想的報告》，要求在批判俞平伯和胡適的同時，對胡風的文藝思想進行公開的批判。〔註5〕

1 月 26 日，中共中央以〔55〕018 號文件批轉了中宣部的報告，指出：「胡風的文藝思想，是資產階級唯心論的錯誤思想，他披著『馬克思主義』的外衣，在長時期再進行著反黨反人民的鬥爭，對這一部分作家和讀者發生欺騙作用，因此必須加以徹底批判。」如此，把對胡風文藝思想的批判提高到對敵思想鬥爭的高度，一場全國性的、群眾性的、政治性的對胡風的批判運動正式拉開了帷幕。〔註6〕

〔註1〕羅銀勝著《周揚傳》第 185 頁。
〔註2〕羅銀勝著《周揚傳》第 214 頁。
〔註3〕羅銀勝著《周揚傳》第 215～216 頁。
〔註4〕曉風《胡風年表簡編》，《新文學史料》第 183 頁，1986 年第 4 期。
〔註5〕羅銀勝著《周揚傳》第 205 頁。
〔註6〕羅銀勝著《周揚傳》第 216 頁。

1月30日《文藝報》第一、二期合刊，將「三十萬言書」的二、四部分即理論部分和建設部分印成小冊子，隨刊附發。胡風的「三十萬言書」，梅志說是胡風「向黨中央交的一顆赤誠的心，可現在怎會這樣？他想不通，也無法想通。」〔註7〕

馮雪峰被捲入胡風事件，在黨內受批判，作檢討。〔註8〕

    孫琴安寫道：年初，周揚與陸定一、林默涵一起來到毛澤東的辦公室，彙報關於批判胡風的計劃。臨走時，周揚對毛澤東說：「雪峰同志因《文藝報》的錯誤受了批評，心裏很痛苦。」毛澤東嚴屬地說：「我就是要他痛苦。」與此同時，文藝界對胡風的批判也在升溫。1955年全國開展了一場對「胡風反黨集團」的批判運動。許多與胡風交往或接觸的人紛紛反戈一擊，上臺批判胡風。馮雪峰與胡風的關係與交往，知道自己難逃厄運，但他認為胡風並不是反黨分子，不應該對他採取如此嚴屬無情的批判。當其他人積極表態，參加圍剿批判胡風的運動時，馮雪峰卻保持沉默，沒有寫出一篇批判胡風思想或揭發胡風罪行的文章。這讓有些人極為不滿，視他為胡風思想的同路人。〔註9〕

1月30日，唐弢在《解放日報》發表批判胡適思想的雜感《「述懷」詩考》。〔註10〕

1月，曹靖華的譯作《鐵流》由人民文學出版社第七次印刷。〔註11〕

1月，中國民主促進會中央常務理事會通過決定，補選周建人為民進常務理事會副主席。〔註12〕

2月1日，許廣平率中國婦女代表團出席國際民主婦女聯合會理事會離京赴日內瓦。〔註13〕

2月13日，唐弢在《解放日報》發表批判胡適思想的《「扮演者」的尾

〔註7〕 羅銀勝著《周揚傳》第216頁。
〔註8〕 《馮雪峰大事年表》，孫琴安著《雪之歌——馮雪峰傳》第333頁。
〔註9〕 孫琴安著《雪之歌——馮雪峰傳》第255～256頁。
〔註10〕 傅小北、楊幼生《唐弢年譜》，傅小北、楊幼生編《唐弢研究資料》第440頁。
〔註11〕 冷柯（執筆）、毛粹《曹靖華年譜》，《曹靖華研究專集》第440頁。
〔註12〕 《周建人年譜簡編》，謝德銑著《周建人評傳》第383頁。
〔註13〕 《許廣平活動簡表（1948年10月至1968年3月）》，陳漱渝著《許廣平的一生》第156頁。

巴》。〔註14〕

2 月 27 日，唐弢在《解放日報》發表批判胡適思想的《「壓寶」的故事》。
〔註15〕

2 月，唐弢雜文集《唐弢雜文選》由人民文學出版社出版，收 1933 年至 1947 年雜文 94 篇，占作者這一時期雜文總數的五分之一。「從內容上說，大部分是反帝、反封建、反官僚資本主義的篇什，偶而也鼓舞鬥志，揭發時弊，勾勒了某些所謂文人學者的嘴臉。」〔註16〕

3 月 2 日，許廣平的文章《魯迅與翻譯》刊發在《俄文教學》第 3 期（總第 33 期）。〔註17〕

3 月，許廣平的文章《我們在前進——看了〈六億人民的意志〉》刊發在《大眾電影》第 3 期。〔註18〕

3 月以後，文藝整風再次啟動。〔註19〕

4 月 13 日，唐弢在《解放日報》發表批判胡風的雜感《魯迅絕不會為胡風「辯護」》。〔註20〕

4 月 14 日，許廣平被選為中華全國民主婦女聯合會書記處成員。〔註21〕

4 月，唐弢作為中蘇友好協會訪蘇代表團的成員，赴蘇聯參加「五一」國際勞動節觀禮，並到蘇聯各地參觀訪問。回國後，寫作了好些訪蘇觀感。
〔註22〕

4 月，中宣部的林默涵看到了一批胡風寫給舒蕪的信件，特別請舒蕪「把信中人們不易看懂的地方作些注釋，把信按內容分分類，整理得較為醒目一些」。他與周揚商量下來，決定在《文藝報》上發表，並請當時的主編康濯加一個編者按。康濯寫後，「周揚忽然想到，這個材料比較重要，發表前似應送毛主席看看才好。」〔註23〕

〔註14〕 傅小北、楊幼生《唐弢年譜》，傅小北、楊幼生編《唐弢研究資料》第 440 頁。
〔註15〕 傅小北、楊幼生《唐弢年譜》，傅小北、楊幼生編《唐弢研究資料》第 440 頁。
〔註16〕 傅小北、楊幼生《唐弢年譜》，傅小北、楊幼生編《唐弢研究資料》第 440 頁。
〔註17〕 陳漱渝著《許廣平著述編目》，陳漱渝著《許廣平的一生》第 198 頁。
〔註18〕 陳漱渝著《許廣平著述編目》，陳漱渝著《許廣平的一生》第 199 頁。
〔註19〕 羅銀勝著《周揚傳》第 185 頁。
〔註20〕 傅小北、楊幼生《唐弢年譜》，傅小北、楊幼生編《唐弢研究資料》第 440 頁。
〔註21〕 《許廣平活動簡表（1948 年 10 月至 1968 年 3 月）》，陳漱渝著《許廣平的一生》第 156 頁。
〔註22〕 傅小北、楊幼生《唐弢年譜》，傅小北、楊幼生編《唐弢研究資料》第 440 頁。
〔註23〕 羅銀勝著《周揚傳》第 216 頁。

5月1日～5月29日，周作人整理希臘悲劇《赫卡柏》譯稿。〔註24〕

5月9日，周揚把舒蕪提供材料和康濯的編者按語以及胡風寫的《我的自我批判》一文，一同呈送毛澤東，其中附有周揚自己寫的一封信。〔註25〕

5月11日，毛澤東在看了周揚送來的材料和文章後，感到康濯的編者按語寫得不好，就親筆另寫了一個按語，並在周揚的信上批示，讓登載在《人民日報》並由《文藝報》轉載。

5月13日，毛澤東改寫的按語作為編者按語刊發在《人民日報》上，他將舒蕪提供材料的題目由《關於胡風小集團的一些材料》改為《關於胡風反黨集團的一些材料》。「反黨集團」實質上是反革命集團，這頂政治大帽子扣在胡風等人頭上了。

毛澤東提出逮捕胡風與定胡風案件為「反革命」，曾經徵求周揚、陸定一與胡喬木的意見。據說：「陸定一說過，胡風案件要定『反革命』性質時，毛澤東找了他和周揚、胡喬木商談。毛澤東指出胡風是『反革命』，要把他抓起來，周揚和他都贊成，只有胡喬木不同意。最後還是按照毛澤東的意見辦，定了胡風為『反革命』。」〔註26〕

5月，許廣平的文章《向小學教師們致敬──慶祝「六一」國際兒童節》刊發在《小學教師》第5期（總第32期）。〔註27〕

5月17日，胡風被逮捕並受審查，梅志也同時被捕。〔註28〕當時是劉白羽領來了公安部的人，將胡風逮捕。劉白羽說，他帶公安部的同志去逮捕胡風是周揚的指示。周揚打電話要劉白羽到他那裡去。周揚說在延安逮捕王實味，是毛主席讓陳伯達去的，「你們知識分子要做些這樣的工作鍛鍊鍛鍊」！劉白羽說：「我有什麼好說呢，就去鍛鍊鍛鍊吧，我去胡風家，就是介紹公安部的同志與胡風認識，沒有做別的事。」周揚讓劉白羽等人辦事都是有個說法的，並時不時以延安處理王實味案為榜樣。〔註29〕自5月17日起，胡風完全失去了自由。先在隔離室審查近三個月，後被關押在秦城監獄的單人房中，一直到1965年底。〔註30〕

〔註24〕 錢理群著《周作人傳》第178頁。
〔註25〕 羅銀勝著《周揚傳》第216頁。
〔註26〕 羅銀勝著《周揚傳》第217頁。
〔註27〕 陳漱渝著《許廣平著述編目》，陳漱渝著《許廣平的一生》第199頁。
〔註28〕 曉風《胡風年表簡編》，《新文學史料》第183頁，1986年第4期。
〔註29〕 羅銀勝著《周揚傳》第217頁。
〔註30〕 曉風《胡風年表簡編》，《新文學史料》第183頁，1986年第4期。

　　5 月 18 日，全國人大舉行第十六次會議，批准將胡風反黨集團的骨幹分子逮捕。〔註 31〕逮捕胡風的同時，在天津、上海、武漢、杭州等地也陸續隔離審查與拘留逮捕許多著名的七月派作家。〔註 32〕

　　5 月 23 日，文聯和作協主席團召開擴大會議，地點在東總部胡同貢院西街出版總署的大禮堂。周揚主持的這次會議規模很大，整個禮堂坐得滿滿的。首先由文聯主席郭沫若講話，他的語氣極為嚴厲，把胡風說成是隱藏在內部進行破壞的敵人，宣布對這些暗藏的反革命分子必須鎮壓，而且要比解放初期鎮壓反革命更嚴厲。他宣讀了開除胡風作家協會會籍和撤銷他一切職務的決議，全場近千人鼓掌通過了這個決議。〔註 33〕

　　郭沫若的講話實際已經傳達出毛澤東決心在全國開展「肅反」運動。

　　接著，一個個發言者上臺慷慨激昂地聲討胡風。當李希凡上臺時，周揚特別高興地向大家介紹，他就是毛澤東表揚的「小人物」，是「馬克思主義的新生力量」。

　　忽然，一個身體瘦弱的書生主動上臺要求發言，誰也沒有想到，他居然不識時務地為胡風辯護，結結巴巴地說：「胡風不是反革命……他是學術思想問題……」這就是《歐根·奧涅金》的譯者、美學家呂熒。呂熒的話還沒說完，全場就爆發出一片憤怒的吼聲，那真是一個驚心動魄的場面。呂熒不屈地站在講臺上，滿臉淌著汗，直到被坐在第一排的大理論家張光年把他掀下臺。

　　最後，周揚講話，他講了很多，但給人印象最深有這樣幾句話：「不久前蘇聯作家協會開除了兩個作家的會籍，一個是蘇爾洛夫（劇本《曙光照耀著莫斯科》的作者），還有一個是酗酒成性，道德敗壞的詩人維爾塔。現在我們也揭露出了一個暗藏在文藝隊伍裏的胡風反革命集團。」他還說，解放五年來，隨著我們取得的偉大成就，反革命分子的破壞也越來越猖獗，必須嚴厲鎮壓。周揚在講話中還特意極為自豪地告訴大家：「毛主席對我講，我們編的這個胡風集團的材料和寫的按語，應當送到蘇聯去得斯大林文學獎。」

　　周揚的講話直白了蘇聯是中國的榜樣，蘇聯怎麼做，中國也怎麼做——彷彿揭露胡風集團是受了蘇聯的啟發，或者是仿照蘇聯的方式。中國的「肅

〔註31〕 羅銀勝著《周揚傳》第 217 頁。
〔註32〕 羅銀勝著《周揚傳》第 217 頁。
〔註33〕 羅銀勝著《周揚傳》第 218 頁。

反」，也完全是斯大林理論的恰當運用。〔註34〕

5月24日，《人民日報》發表了有大量編者按語的《關於胡風反黨集團的第二批材料》。〔註35〕這些按語都是經過毛澤東修改過的，有的甚至就是毛澤東親自加的。〔註36〕

6月6日，毛澤東收到了有關胡風的第三批材料和由鄧拓起草的《人民日報》社論後，親自批示。〔註37〕

6月8日，毛澤東改好由鄧拓起草的社論，題目是《必須從胡風事件吸取教訓》。這篇社論經毛刪改後，幾乎只剩下一個題目了。〔註38〕

6月10日，《人民日報》發表了這篇社論和有關胡風的第三批材料。其中將原先的「胡風反黨集團」一律改為「胡風反革命集團」。這次的編者按語全是毛澤東親自加的，只有張中曉給胡風的一封涉及毛澤東《在延安文藝座談會上的講話》的信後的按語，是由周揚和林默涵共同起草的。〔註39〕

《關於胡風反革命集團的第三批材料》公布後，社會各界掀起了一股聲討胡風的浪潮，各種批判文章和漫畫鋪天蓋地。中共中央立即決定將關於胡風的材料印成小冊子在全國發行。毛澤東特地為此小冊子寫了序言。〔註40〕

6月12日和6月16日，毛澤東都親自下批示。〔註41〕

林默涵說：「在拘捕胡風時，又從胡風家裏搜出了一些同胡風接近的人們給胡風的許多信件，這些信中也有許多暗語，公安部門看不懂，他們要求中宣部派幾個比較瞭解胡風情況的人來整理這些信件。參加整理信件的有我、何其芳、劉白羽、張光年、郭小川、袁水拍、和中宣部文藝處的一些同志。我們又整理出了第二批、第三批材料。在摘錄、整理這些材料時，我們反覆核對了原信，以免弄錯了信的原意。

關於中宣部派人去公安部整理材料，王康說：「很快從中宣部機關、作家協會、文教單位及公安部抽調何其芳、劉白羽、袁水拍、張光年、郭小川、黎辛、朱寨、李曙光等同志約十一二人辦理此事，並由林默涵組織領導這一

〔註34〕羅銀勝著《周揚傳》第218頁。
〔註35〕曉風《胡風年表簡編》，《新文學史料》第183頁，1986年第4期。
〔註36〕羅銀勝著《周揚傳》第217頁。
〔註37〕羅銀勝著《周揚傳》第218頁。
〔註38〕羅銀勝著《周揚傳》第219頁。
〔註39〕羅銀勝著《周揚傳》第219頁。
〔註40〕羅銀勝著《周揚傳》第219頁。
〔註41〕羅銀勝著《周揚傳》第219頁。

工作。」此外，派去的還有作家協會與戲劇家協會的同志。

　　有人說過在處理胡風案件中，周揚的行動是「舉足輕重」的「樞紐式人物」。〔註 42〕

　　6 月 18 日，瞿秋白殉難二十週年，中共中央在北京八寶山革命烈士公墓，舉行瞿秋白同志遺骨安葬儀式（遺骨是黨中央派人在 1951 年 7 月從福建長汀找到後，於 1954 年 7 月 20 日用飛機專程運到北京的）。中共中央書記處書記周恩來主祭，董必武、彭真、陸定一、周建人、葉聖陶、許廣平等陪祭。周恩來親自抬著瞿秋白的骨盒，放進墓穴內。中共中央宣傳部部長陸定一代表黨中央在安葬儀式上作了關於瞿秋白同志生平的報告，陸定一對瞿秋白作了很高的評價。他說：「瞿秋白同志是中國共產黨的卓越的政治活動家和宣傳家」，「中國無產階級的無限忠誠的戰士。他獻身革命直到最後一息。」又說：「他的高貴品質和畢生功績將活在人民的心裏，永垂不朽！」〔註 43〕

　　6 月 19 日～9 月 18 日，許廣平率中國越劇團赴德意志民主共和國和蘇聯作訪問演出。團員有著名越劇演員袁雪芬、范瑞娟、傅全香、徐玉蘭等 70 餘人，演出劇目有《梁山伯與祝英臺》、《西廂記》、《斷橋》、《打金枝》、《拾玉鐲》、《盤夫》等。〔註 44〕

　　6 月，曹靖華寫作散文《由「冒險家的樂園」說起》。〔註 45〕

　　6 月 15 日，曹靖華寫作散文《點滴憶秋白》。〔註 46〕

　　7 月 14 日，全國文聯常委會和北京文藝界學習委員會召開聯席會議，宣布北京文藝整風勝利結束。〔註 47〕

　　文藝整風的目的是乘批判《武訓傳》之東風，借轟轟烈烈的知識分子思想改造運動與「三反」運動之聲勢，用群眾批判和自我檢討的方式，進一步淨化文藝思想，樹立毛澤東思想的權威。根據毛澤東的文藝思想，文學藝術是「革命的螺絲釘」，是黨的工作的一部分，與教育界、科學界相比，文藝界

〔註 42〕羅銀勝著《周揚傳》第 220 頁。
〔註 43〕原載《人民日報》1955 年 6 月 18 日，周永詳編寫《瞿秋白年譜（1899～1935）》第 131 頁。
〔註 44〕《許廣平活動簡表（1948 年 10 月至 1968 年 3 月）》，陳漱渝著《許廣平的一生》第 156～157 頁。
〔註 45〕冷柯（執筆）、毛粹《曹靖華年譜》，《曹靖華研究專集》第 440 頁。
〔註 46〕冷柯（執筆）、毛粹《曹靖華年譜》，《曹靖華研究專集》第 440 頁。
〔註 47〕羅銀勝著《周揚傳》第 185 頁。

的思想應當更加純潔、更加統一，步調更加一致，應該絕對地服從黨的領導與指揮。文藝界知識分子的思想改造運動稱之為「整風」，也更加表明它是延安文藝整風運動的重演或翻版。〔註48〕

周揚此時正處於尷尬的境地。毛澤東發起批判《武訓傳》的運動，對文藝界的「思想混亂」表示了極大的不滿，「四條漢子」之一的夏衍因對《武訓傳》的攝製與放映負有直接責任而做了檢討，這無疑使周揚承受了極大的壓力。文藝幹部座談會對新中國成立後的文藝領導提出了嚴厲的批評，認為周揚應對存在的問題負「主要責任」，周揚被迫做了「詳細的自我批評」。這樣一種處境，使周揚更加積極地貫徹毛澤東的意旨，激進地推動文藝整風，以糾正他所負有重大責任的「文藝脫離黨的領導的狀態」。

根據徹底批判和清除資產階級小資產階級文藝思想、樹立毛澤東文藝思想的絕對領導地位的要求，如同其他領域的思想改造一樣，文藝整風運動對文藝界的各個方面進行了全面的批判。成百上千的為建立中國現代文學藝術作出過貢獻的作家、詩人、戲劇家、導演、演員、音樂家、畫家用新中國成立後剛剛學得的政治詞彙，痛斥自己只進步而「不革命」的歷史，批判自己的作品，表達了擁護毛澤東文藝思想、全心全意為工農兵服務的決心。在強大的政治壓力下和「否定過去，面向未來」的社會潮流中，發自內心的懺悔、被迫無奈的檢討匯合在一起，形成了幾千年來中國文壇上不曾有過的奇異現象。〔註49〕

7月16日，唐弢在《展望》週刊第27期發表批判胡風的雜感《關於「裝死」》。〔註50〕

7月，第一屆全國人民代表大會第二次會議舉行。在會上撤銷了胡風的全國人大代表資格，並批准了對胡風的逮捕審判。〔註51〕

8月1日～10月12日，周作人譯出日本式亭三馬著《浮世澡堂》。〔註52〕

8月15日，唐弢在《文藝月報》發表批判胡風的雜感《論「難為水」》。〔註53〕

〔註48〕 羅銀勝著《周揚傳》第185～186頁。
〔註49〕 羅銀勝著《周揚傳》第187頁。
〔註50〕 傅小北、楊幼生《唐弢年譜》，傅小北、楊幼生編《唐弢研究資料》第440頁。
〔註51〕 曉風《胡風年表簡編》，《新文學史料》第183頁，1986年第4期。
〔註52〕 錢理群著《周作人傳》第178頁。
〔註53〕 傅小北、楊幼生《唐弢年譜》，傅小北、楊幼生編《唐弢研究資料》第440頁。

9 月，蕭軍的《五月的礦山》受批判。《文藝報》組織一批名人稿件，連篇累牘地進行批判，說它是一株不折不扣的大毒草，醜化了工人階級，侮辱了礦山領導幹部，攻擊了社會主義制度。不久，《五月的礦山》的紙型被銷毀，並從圖書館的借閱架上消失了。〔註 54〕

10 月 15 日，唐弢在《文藝月報》10 月號發表《魯迅談作家的思想鍛鍊》。〔註 55〕

10 月 15 日，唐弢在《文藝報》第 19 期發表《學習魯迅的戰鬥精神》。〔註 56〕

10 月 19 日，唐弢在《解放日報》發表《魯迅談必須反映迫切的政治鬥爭與重大問題》。〔註 57〕

10 月，唐弢論文、雜文集《學習與戰鬥》由上海新文藝出版社出版，收1951 年 4 月至 1955 年 7 月所寫雜文、論文 54 篇。共分五個方面：對電影《武訓傳》的批判、對胡適思想和對胡風的批判；社會雜感；政治雜感；文藝短評；為和平運動和文化交流而作的紀念性的篇什。〔註 58〕

11 月 18 日～12 月 21 日，周作人譯出希臘悲劇《赫剌克勒斯的兒女》，並作詳細注釋。〔註 59〕

50 年代的周作人，儘管被剝奪了政治權利，但仍然終日伏案，譯書不止，並取得了可觀的成績。〔註 60〕

12 月，許廣平的文章《對待敵人，再不能寬大》刊發在《新觀察》第 12 期。〔註 61〕

12 月，許廣平的文章《往前看，不要總是往後看》刊發在《民進》第 39 期。〔註 62〕

12 月，周建人曾回紹興調查紹興太平天國壁畫情況。〔註 63〕

〔註 54〕 王科、徐塞、張英偉著《蕭軍評傳》第 177 頁。
〔註 55〕 傅小北、楊幼生《唐弢年譜》，傅小北、楊幼生編《唐弢研究資料》第 440 頁。
〔註 56〕 傅小北、楊幼生《唐弢年譜》，傅小北、楊幼生編《唐弢研究資料》第 440 頁。
〔註 57〕 傅小北、楊幼生《唐弢年譜》，傅小北、楊幼生編《唐弢研究資料》第 440 頁。
〔註 58〕 傅小北、楊幼生《唐弢年譜》，傅小北、楊幼生編《唐弢研究資料》第 441 頁。
〔註 59〕 錢理群著《周作人傳》第 178 頁。
〔註 60〕 錢理群著《周作人傳》第 177 頁。
〔註 61〕 陳漱渝著《許廣平著述編目》，陳漱渝著《許廣平的一生》第 199 頁。
〔註 62〕 陳漱渝著《許廣平著述編目》，陳漱渝著《許廣平的一生》第 199 頁。
〔註 63〕 《周建人年譜簡編》，謝德銑著《周建人評傳》第 383 頁。

　　這年第 14、15 期《文藝報》連載的《胡風反革命理論的前前後後》，由周揚親自校閱過。該文借反胡風為名，說魯迅提出的「民族革命戰爭的大眾文學」口號，是「抗拒黨的抗日民族統一戰線的政策」，「製造進步文藝界的分裂和糾紛」，「破壞當時已經走向開展的文藝界的抗日大團結」，是「與國民黨奸細、托洛茨基分子裏應外合」，是對「國防文學」這一口號的「猛烈的、超『左』的攻擊」。〔註 64〕

　　這年，曹聚仁編著的《新紅學發微》、《觀變手記》、《文壇五十年》、《文壇五十年續集》、《採訪外記》、《採訪二記》、《採訪三記》、《國文略談指導》（朱自清原著、曹聚仁增訂）在香港出版。〔註 65〕曹靖華的譯作《第四座避彈室》、《遠方》、《七色花》、《關於列寧的傳說》、《關於夏伯陽的傳說及其他》等書由上海少年兒童出版社出版新一版。〔註 66〕上海文聯成立，唐弢任作協上海分會書記處書記，上海市文化局副局長。〔註 67〕

〔註 64〕羅銀勝著《周揚傳》第 261 頁。
〔註 65〕李勇著《曹聚仁研究》第 190 頁。
〔註 66〕冷柯（執筆）、毛粹《曹靖華年譜》，《曹靖華研究專集》第 440～441 頁。
〔註 67〕傅小北、楊幼生《唐弢年譜》，傅小北、楊幼生編《唐弢研究資料》第 441 頁。

1956 年

    1 月，中共中央召開了關於知識分子問題的會議，周恩來作報告，指出「我國的知識界的面貌在過去三年來已經發生了根本的變化」云云。此後，一大批前些年被打入冷宮的知識分子名人紛紛被「挖掘」出來，使其重見天日。〔註1〕

    1 月 5 日，周建人就魯迅故居及紹興太平天國壁畫情況覆信給羅爾綱。〔註2〕信中說：

    爾綱先生：

    去年所談的紹興太平天國時期的壁畫問題，曾答應您代向當地老人去問一下。前月曾去問過，但沒有獲得確切的回答。在北京問過幾位研究歷史的人，則他們都說太平天國只畫龍（或龍鳳），壁上卻不畫人物，更不會畫上《西遊記》及《封神榜》的故事。他們說：太平天國領袖反對佛教、道教，故不會有壁上畫這類繪畫云。匆上，致敬禮！

周建人

五六年一月五日〔註3〕

    1 月 9 日，唐弢的訪蘇觀感《為了創造性的一年》刊發在蘇聯《真理報》。〔註4〕

〔註1〕錢理群著《周作人傳》第 178 頁。
〔註2〕《周建人年譜簡編》，謝德銑著《周建人評傳》第 384 頁。
〔註3〕謝德銑著《周建人評傳》第 249 頁。
〔註4〕傅小北、楊幼生《唐弢年譜》，傅小北、楊幼生編《唐弢研究資料》第 441 頁。

　　1月，周恩來在二屆全國政協二次會議上代表黨中央發出「向現代科學大進軍」號召。〔註5〕

　　1月15日，唐弢在《文藝月報》1月號發表《「小事」不「小」——談〈一件小事〉的思想性和藝術性》。〔註6〕

　　1月，唐弢在《人民文學》1月號發表雜文《「三戶」頌》。〔註7〕

　　1月30日，唐弢出席第二屆全國政協第二次會議，當選為全國政協委員。〔註8〕

　　2月9日，曹靖華應邀赴莫斯科，出席蘇聯保衛和平委員會、作協、文化部和對外文協聯合舉行的紀念陀思妥耶夫斯基逝世七十五週年紀念會。〔註9〕

　　2月，《蘇聯作家談創作經驗》一書由中國青年出版社出版，內收曹靖華譯作《我的創作經驗》（高爾基作）、《致青年作家》（阿·托爾斯泰作）兩篇。〔註10〕

　　2月9日～16日，許廣平參加民主促進會常務理事會擴大會議。會議確定「一切為了社會主義，更多更好地貢獻力量為社會主義服務」是民進的根本任務。〔註11〕

　　3月，曹靖華加入中國共產黨，介紹人為馮雪峰和鄒魯風（鄒當時任北京大學副書記兼副校長）。周恩來很關心曹靖華的入黨問題，校內外報刊報導了曹靖華入黨的消息。〔註12〕

　　3月8日，唐弢被批准加入中國共產黨。〔註13〕

　　3月24日，唐弢在《解放日報》發表《獻身偉大的共產主義事業》，他回顧了自己的生活經歷和思想變革的過程。〔註14〕

　　4月2日，許廣平以全國婦聯副主席身份參加接見全國工商業者家屬和

〔註5〕《周建人年譜簡編》，謝德銑著《周建人評傳》第384頁。
〔註6〕傅小北、楊幼生《唐弢年譜》，傅小北、楊幼生編《唐弢研究資料》第441頁。
〔註7〕傅小北、楊幼生《唐弢年譜》，傅小北、楊幼生編《唐弢研究資料》第441頁。
〔註8〕傅小北、楊幼生《唐弢年譜》，傅小北、楊幼生編《唐弢研究資料》第441頁。
〔註9〕冷柯（執筆）、毛粹《曹靖華年譜》，《曹靖華研究專集》第441頁。
〔註10〕冷柯（執筆）、毛粹《曹靖華年譜》，《曹靖華研究專集》第441頁。
〔註11〕《許廣平活動簡表（1948年10月至1968年3月）》，陳漱渝著《許廣平的一生》第157頁。
〔註12〕冷柯（執筆）、毛粹《曹靖華年譜》，《曹靖華研究專集》第441頁。
〔註13〕傅小北、楊幼生《唐弢年譜》，傅小北、楊幼生編《唐弢研究資料》第441頁。
〔註14〕傅小北、楊幼生《唐弢年譜》，傅小北、楊幼生編《唐弢研究資料》第441頁。

女工商業者代表會議全體代表以及港澳工商界婦女觀光團全體人員。〔註15〕

　　春天，周建人以浙江省人民代表身份到紹興視察文物保護工作，建議保護修繕周恩來同志祖居「百歲堂」。〔註16〕

　　紹興文物部門負責同志彙報了市區文物保護工作概況後，陪同他到保祐橋「百歲堂」視察。百歲堂為清代建築，是一幢三進三間的居民住房，裏面掛著「百歲壽母之門」的大匾，大家把它叫作「百歲堂」。這裡是周恩來總理祖居過去是少為人知的。當時臺門間的屋子因年久失修已經傾斜，是幢危房。周建人一行到這裡後，陪同的同志勸他們不要進去，他們卻堅持往裏走。穿過臺門間，就是大廳三間，到達最後一進，裏面住著周氏族人。大廳正中懸掛著「錫養堂」大匾，屋頂有透天窟窿多處。周建人看了說：「這裡是周恩來的祖居。1939 年，他到抗戰大後方視察工作。曾來過這裡。房屋年久失修，我們回去提個建議，周總理祖居『百歲堂』應該整修。」其他幾位代表都表示贊同。不久，省裏撥來了維修款，託魯迅紀念館負責，按照「修舊如舊」的原則，修好了臺門斗和大廳二進房屋。「百歲堂」在六十年代曾一度闢為魯迅圖書館的閱覽室。〔註17〕

　　5 月 1 日，唐弢的訪蘇觀感《人類的春天》刊發在蘇聯《真理報》。〔註18〕

　　5 月，馮雪峰主持編輯注釋的 10 卷本《魯迅全集》開始出版。〔註19〕

　　5 月，許廣平《與胡風思想劃清界限》刊發在《文藝報》第 9、10 期。收入 8 月北京作家出版社編輯出版的《胡風文藝思想批判論文匯集》第六集。〔註20〕

　　6 月，許廣平《從胡風事件中取得教訓》刊發在《民進》第 36 期。〔註21〕

　　6 月，許廣平和唐弢應上海美協之邀，曾來滬為上海、杭州、南京、無錫的美術工作者專門作有關魯迅生活、工作習慣和魯迅事蹟及美術創作要求的報告。〔註22〕

〔註15〕《許廣平活動簡表（1948 年 10 月至 1968 年 3 月）》，陳漱渝著《許廣平的一生》第 157 頁。

〔註16〕《周建人年譜簡編》，謝德銑著《周建人評傳》第 384 頁。

〔註17〕謝德銑著《周建人評傳》第 249～250 頁。

〔註18〕傅小北、楊幼生《唐弢年譜》，傅小北、楊幼生編《唐弢研究資料》第 441 頁。

〔註19〕《馮雪峰大事年表》，孫琴安著《雪之歌——馮雪峰傳》第 333 頁。

〔註20〕陳漱渝著《許廣平著述編目》，陳漱渝著《許廣平的一生》第 199 頁。

〔註21〕陳漱渝著《許廣平著述編目》，陳漱渝著《許廣平的一生》第 199 頁。

〔註22〕姚慶雄《熱情關懷　親切指導——回憶許先生二三事》，上海魯迅紀念館編《許廣平紀念集》第 31 頁。

6月18日，曹靖華作《高爾基在教導著我們──紀念高爾基逝世二十週年》，刊於《人民日報》第三版。〔註23〕

7月，周作人的命運似乎出現了一個轉機。他在7月1日的日記寫道：「平伯來訪，傳達樓適夷意向，願否遊覽江浙，囑代答應，擬往紹興一看。」樓適夷時為人民文學出版社負責人。周作人本無公職，自然無上級領導；但因他與人民文學出版社訂有按月支付稿費的合同，大概人民文學出版社就有了監管周作人的任務。樓的意向，顯然表明周作人已被列為「統戰對象」了。〔註24〕按說，此時被「挖掘」者提出的各種要求都應儘量予以滿足，但周作人「要回紹興看看」，卻使「挖掘者」頗感為難。周作人想重返故里，本在情理之中，但他畢竟是著名的「大漢奸」，此番歸去，會不會出現麻煩，安全與影響都有問題，有關領導卻不能不多所躊躇，經反覆研究磋商，最後確定去西安。同行者有錢稻孫與王古魯；他們都是日偽政府的教育官員，因此，此行的「統戰」性質十分明確的，周作人等大概對此也是心中有數的吧。有趣的是，周作人尚未出門，一些敏感的記者即已從「周作人被邀出遊」這事實本身，覺出了周作人這個「出土文物」價值的變化，再加上這年正逢魯迅逝世20週年，周作人身上那塊「魯迅二弟」的招牌，即具有某種新聞價值。於是，紛紛前來約稿，一時間車馬罕至的八道灣11號前竟又是「門庭若市」了。周作人也很識趣，或者說懂得這機會的可貴，一一應允，來者不拒。〔註25〕

8月～12月，周作人署名「周啟明」、「周遐壽」的回憶魯迅的文章在《人民日報》、《中國青年報》、《工人日報》、《文匯報》、南京《新華日報》、《陝西日報》、《讀書月報》、《民間文學》、《新港》、《文藝學習》等報刊一共發表了19篇文章。周作人借光魯迅，又出了一陣風頭。他在日記裏小心地談到這類文章的「不好寫」：既是奉命而寫，自不能使約稿者與讀者失望，「符合潮流」之外，還必得要有新意，有點知識性與趣味性，但又不可與現實貼得過緊，以免「影射」之嫌。周作人一生反對「賦得體」的文章，現在終於也嘗到寫此類文章的苦況了。中國知識分子被冷落的滋味固不好受，但這樣的「殊遇」「榮寵」，也是頗為尷尬的。不過，周作人對應付此類尷尬事已頗有經驗。他依然是平靜而自然地接受了這一切，既沒有受寵若驚，似乎也不覺

〔註23〕冷柯（執筆）、毛粹《曹靖華年譜》，《曹靖華研究專集》第441頁。
〔註24〕錢理群著《周作人傳》第178頁。
〔註25〕錢理群著《周作人傳》第178～179頁。

得有什麼彆扭。〔註 26〕

　　8 月 4 日，許廣平率團出席第二屆禁止原子彈和氫彈世界大會代表團離北京赴日本。此次會議在東京、長崎兩地連續舉行。〔註 27〕8 月 6 日開幕。〔註 28〕8 月 11 日閉幕。〔註 29〕

　　8 月 11 日～24 日，許廣平、周建人出席中國民主促進會第二次全國代表大會。〔註 30〕

　　周建人代表民進中央作工作報告，並當選為第四屆中央委員會副主席。〔註 31〕

　　8 月 20 日，周作人與錢稻孫一起在北京飯店會見了日本來訪者谷川徹三。〔註 32〕

　　8 月 23 日，許廣平被選為民進中央委員。〔註 33〕

　　8 月 24 日，許廣平被選為民進副主席。〔註 34〕

　　劉恒橑在《緬懷民主鬥士許廣平》中寫道：她為民進的建設和發展傾注了大量心血。許多省市的民進組織是她親手籌建起來的；一大批著名專家學者是由她介紹入會的。許廣平同志是我們民進傑出的領導人。〔註 35〕

　　許錫揮寫道：記得 1956 年民進第二次全國代表大會在北京舉行，那時我正在北大念書，去探望父親時見到了多位民進領導人。一天晚上，父親帶我去政協禮堂看文藝演出，許廣平坐在我們前排，自 1942 年在上海分別後我就

〔註 26〕 錢理群著《周作人傳》第 179～180 頁。
〔註 27〕 《許廣平活動簡表（1948 年 10 月至 1968 年 3 月）》，陳漱渝著《許廣平的一生》第 157 頁。
〔註 28〕 《許廣平活動簡表（1948 年 10 月至 1968 年 3 月）》，陳漱渝著《許廣平的一生》第 157 頁。
〔註 29〕 《許廣平活動簡表（1948 年 10 月至 1968 年 3 月）》，陳漱渝著《許廣平的一生》第 157 頁。
〔註 30〕 《許廣平活動簡表（1948 年 10 月至 1968 年 3 月）》，陳漱渝著《許廣平的一生》第 157 頁。
〔註 31〕 《周建人年譜簡編》，謝德銑著《周建人評傳》第 384 頁。
〔註 32〕 錢理群著《周作人傳》第 182 頁。
〔註 33〕 《許廣平活動簡表（1948 年 10 月至 1968 年 3 月）》，陳漱渝著《許廣平的一生》第 157 頁。
〔註 34〕 《許廣平活動簡表（1948 年 10 月至 1968 年 3 月）》，陳漱渝著《許廣平的一生》第 157 頁。
〔註 35〕 劉恒橑《緬懷民主鬥士許廣平》，上海魯迅紀念館編《許廣平紀念集》第 7～8 頁。

沒有和她見過面，她親切地詢問我在北大學習的情況。〔註36〕

秋天，馮雪峰以全國人大代表身份到浙江義烏等地視察工作，關心民生疾苦。〔註37〕

9月7日、8日，一直在香港從事報業活動的曹聚仁利用到北京參加魯迅逝世20週年紀念會的時機，訪問了周作人。這是新中國成立後，苦雨齋最早的境外來客之一。這對於他們雙方及他們之間的友誼，都別具一番意義。曹聚仁後來回憶，「那時，老人年已72，年老體弱，醫生吩咐，見客只能談三五分鐘，他卻特別高興，留我談了一點多鐘。〔註38〕

9月8日，唐弢在《文藝學習》9月號發表《魯迅對文學的一些看法》。〔註39〕

9月9日，唐弢在《人民日報》發表雜文《孟德新書》。〔註40〕

9月10日，曹靖華作《偷天火給人的人》，刊於《中國青年》第十八期。〔註41〕

9月13日，唐弢在《人民日報》發表雜文《「言論老生」》。〔註42〕

9月23日～10月12日，周作人與王古魯、錢稻孫在文聯工作人員佟韋的陪同下，離開北京前往西安，先後遊覽了鼓樓、慈恩寺、大雁塔、碑林、華清池、半坡村遺址、霍去病墓等名勝古蹟，參觀了陝西省博物館、國棉四廠、新西和印染廠和桃溪堡村。在西安期間還觀看了越劇《晴雯》，出席了西安市文聯、陝西作協舉辦的宴會，歷時半個多月。據同行的佟韋回憶，周作人在參觀工農業生產建設時，興致也很高，一再說：「自己很少出門，到外邊看看，大開眼界，耳目一新，精神也好了起來」，「工業的發展實在可觀，這是我沒有想過的，也是第一次看見的」。在西安的桃溪堡村，周作人一邊走一邊與農民交談，打聽生產、生活情況，並且說：「聽說人面桃花的故事就發生在這裡，如今這裡生產好了，百姓安居樂業，是我未曾料想的。」在西安，正逢國慶節，周作人一行登上西安人民大樓樓頂，眺望披上節日盛裝的西安

〔註36〕許錫揮《民主促進會和我家兩代人》，許錫揮著《廣州伴我歷滄桑》第141頁。
〔註37〕《馮雪峰大事年表》，孫琴安著《雪之歌——馮雪峰傳》第333頁。
〔註38〕錢理群著《周作人傳》第180頁。
〔註39〕傅小北、楊幼生《唐弢年譜》，傅小北、楊幼生編《唐弢研究資料》第441頁。
〔註40〕傅小北、楊幼生《唐弢年譜》，傅小北、楊幼生編《唐弢研究資料》第441頁。
〔註41〕冷柯（執筆）、毛粹《曹靖華年譜》，《曹靖華研究專集》第442頁。
〔註42〕傅小北、楊幼生《唐弢年譜》，傅小北、楊幼生編《唐弢研究資料》第441頁。

市和街上敲鑼打鼓的人群，不禁感慨萬千。周作人指著天上的雲彩說：「天地之間的一切事務都是在變化著的，那天上的雲也在不停的變化著，今天的中國，也確實變了。」在西安期間，周作人應當地《陝西日報》之邀，寫了一篇回憶魯迅的文章，題目叫《魯迅的笑》，以為不注意魯迅的暢懷大笑，不會真正理解魯迅。這其實也是表達了他自己的心情的。讀者不是也因此看見了一個真誠地笑著的周作人麼？〔註43〕

9月25～26日，許廣平文章《魯迅和青年——在團中央魯迅紀念會上的講話》刊發在《中國青年報》上。〔註44〕

9月，魯迅博物館籌備就緒，進行內部預展，在陳列的後一部分中，展出了魯迅《答徐懋庸並關於抗日統一戰線問題》一文的原稿。〔註45〕

9月30日，周揚去審查陳列情況。當他看到這文稿時，立即對陪同他的同志下令：「這篇文章不能陳列，說不清楚，撤掉它！」過一會兒，周揚又補充說：文藝界內部的鬥爭暫不表現，等將來有了充分的材料，經過仔細的研究以後再說。」〔註46〕

10月1日，許廣平參加國慶慶祝會。〔註47〕

10月8日，許廣平文章《魯迅如何對待祖國文化遺產》刊發在《文匯報》上。〔註48〕

10月9日，許廣平文章《魯迅的日常生活》刊發在《文匯報》上。〔註49〕

10月10日，許廣平攜周海嬰夫婦赴紹興參觀魯迅紀念館。〔註50〕

章貴寫道：許廣平第三次訪問魯迅故鄉是在1956年，正值魯迅先生逝世二十週年，全國各地紛紛籌備各種紀念活動，上海還將魯迅墳墓由郊區的萬國公墓遷至市區虹口公園，遷墓儀式定於10月14日舉行。10月10日，許廣平趁遷墓前的空隙帶領海嬰夫婦及親家等六人，風塵僕僕地趕往紹興。那時時值深秋，晚稻豐收在望，跟魯迅當年所描寫的「沒有一些活氣」的故鄉，

〔註43〕錢理群著《周作人傳》第181頁。
〔註44〕陳漱渝著《許廣平著述編目》，陳漱渝著《許廣平的一生》第199頁。
〔註45〕羅銀勝著《周揚傳》第261頁。
〔註46〕羅銀勝著《周揚傳》第261頁。
〔註47〕《廣闊平遠——許廣平120週年誕辰紀念展》第四部分《向日葵》。
〔註48〕陳漱渝著《許廣平著述編目》，陳漱渝著《許廣平的一生》第199頁。
〔註49〕陳漱渝著《許廣平著述編目》，陳漱渝著《許廣平的一生》第199頁。
〔註50〕《許廣平活動簡表（1948年10月至1968年3月）》，陳漱渝著《許廣平的一生》第157頁。

形成了鮮明的對照。這次許廣平一行到紹興，我作為紀念館的一員，幸運地被指派到郊外去迎來住進魯迅故居東首的紀念館招待所。

當時魯迅故居和三味書屋的陳列已基本復原，魯迅生平陳列室也已初具規模，許廣平詳細地參觀了魯迅紀念館的各個部分。在魯迅故居里，看到「寄存薄」上記著的許多傢具已基本搜集回來了，非常滿意。參觀三味書屋時，看到魯迅當年用過的一頂課桌，忽而想起魯迅生前與她講過的一件往事：魯迅在這裡讀書時，一天遲到，受到鏡吾老先生的責備，因而他暗暗地在自己的課桌上刻了一個「早」字。從此千千萬萬的觀眾都知道魯迅在這裡讀書時嚴格要求自己的學習精神而受到教益。

許廣平在紹興，雖然只宿了一晚，但她於 11 日上午不辭辛勞地帶著兒、媳等還特意乘坐烏篷船訪問了魯迅外婆家——安橋頭，參觀了朝北臺門。這是許廣平同志第一次去魯迅外婆家，也是她唯一的一次。許廣平看到安橋頭農民的生活日益富裕起來，村裏不僅有了夜校，而且還辦起了小學。「百分之九十九不識字」的時代已成為歷史的話題。

臨別紹興時，許廣平又接見了伊凡安德利奇同志率領的南斯拉夫作家協會代表團，並接受了他們的獻花。許廣平對當地黨政部門和各界人士對紹興魯迅紀念館的重視關懷和支持，非常感激。臨行時，她在紀念冊上留下這樣的筆跡：「在我們參觀魯迅紀念館的時候，看到增加了不少新的內容和有更完備的布置，從這裡，證明有關的各方面給予紀念館的積極支持，也就是人民熱愛自己兄弟為人民做過工作的具體答覆。許廣平　1956 年 10 月 11 日」。

周海嬰夫婦等也在紀念冊上題詞：「為人民的幸福而鬥爭的人，將永遠存在已經得到幸福的人民心中」。〔註51〕

周建人也攜夫人王蘊如到紹興參加紀念活動。〔註52〕

10 月 10 日，許廣平的文章《魯迅在日本》刊發在《文藝月報》第 10 期（總第 46 期）。後被收入《魯迅研究資料》第一輯。〔註53〕

10 月 10 日，唐弢在《文藝月報》10 月號發表《魯迅與戲劇藝術》。〔註54〕

10 月 12 日，許廣平的文章《和小朋友談魯迅》刊發在《輔導員》第 10

〔註51〕章貴《許廣平三訪魯迅故鄉》，魯迅博物館、民進中央宣傳部編《許廣平》第 71～73 頁。

〔註52〕《周建人年譜簡編》，謝德銑著《周建人評傳》第 384 頁。

〔註53〕陳漱渝著《許廣平著述編目》，陳漱渝著《許廣平的一生》第 199 頁。

〔註54〕傅小北、楊幼生《唐弢年譜》，傅小北、楊幼生編《唐弢研究資料》第 441 頁。

期（總第 30 期）。〔註 55〕

10 月 14 日，許廣平參加上海虹口公園魯迅墓遷墓典禮並致詞，葬禮閉，又與海嬰夫婦一同參觀魯迅紀念館。〔註 56〕墓碑由毛澤東親筆題寫。〔註 57〕

陳漱渝寫道：十四日清晨，上海虹口公園內用著名的蘇州金山花崗石築成的魯迅新墓腳下，擺著中共中央敬獻的花環，上面寫著「魯迅先生永垂不朽」。十公尺寬，七公尺高的墓碑上銘刻著毛澤東同志題寫的「魯迅先生之墓」六個大字。墓旁移植有周恩來同志與許廣平十年前在萬國公墓魯迅墓前所種的兩株檜柏。墓的面積有一千六百平方公尺，墓前是一片五、六千平方公尺鋪有天鵝絨草的草坪。墓的中央有一座安詳的魯迅雕塑，這是出於名雕刻家蕭傳玫之手。墓地前面建有魯迅先生紀念亭一座。上午九時，陽光燦爛，丹桂飄香。魯迅靈柩由宋慶齡、茅盾、周揚、許廣平、巴金、唐弢等十一人從公園大門迎至新墓安葬。靈柩上覆蓋著複製的「民族魂」三字的大旗。一陣秋風，捲起這面旗子的一角。許廣平取下胸前的一朵彩色水鑽扣花，把旗子牢牢扣住。當靈柩帶著這朵扣花徐徐落入墓穴的時候，許廣平滿眼熱淚奪眶而出。在遷葬儀式上，許廣平發表了言簡意賅的講話。她指出：「魯迅是中國人民當中的一個。由於他一生的勞動，都是為了祖國和人民，這就使他成為中國人民最優秀、最忠實的兒子。現在，當魯迅逝世二十週年的時候，黨和人民給予魯迅這樣崇高的隆重的深厚的紀念，作為一個作家，是文化界的光榮；作為革命隊伍中的一員，是革命者的光榮；作為一個中國人民的忠實的兒子，是中國人民的光榮。我們今後一定會完成和發揚他的意願，來建設新中國，團結一切可以團結的力量，為人類友好合作的和睦大家庭而堅持奮鬥，不斷地前進。〔註 58〕

10 月 15 日，許廣平的文章《在魯迅遷葬儀式上的講話》刊發在《解放日報》上。〔註 59〕

10 月 15 日，許廣平的文章《為魯迅逝世二十週年作》刊發在《文藝報》第 19 期（總第 165 期）。〔註 60〕

〔註 55〕陳漱渝著《許廣平著述編目》，陳漱渝著《許廣平的一生》第 200 頁。
〔註 56〕《許廣平活動簡表（1948 年 10 月至 1968 年 3 月）》，陳漱渝著《許廣平的一生》第 157 頁。
〔註 57〕《廣闊平遠──許廣平 120 週年誕辰紀念展》第四部分《向日葵》。
〔註 58〕陳漱渝著《許廣平的一生》第 120 頁。
〔註 59〕陳漱渝著《許廣平著述編目》，陳漱渝著《許廣平的一生》第 200 頁。
〔註 60〕陳漱渝著《許廣平著述編目》，陳漱渝著《許廣平的一生》第 200 頁。

　　10月15日，許廣平的文章《略談魯迅對祖國文化遺產的一二事》刊發在《新港》第4期（十月號），收入《魯迅研究》第一輯。〔註61〕

　　10月19日，許廣平的文章《紀念魯迅》刊發在上海《勞動報》。〔註62〕

　　10月19日，許廣平的文章《魯迅與漢字改革》刊發在《語文學習》十月號（總第61期）。〔註63〕

　　從西安回到北京後不久，周作人又參觀了官廳水庫，並出席了魯迅逝世20週年紀念大會。這是周作人在新中國成立以後，第一次在群眾性公開集會中露面，在新華社作了公開報導後，自然引起了全國，以至全世界關心周作人及中國新文化事業的人們的注意與強烈興趣。〔註64〕紀念活動中，周作人會見了日本老作家長與善郎、宇野浩二、裏見弴。樓適夷回憶說，長與善郎「他們到京後就提出要會見周作人，並要求不要陪人，不用翻譯。我們都同意了。會見以後，文聯要我去看看周作人，同他隨便談談。他大概瞭解我的來意，主動談了與日本作家談話的內容。對方主要關心他在國內的生活狀態。他表示生活比較安定，工作也很順利。不久前文聯還專門派人陪他去西安參觀，他對祖國建設事業的發展，表示非常滿意。後來又談日本作家表示對蔣介石有好感，因為日本失敗後沒有要求賠款，又懷疑我們對日本友好，是否意圖赤化日本。周作人對此都作了一些適當的合乎分寸的說明，後來我向文聯照樣作了彙報」。周作人在與日本作家會見時，說話既「合乎分寸」，會見後又主動向樓適夷彙報，已是夠小心的了；但樓適夷在20多年後回憶此事時，仍表示「他到底說了什麼，我是有懷疑的，因為後來我在日本的報刊上，看見過這幾位作家訪華後的觀感，是對我們表示惡意的。如認為尊重魯迅，也是一種虛偽的政治手段等等。這裡邊有沒有與周作人談話的影響，就不能說了。」從樓適夷的這番回憶中，我們大概不難瞭解周作人當時的實際處境了吧？〔註65〕

　　10月19日，周建人的文章《魯迅也愛自然科學》刊發在《人民日報》。〔註66〕

〔註61〕陳漱渝著《許廣平著述編目》，陳漱渝著《許廣平的一生》第200頁。

〔註62〕陳漱渝著《許廣平著述編目》，陳漱渝著《許廣平的一生》第200頁。

〔註63〕陳漱渝著《許廣平著述編目》，陳漱渝著《許廣平的一生》第200頁。

〔註64〕錢理群著《周作人傳》第181～182頁。

〔註65〕錢理群著《周作人傳》第182頁。

〔註66〕《周建人年譜簡編》，謝德銑著《周建人評傳》第384頁。

10 月 19 日，唐弢在《解放日報》發表《魯迅雜文的藝術特徵》。〔註 67〕

10 月 27 日，唐弢在《解放日報》發表《另一種「有啥吃啥」》，批評中藥供應的問題。〔註 68〕

10 月 28 日，許廣平在中國民主促進會中央和民進北京市分會召開的魯迅逝世 20 週年紀念大會上作報告，題為《學習魯迅以身作則教育青年的偉大精神》。〔註 69〕

10 月 28 日，唐弢在《中國電影》發表研究魯迅的文章《門外漢手記》。〔註 70〕

10 月，許廣平的文章《紀念魯迅先生》刊發在《解放軍戰士》第 20 期。〔註 71〕

10 月，許廣平的文章《在德蘇演出參觀的一些印象》刊發在《世界知識》第 20 期。《民進》第 38 期同時刊載。〔註 72〕

10 月，許廣平署名景宋的文章《民元前的魯迅先生》被收入上海文藝出版社出版的由王冶秋著《辛亥革命前的魯迅先生》卷末。〔註 73〕

11 月 7 日，唐弢在《文匯報》發表訪蘇觀感《一個友誼的晚會》。〔註 74〕

11 月 13 日，唐弢在《人民日報》發表雜感《不必要的「門當戶對」》，批評建設體育場地點不適的現象。〔註 75〕

11 月，曹聚仁將周作人抄送他的詩稿其中一部分以《苦茶庵雜詩抄（上下）》為題，發表於香港《熱風》第 77 期。這從此打開了周作人和香港與海外聯繫的通道，這對周作人晚年的生活自有一種特殊的意義。〔註 76〕

11 月～1959 年 12 月，周作人一共寫了約 90 篇散文，陸續以長年、十堂、啟明等筆名發表在《羊城晚報》、《新民晚報》、《文匯報》、《人民日報》、

〔註 67〕 傅小北、楊幼生《唐弢年譜》，傅小北、楊幼生編《唐弢研究資料》第 441 頁。
〔註 68〕 傅小北、楊幼生《唐弢年譜》，傅小北、楊幼生編《唐弢研究資料》第 441 頁。
〔註 69〕 《許廣平活動簡表（1948 年 10 月至 1968 年 3 月）》，陳漱渝著《許廣平的一生》第 157 頁。
〔註 70〕 傅小北、楊幼生《唐弢年譜》，傅小北、楊幼生編《唐弢研究資料》第 441 頁。
〔註 71〕 陳漱渝著《許廣平著述編目》，陳漱渝著《許廣平的一生》第 200 頁。
〔註 72〕 陳漱渝著《許廣平著述編目》，陳漱渝著《許廣平的一生》第 199 頁。
〔註 73〕 《許廣平著述編目》，陳漱渝著《許廣平的一生》第 185 頁。
〔註 74〕 傅小北、楊幼生《唐弢年譜》，傅小北、楊幼生編《唐弢研究資料》第 441 頁。
〔註 75〕 傅小北、楊幼生《唐弢年譜》，傅小北、楊幼生編《唐弢研究資料》第 441 頁。
〔註 76〕 錢理群著《周作人傳》第 180 頁。

《工人日報》等報刊上；連同 1956 年 8 月至 10 月所寫魯迅回憶文章，共 100 多篇，是繼《亦報》隨筆之後第二個寫作高潮。〔註 77〕

11 月 24 日，唐弢在《解放日報》發表雜感《再談中藥供應》。〔註 78〕

冬天，曹靖華接待蘇聯作家加林。〔註 79〕

11 月，全國人大常委會組織代表到各地視察，依據本人意見，曹靖華隻身經蘭州赴新疆，訪問了烏魯木齊、克拉瑪依、塔城、喀什，參觀了葡萄溝、石河子新墾區、「坎兒溝」渠道，跑遍了天山南北。對於石河子農場的建議，回來後及時作了反映和妥善解決。〔註 80〕

12 月，許廣平的文章《學習魯迅以身作則教育青年的偉大精神——在民進紀念魯迅逝世二十週年大會上報告中的一節》刊發在《民進》第 46 期。〔註 81〕

這年，許廣平參與籌建北京魯迅博物館。〔註 82〕《遼寧文藝》第 17 期根據《欣慰的回憶》一書轉載了《魯迅先生的寫作生活》一文。〔註 83〕

這年，周建人的三女兒周蕖從蘇聯留學歸國後與北京師範大學的青年教師顧明遠結婚。〔註 84〕新婚姻法頒布之後，周建人與羽太芳子正式辦理了離婚手續。1949 年之後，周建人的三個女兒都留在北京。長女周曄 1948 年由杭州之江大學轉上海聖約翰大學英語系畢業後，即參加地下黨；不久，即隨新四軍去蘇北解放區。1949 年之後周曄擔任北京市工會女工部長楊之華秘書，後到《工人日報》工作。次女周瑾原在上海中山醫學院求學，1948 年 9 月中止學業，隨父一起離開上海去解放區，並加入中國人民解放軍。1949 年之後周瑾在總後衛生部工作，後赴蘇聯留學。三女周蕖在北京貝滿中學畢業後也去蘇聯留學。〔註 85〕

這年，蕭軍下決心走與魯迅先生相反的道路，棄文學醫，治病救人，同給自己帶來榮譽和災難的文學告別。他參加了針灸傳習班，還參加了正骨學

〔註 77〕錢理群著《周作人傳》第 183 頁。

〔註 78〕傅小北、楊幼生《唐弢年譜》，傅小北、楊幼生編《唐弢研究資料》第 441 頁。

〔註 79〕冷柯（執筆）、毛粹《曹靖華年譜》，《曹靖華研究專集》第 441 頁。

〔註 80〕冷柯（執筆）、毛粹《曹靖華年譜》，《曹靖華研究專集》第 441 頁。

〔註 81〕陳漱渝著《許廣平著述編目》，陳漱渝著《許廣平的一生》第 200 頁。

〔註 82〕《周海嬰大事年表》，《周海嬰紀念集》第 229 頁。

〔註 83〕《許廣平著述編目》，陳漱渝著《許廣平的一生》第 184 頁。

〔註 84〕謝德銑著《周建人評傳》第 202～203 頁。

〔註 85〕謝德銑著《周建人評傳》第 202 頁。

習班，都以優異的成績獲得結業證書；他還寫了《正骨學輯要》講義、《簡要針灸療法》講義，並常去同鄉開辦的診所幫忙。但他還是擺脫不了文學的誘惑，完成了三十萬字的長篇歷史小說《吳越春秋史話》。他當時以為，繞開現實去反映歷史或許在出版上不成問題。可是這部作品很快就成了各個出版社踢來踢去的皮球。〔註 86〕

這年，唐弢為紀念魯迅逝世 20 週年編寫文獻紀錄片《魯迅》，由佐臨導演。〔註 87〕曹聚仁編著的《採訪新記》、《山水、思想、人物》、《中國文學概要》、《魯迅評傳》在香港出版。〔註 88〕

1956 年起，曹聚仁曾多次到中國大陸參觀訪問，受到毛澤東、周恩來、陳毅等人的接見招待。〔註 89〕從 1956 到 1959 年，曹先後六次回大陸采訪，跑遍了大半個中國，接觸了社會各界人士。毛澤東在中南海接見了他兩次，做了長談。為此，他寫了《從一角看世界》的專稿。周恩來、陳毅等人亦一再接受他的採訪，暢論天下大事和祖國的統一前途。在曹的另一篇專稿——《與周恩來氏一夕談》中，首次使用了「國共第三次合作」之說。陳毅對曹有個評價，說：「此公（指曹）好作怪論，但可喜。」這裡所謂「怪論」，蓋指曹的自由主義觀點，「可喜」則是他的愛國的赤子之心。〔註 90〕

〔註 86〕王科、徐塞、張英偉著《蕭軍評傳》第 177 頁。
〔註 87〕傅小北、楊幼生《唐弢年譜》，傅小北、楊幼生編《唐弢研究資料》第 441 頁。
〔註 88〕李勇著《曹聚仁研究》第 190 頁。
〔註 89〕李勇著《曹聚仁研究》第 4 頁。
〔註 90〕李勇著《曹聚仁研究》第 7～8 頁。

1957 年

2 月初，周建人視察正在建造中的武漢長江大橋。〔註 1〕

3 月，周建人出席二屆全國政協第三次會議並就工農業生產、科技、衛生、計劃生育問題發言。〔註 2〕

4 月 1 日，許廣平在南京師範學院作報告。

吳海發在《回憶許廣平先生》中寫道：1957 年 4 月 1 日，當我有幸見到許先生的時候，我很激動。那天，南京師範學院掩映在綠樹叢中的大禮堂，坐滿了學生，中文系老師以及系主任孫望教授也在座。許廣平先生在當時任江蘇省副省長的吳貽芳女士陪同下，在院長陳鶴琴先生引領下，走上主席臺。許先生那時約五十餘歲，穿著藏青色的翻領的時式衣衫，挺有精神。她在陳院長介紹之後，即向師生談魯迅。她首先說，今天禮堂坐滿了人，有這麼多人關心魯迅先生，她很感謝。不過作為舊文人魯迅的一生既是平凡的，也有不平凡的。我聽見她稱魯迅先生為「舊文人」很感突兀，心理準備不到位，因為從閱讀魯迅著作《吶喊》、《彷徨》之後，從考進中文系讀書之後，只知道稱魯迅為文學家，為硬骨頭，為空前的民族英雄，許先生稱魯迅為「舊文人」，從報告始，至報告終，都是稱「舊文人」。這個印象深極。過後逐漸明白，許先生這樣稱呼，從家屬角度立言有自謙意味，絲毫無貶低魯迅之意。
〔註 3〕

〔註 1〕 《周建人年譜簡編》，謝德銑著《周建人評傳》第 384 頁。
〔註 2〕 《周建人年譜簡編》，謝德銑著《周建人評傳》第 384 頁。
〔註 3〕 吳海發《回憶許廣平先生》，上海魯迅紀念館編《許廣平紀念集》第 34～35 頁。

4月，王永昌被正式調到許廣平那裡擔任秘書工作。〔註4〕

他在《回憶景宋先生》一文中寫道：上班第一天，我就上了很好的一課。收到某機關送來的信件，我將文件取出以後，便將牛皮紙做的信封，隨手一撕，扔入字紙簍中。先生一看，就在對面坐下對我說：「過去，魯迅有一個習慣，買回東西，包裝紙不會扔掉、把它抹平壓展，繩子也繞好，收在一定的地方。收到來信，看到信封質地較好，也另外收起，等我空閒無事，就集中一起翻製。一旦給朋友們寄書、寫信，都用這些紙張和信封。只有在這些地方節約一點，才能把有限的資財用到更需要的地方去。你大概還不會翻改信封吧？」說著，她就隨手挑選了一個信封，從頭上摘下一支卡子，從啟封線上挑開一點縫隙，再用右手食指，熟練地撬起中縫和底封，翻折過來，用裏做面，黏上漿糊，就成了很好的一個信封。隨後，又打開一個抽屜，向我交代說：「這裡有各種不同型號的信封，都是家裏的人抽空翻作起來的，也有大小不同的包裝紙和長短不一的細麻繩，你要發信、寄書，都可以用它，用完了再做。」〔註5〕

4月，唐弢的少兒讀物《魯迅先生的故事》由上海少年兒童出版社出版。〔註6〕

5月，曹靖華譯作《城與年》由上海新文藝出版社第二次印刷。〔註7〕

5月25日，許廣平的文章《認真學習毛主席的講話，正確認識和處理人民內部矛盾》刊發在《民進》第50期。〔註8〕

5月，中共中央統戰部邀請各民主黨派負責人座談對統戰工作的意見，周建人應邀參加。〔註9〕

6月10日，唐弢在《文匯報》發表《雜文決不是棍子》。〔註10〕

6月15日，唐弢在《解放日報》發表《「雅量」辯》。〔註11〕

6月23日，唐弢在《解放日報》發表《也需要揭蓋子》。〔註12〕

〔註4〕 王永昌《回憶景宋先生》，陳漱渝著《許廣平的一生》第206頁。
〔註5〕 王永昌《回憶景宋先生》，陳漱渝著《許廣平的一生》第206～207頁。
〔註6〕 傅小北、楊幼生《唐弢年譜》，傅小北、楊幼生編《唐弢研究資料》第442頁。
〔註7〕 冷柯（執筆）、毛粹《曹靖華年譜》，《曹靖華研究專集》第442頁。
〔註8〕 陳漱渝著《許廣平著述編目》，陳漱渝著《許廣平的一生》第200頁。
〔註9〕 《周建人年譜簡編》，謝德銑著《周建人評傳》第384頁。
〔註10〕 傅小北、楊幼生《唐弢年譜》，傅小北、楊幼生編《唐弢研究資料》第442頁。
〔註11〕 傅小北、楊幼生《唐弢年譜》，傅小北、楊幼生編《唐弢研究資料》第442頁。
〔註12〕 傅小北、楊幼生《唐弢年譜》，傅小北、楊幼生編《唐弢研究資料》第442頁。

6 月 25 日，唐弢在《文匯報》發表《為什麼「畫」啼——駁烏「畫」啼之一》。〔註 13〕

6 月，曹靖華的譯作《契訶夫獨幕劇》由香港中流出版社出版。〔註 14〕

6 月～8 月，許廣平先後參加了中國作家協會召開的 25 次黨組擴大會議。〔註 15〕

7 月 5 日，唐弢在《文藝月報》發表《「草木篇」新話》。〔註 16〕

7 月 16 日，唐弢在《新聞日報》發表《畫皮・畫骷髏・脫胎換骨》。〔註 17〕

7 月 25 日，黨組擴大會復會。會議參加人先是擴大到作協機關的普通黨員，繼而文聯各協會的黨員、中宣部的工作人員，接著又擴大到中央直屬機關及北京市的非黨知名作家，到會人數數百人。會議先是打退丁玲「向黨的進攻」，繼而提出徹底揭發丁玲、馮雪峰、陳企霞等人的「反黨活動」，被點名的還有詩人艾青等人。會上形成一邊倒式的揭發、批判氣氛，使被揭發的人難以為自己申辯。〔註 18〕

7 月，民進中央決定成立整風領導小組，周建人為召集人之一。〔註 19〕

夏天，周建人與楚圖南等一行經香港，取道加爾各答，訪問尼泊爾王國。〔註 20〕

8 月 4 日，馮雪峰主動做了檢討，但並沒有過關。〔註 21〕

8 月 6 日，在第 12 次會議上林默涵把矛頭引向馮雪峰。他第一次明確提出批判馮雪峰的問題。〔註 22〕

8 月 7 日，《人民日報》發表的報導中點了馮雪峰的名，人民文學出版社則撤銷了馮雪峰的整風組長的職務，開全社大會對他進行揭發，搞「配合作戰」。〔註 23〕

〔註 13〕傅小北、楊幼生《唐弢年譜》，傅小北、楊幼生編《唐弢研究資料》第 442 頁。
〔註 14〕冷柯（執筆）、毛粹《曹靖華年譜》，《曹靖華研究專集》第 442 頁。
〔註 15〕《許廣平活動簡表（1948 年 10 月至 1968 年 3 月）》，陳漱渝著《許廣平的一生》第 158 頁。
〔註 16〕傅小北、楊幼生《唐弢年譜》，傅小北、楊幼生編《唐弢研究資料》第 442 頁。
〔註 17〕傅小北、楊幼生《唐弢年譜》，傅小北、楊幼生編《唐弢研究資料》第 442 頁。
〔註 18〕羅銀勝著《周揚傳》第 257 頁。
〔註 19〕《周建人年譜簡編》，謝德銑著《周建人評傳》第 385 頁。
〔註 20〕《周建人年譜簡編》，謝德銑著《周建人評傳》第 385 頁。
〔註 21〕羅銀勝著《周揚傳》第 259 頁。
〔註 22〕羅銀勝著《周揚傳》第 259 頁。
〔註 23〕羅銀勝著《周揚傳》第 259 頁。

　　不久，在中南海（周恩來、鄧小平等參加）召集周揚、林默涵、邵荃麟、劉白羽等文藝界人士開會，談了反右派鬥爭問題，最後「決定開展對馮雪峰的鬥爭。現在是要掃清外圍，然後進一步揭露丁玲及其小集團」。〔註24〕

　　8月11日下午4點，根據中央部署，周揚、林默涵、邵荃麟、劉白羽、郭小川等人與馮雪峰談話。這次談話主要是周揚講，其他三人只是提到胡風問題及丁、陳問題。有的只是說：「我一向敬重你，但必須對你鬥爭，這是為了黨的利益。」有的卻說：「不批判你，黨內黨外都有人有意見。」〔註25〕

　　周揚告訴馮雪峰，1936年的問題將是這次批判和鬥爭他的重點。據郭小川轉述，周當時對馮說：「你一來，就一下子鑽到魯迅家裏，跟胡風、蕭軍這些搞到一起，根本不理我們，我們找你都找不到，你就下命令停止我們的黨的活動。」周揚認為，馮雪峰來上海之前，他們同魯迅的關係還是比較好的；馮雪峰來上海之後，就和胡風等人一起包圍了魯迅，欺騙了魯迅，魯迅是把馮雪峰看成是黨的代表，當然對周揚他們就更有惡感了。魯迅那時身體又不好，病很重，馮雪峰和胡風利用魯迅生病時拋出了幾篇文章，以魯迅的名義來反對周揚們的「左聯的黨組織」。說到這時，周揚哭了。然後，他告訴馮雪峰：「要經受一次批判。」馮雪峰表示，他怕搞成小集團成員。周揚又說了一段話，意思似乎是著重批判思想，暗示不一定要搞成小集團成員。〔註26〕

　　這次談話後，馮雪峰仍然猜不透自己到底在那些地方出了問題，他覺得他1936年在上海的工作，不說他有功，至少也不能說有大錯。胡風問題，雖然一些人揪著他不放，組織上並沒有認為他與胡風是「反革命同夥」。至於丁、陳問題，報紙上也只是捎帶提及，沒有把他正式列入「反黨集團」。〔註27〕

　　8月13日，作協黨組召開第16次會議，一面繼續批判丁玲、陳企霞，一面將鬥爭重點轉向馮雪峰，但關鍵的1936年的「兩個口號」論爭問題還沒有提到。雖然周揚已向他交過底，他仍無思想準備。〔註28〕

　　8月14日，作協黨組擴大會議進行第17次擴大會議。從此，對馮雪峰進行了殲滅性的打擊，並通過對他的打擊來「改寫文學史」。關於這情況，馮雪

〔註24〕羅銀勝著《周揚傳》第259頁。
〔註25〕羅銀勝著《周揚傳》第259頁。
〔註26〕羅銀勝著《周揚傳》第259頁。
〔註27〕羅銀勝著《周揚傳》第260頁。
〔註28〕羅銀勝著《周揚傳》第261頁。

峰的回憶是這樣的：會議是從夏衍的發言開始，立即轉為以揭發我在 1936 年怎樣進行「分裂活動」以及「打擊」、「陷害」和「摧毀」當時上海地下黨組織等等。也就是，以揭發我為幌子，從 8 月 14 日第十七次會議到 8 月 20 日第十九次會議之間，形成一個進攻魯迅，為「國防文學」……翻案的「高潮」了。我記得在 8 月 14 日、8 月 16 日和 8 月 20 日這三天會議上，發言的人都非常多，都集中三六年上海的問題，會場空氣很緊張，參加的人也比過去多次會議多得多。〔註 29〕

8 月 14 日，許廣平的文章《糾正錯誤團結在黨的周圍》刊發在《人民日報》，收入 1957 年 11 月上海新文藝出版社編輯出版的《為保衛社會主義文藝路線而鬥爭》。〔註 30〕

8 月 14 日，許廣平在第 17 次會議上發言。〔註 31〕

據知情人回憶：八月十四日第十七次會議批判馮雪峰，這是最緊張的一次會議，會上，夏衍發言時，有人喊「馮雪峰站起來！」緊跟著有人喊「丁玲站起來！」「站起來！」「快站起來！」喊聲震撼整個會場，馮雪峰低頭站立，泣而無淚；丁玲吃立哽咽，淚如泉湧。夏衍說到：「雪峰同志用魯迅先生的名義，寫下了這篇與事實不符的文章」，「究竟是什麼居心？」這時，許廣平忽然站起來，指著馮雪峰，大聲責斥：「馮雪峰，看你把魯迅搞成什麼樣子了？！騙子！你是一個大騙子！」這一棍劈頭蓋腦地打過來，打得馮雪峰暈了，蒙了，呆然木立，不知所措。丁玲也不再咽泣，默默靜聽。會場的空氣緊張而寂靜，那極度的寂靜連一根針掉地的微響也能聽見。爆炸性的插言，如炮彈一發接一發，周揚也插言，他站起來質問馮雪峰，是對他們進行「政治陷害」。接著，許多位作家也站起來插言、提問、表示氣忿。〔註 32〕

8 月 27 日，《人民日報》頭版以「丁、陳反黨集團參加者　胡風思想同路人——馮雪峰是文藝界反黨分子」為正副標題，以「丁、陳反黨集團的支持者和參加者」、「人民文學出版社右派分子的青天」、「30 年來一貫反對黨的領

〔註 29〕 羅銀勝著《周揚傳》第 261 頁。
〔註 30〕 陳漱渝著《許廣平著述編目》，陳漱渝著《許廣平的一生》第 200 頁。
〔註 31〕 《許廣平活動簡表（1948 年 10 月至 1968 年 3 月）》，陳漱渝著《許廣平的一生》第 158 頁。
〔註 32〕 黎辛《我也說說「不應該發生的故事」》，《新文學史料》1995 年第 1 期。轉引自周立民著《〈隨想錄〉論稿》第 190〜191 頁，復旦大學出版社有限公司 2016 年 2 月第 1 版第 1 次印刷。

導」、「反馬克思主義的文藝思想和胡風一致」、「反動的社會思想」等為分標題，列舉了馮雪峰的「罪行」。

8月28日，文化部出版事業管理局奉命書面通知人民文學出版社，將馮雪峰「列為右派骨幹分子」。

9月4日，馮雪峰在黨組第25次擴大會議上做了檢討。〔註33〕

9月9日～10月20日，許廣平出席中國婦女第三次全國代表大會並作發言。〔註34〕

9月14日，許廣平的《關於丁玲、陳企霞反黨集團的活動——在全國婦代會上的發言》刊發在《人民日報》。後收入1957年11月上海新文藝出版社編輯出版的《為保衛社會主義文藝路線而鬥爭》。〔註35〕

9月16日，周揚在中國作協黨組擴大會上作了《不同的世界觀，不同的道路》的長篇講話，關於20世紀30年代兩個口號的論爭也有了馮雪峰「勾結胡風，蒙蔽魯迅，打擊周揚、夏衍，分裂左翼文藝界」的定論。〔註36〕

此定論的主要依據是，魯迅那篇有關兩個口號論爭的《答徐懋庸並關於抗日統一戰線問題》的文章是「馮雪峰代魯迅寫」的；馮雪峰「蒙蔽」著魯迅，在文中對周揚、夏衍等進行「打擊」；在「國防文學」口號之外另提「民族革命戰爭的大眾文學」則是「分裂左翼文藝界」。

對此，馮雪峰總是想不通：因為魯迅在病中，我幫他筆錄了《答托派信》兩文及《答徐懋庸》一文的一部分，這在政治上既然沒有錯，而且也是黨的工作，同時又沒有違背魯迅自己的意見，特別是《答徐懋庸》一文，後半篇是魯迅自己寫的，前半篇也是他自己修改定稿的，怎能說是欺騙了魯迅呢。〔註37〕

9月，馮雪峰主持編選的《應修人潘漠華選集》出版。〔註38〕

10月6日，曹靖華寫作《開黑店的人》，刊於《文藝報》第26號，並收入《為保衛社會主義文藝路線而鬥爭》一書。〔註39〕

〔註33〕羅銀勝著《周揚傳》第263頁。

〔註34〕《許廣平活動簡表（1948年10月至1968年3月）》，陳漱渝著《許廣平的一生》第158頁。

〔註35〕陳漱渝著《許廣平著述編目》，陳漱渝著《許廣平的一生》第200頁。

〔註36〕羅銀勝著《周揚傳》第263頁。

〔註37〕羅銀勝著《周揚傳》第262頁。

〔註38〕《馮雪峰大事年表》，孫琴安著《雪之歌——馮雪峰傳》第333頁。

〔註39〕冷柯（執筆）、毛粹《曹靖華年譜》，《曹靖華研究專集》第442頁。

10 月，曹靖華的譯作《鐵流》由人民文學出版社出第二版精裝本，第三次印刷（此版 1956 年 11 月校改於北京）。〔註 40〕

10 月 21 日，許廣平被全國婦聯第三屆執委會選為全國婦聯副主席。〔註 41〕

10 月 27 日，許廣平的《略談魯迅與蘇聯文學的關係》刊發在《文藝報》第 29 期（總第 199 期）。〔註 42〕

10 月，許廣平的《新時代的喜悅》刊發在北京中國青年出版社編輯出版的青年共產主義者叢刊之一：《民主與自由》。〔註 43〕

10 月，周建人代表高等教育部去呼和浩特，參加慶祝內蒙古自治區成立十週年盛典，並在內蒙古大學開學典禮上講話。〔註 44〕

11 月 7 日，曹靖華寫作《蘇聯文學——我們的鼓舞者，感謝你！》，刊於《譯文》十一、十二月號。〔註 45〕

11 月，唐弢的專著《魯迅雜文的藝術特徵》由上海新文藝出版社出版。〔註 46〕

12 月，唐弢寫作兩篇研究魯迅的論文《在理論鬥爭中學習魯迅的戰鬥精神》和《魯迅對文學的任務及其特徵的理解》。〔註 47〕

12 月，唐弢的專著《魯迅在文學戰線上》由中國青年出版社出版，共收論文 10 篇。內容分為三組：研究魯迅創作的道路；研究魯迅對文學藝術的看法；批判各種對魯迅污蔑的說法。〔註 48〕

這年，許廣平為廣州魯迅紀念館做籌備工作。

廣州魯迅紀念館館長吳武林指出：1957 年，廣州魯迅紀念館與廣東省博物館一同開始籌建，許廣平為陳列大綱內容、魯迅臥室的復原、白雲樓魯迅舊居的方位和格局，以及相關的舊人、往事的細節，提供了足夠權威的實證。

〔註 40〕冷柯（執筆）、毛粹《曹靖華年譜》，《曹靖華研究專集》第 442 頁。
〔註 41〕《許廣平活動簡表（1948 年 10 月至 1968 年 3 月）》，陳漱渝著《許廣平的一生》第 158 頁。
〔註 42〕陳漱渝著《許廣平著述編目》，陳漱渝著《許廣平的一生》第 201 頁。
〔註 43〕陳漱渝著《許廣平著述編目》，陳漱渝著《許廣平的一生》第 201 頁。
〔註 44〕《周建人年譜簡編》，謝德銑著《周建人評傳》第 385 頁。
〔註 45〕冷柯（執筆）、毛粹《曹靖華年譜》，《曹靖華研究專集》第 442 頁。
〔註 46〕傅小北、楊幼生《唐弢年譜》，傅小北、楊幼生編《唐弢研究資料》第 442 頁。
〔註 47〕傅小北、楊幼生《唐弢年譜》，傅小北、楊幼生編《唐弢研究資料》第 442 頁。
〔註 48〕傅小北、楊幼生《唐弢年譜》，傅小北、楊幼生編《唐弢研究資料》第 442 頁。

甚至對曹崇恩為廣州魯迅紀念館創作的魯迅雕塑形象，比如對耳朵輪廓、鬍鬚的比例等的把握都悉心指點，然而又謙和有禮，令人感動。〔註49〕

　　這年，曹聚仁編著的《蔣畈六十年》、《北行小語》、《北行二語》、《北行三語》在香港出版。〔註50〕胡風被准許看《人民日報》和監獄當局送來的文藝書籍等。〔註51〕

　　1957年後，徐懋庸擔任中國科學院研究所研究員。〔註52〕這年他被劃為右派。〔註53〕

〔註49〕 吳武林《相逢此館有因緣》，《廣闊平遠——許廣平120週年誕辰紀念展》序二。

〔註50〕 李勇著《曹聚仁研究》第190頁。

〔註51〕 曉風《胡風年表簡編》，《新文學史料》1986年第4期第182頁。

〔註52〕 《徐懋庸小傳》，《徐懋庸回憶錄》第188頁。

〔註53〕 百度百科「徐懋庸」。

1958 年

1 月，周建人遷居新皮庫胡同。〔註 1〕

1 月，《文藝報》開闢再批判專欄，將丁玲、艾青、羅烽和蕭軍在延安時期發表的文章拎出來重新批判。蕭軍被批判的文章竟是毛澤東主席啟發下寫成的《論同志之「愛」與「耐」》。這使蕭軍的處境越來越困難，還談什麼發表、出版文學作品？連街道上的幹部也開始重點注意他了。在生活十分困窘的情況下，蕭軍曾幾次向中央領導寫信，向作協告貸，均沒有得到答覆，他的心逐漸變冷了。〔註 2〕

2 月 1 日～11 日，許廣平出席第一屆人民代表大會第五次會議，為主席團成員。〔註 3〕

2 月，周建人奉調浙江省省長，辭去高等教育部副部長職務。〔註 4〕他曾回紹興參加人民代表大會，被選為省人大代表、全國人大代表。〔註 5〕

2 月 28 日，周揚批判馮雪峰的講話經過毛澤東幾次審閱和修改，刊發在《人民日報》上。題為《文藝戰場上的一場大辯論》。〔註 6〕

3 月 1 日，曹靖華譯作《一月九日》刊於《譯文》三月號。〔註 7〕

〔註 1〕 《周建人年譜簡編》，謝德銑著《周建人評傳》第 385 頁。
〔註 2〕 王科、徐塞、張英偉著《蕭軍評傳》第 178 頁。
〔註 3〕 《許廣平活動簡表（1948 年 10 月至 1968 年 3 月）》，陳漱渝著《許廣平的一生》第 158 頁。
〔註 4〕 《周建人年譜簡編》，謝德銑著《周建人評傳》第 385 頁。
〔註 5〕 《周建人年譜簡編》，謝德銑著《周建人評傳》第 385 頁。
〔註 6〕 羅銀勝著《周揚傳》第 265 頁。
〔註 7〕 冷柯（執筆）、毛粹《曹靖華年譜》，《曹靖華研究專集》第 443 頁。

　　3月10日，許廣平等70人聯名的《中國民主促進會自我改造競賽決心書》刊發在《民進整風簡報》第12期。〔註8〕

　　3月11日，《文藝戰場上的一場大辯論》再次刊發在《文藝報》第五期。這篇經毛澤東多次修改和中央審定的文章中，周揚對馮雪峰做了全面的清算。這樣一來，有關20世紀30年代的論爭就由周揚明確地作出了錯誤的結論。馮雪峰別無選擇，要承擔罪名，要成為右派。〔註9〕

　　3月12日，許廣平參加由各民主黨派、各人民團體組織的中國人民歡迎志願軍歸國代表團。〔註10〕

　　3月14日晚，許廣平乘火車離開北京。〔註11〕

　　3月15日，許廣平到達祖國邊境的英雄城市安東。〔註12〕

　　3月16日，許廣平參加在安東舉行的中國人民歡迎志願軍歸國大會。〔註13〕

　　3月18日，無錫市解放橋小學學生寫信給許廣平，請求擔任六（1）中隊的校外輔導員。

　　孫振啟寫道：1958年2月，我在無錫市解放橋小學任教，擔任六年級一班（第一中隊）班主任，兼少先隊中隊輔導員，教語文和全校美術課。當我教到《我的伯父魯迅先生》這一課時，開展了《紀念魯迅，學習魯迅》的中隊活動。我講述了魯迅先生小時候勤奮好學和小夥伴友好相處的故事後，同學們一致要求和許廣平奶奶通信聯繫，請求她擔任六（1）中隊的校外輔導員。

　　當時我想：許先生正擔任全國婦聯副主席、全國人大常委會委員，工作繁忙，會答應嗎？於是抱著試試看的心情，在1958年3月18日，由同學們起草，寫信寄給許廣平奶奶，並寄去自製的書簽、畫畫、照片、紅領巾等。

〔註8〕 陳漱渝著《許廣平著述編目》，陳漱渝著《許廣平的一生》第201頁。

〔註9〕 羅銀勝著《周揚傳》第267頁。

〔註10〕《許廣平活動簡表（1948年10月至1968年3月）》，陳漱渝著《許廣平的一生》第158頁。

〔註11〕《許廣平活動簡表（1948年10月至1968年3月）》，陳漱渝著《許廣平的一生》第158頁。

〔註12〕《許廣平活動簡表（1948年10月至1968年3月）》，陳漱渝著《許廣平的一生》第158頁。

〔註13〕《許廣平活動簡表（1948年10月至1968年3月）》，陳漱渝著《許廣平的一生》第158頁。

想不到過一個多星期以後，許廣平奶奶從北京寄來了熱情洋溢的回信，答應擔任六一中隊的校外輔導員，並寄來有關魯迅先生革命活動的圖片、書籤，同意經常和同學們通信聯繫。這時，六一中隊沸騰了，整個解放橋小學沸騰了，許奶奶寄來的信和禮物，陳列在校門口的畫廊裏，同學們爭相觀看，這封來信鼓舞了六一中隊和全校師生，激勵全校同學熱愛勞動、互幫互學、勤儉節約，奮發向上。許廣平先生第一封來信就提出要求同學們學習魯迅的勤學和艱苦樸素的高貴品質。〔註14〕

3 月 22 日，唐弢在《解放日報》發表《大躍進隨筆》。〔註15〕

4 月 5 日，許廣平的《交心過程》（詩）刊發在《民進整風簡報》第 15 期。〔註16〕

4 月，曹靖華的譯作《鐵流》由人民文學出版社、作家出版社分社精裝、平裝再版，第七次印刷。〔註17〕

4 月，唐弢在黨發動的深入生活運動中，到上海縣新華農業社參加勞動。〔註18〕

4 月，唐弢在《人民文學》第四期發表《談「增灶撤軍」》。〔註19〕

4 月 24 日，唐弢在《解放日報》發表《是「鍛鍊紅」，不是「自來紅」》。〔註20〕

4 月，唐弢的雜文集《繁絃集》由作家出版社出版，收 1955 年 8 月至 1957 年 11 月所寫雜文 62 篇。〔註21〕

5 月 16 日，唐弢在《解放日報》發表《思想通了，麥子變了》。〔註22〕

5 月 20 日，周作人在給曹聚仁的信中對上海魯迅墓前的塑像發表了一番議論，此話公開發表後，竟然引起軒然大波。

對於一些心不以為然的事物、高論，周作人仍忍不住要說上幾句，或者

〔註14〕 孫振啟《許廣平先生對少年兒童無微不至的關懷》，上海魯迅紀念館編《許廣平紀念集》第 42～43 頁。
〔註15〕 傅小北、楊幼生《唐弢年譜》，傅小北、楊幼生編《唐弢研究資料》第 443 頁。
〔註16〕 陳漱渝著《許廣平著述編目》，陳漱渝著《許廣平的一生》第 201 頁。
〔註17〕 冷柯（執筆）、毛粹《曹靖華年譜》，《曹靖華研究專集》第 443 頁。
〔註18〕 傅小北、楊幼生《唐弢年譜》，傅小北、楊幼生編《唐弢研究資料》第 443 頁。
〔註19〕 傅小北、楊幼生《唐弢年譜》，傅小北、楊幼生編《唐弢研究資料》第 443 頁。
〔註20〕 傅小北、楊幼生《唐弢年譜》，傅小北、楊幼生編《唐弢研究資料》第 443 頁。
〔註21〕 傅小北、楊幼生《唐弢年譜》，傅小北、楊幼生編《唐弢研究資料》第 443 頁。
〔註22〕 傅小北、楊幼生《唐弢年譜》，傅小北、楊幼生編《唐弢研究資料》第 443 頁。

這就是本性難移吧。比如中共提出雙百方針，提倡「百花齊放，」有人「卻又嚷嚷有毒草不許放」，周作人即著文反駁，強調「凡是花都應放，不論毒草與否，不能以這個資格剝奪他的權利」，這是典型的自由主義論調，與他在《自己的園地》的立場毫無變化，周作人在 1956 年堅持此論，是冒了幾分風險的。在私下的言論就更為放肆。他對曹聚仁說：「死後隨人擺佈，說是紀念其實有些實是戲弄，我從照片看見上海的墳頭所設塑像，那實在可以算是最大的侮弄，高坐在椅上的人豈非是頭戴紙冠之形象乎？假使陳西瀅輩畫這樣的一張相，作為諷刺，也很適當了。」這段話公開發表後，至今仍然有人因此而不能原諒周作人。其實，「死後被利用」的預感，一直像惡魔一樣糾纏著魯迅，使他不得安寧。他早就說過：「待到偉大的人物成為化石，人們都稱他偉人時，他已經變成傀儡了。」正有見於此，魯迅才給後人留下遺言，諄諄囑咐「忘記我」。周作人不過重複了魯迅自己也早已認識的真理與事實而已。由周作人來說這番話，會引起風波，是可以想見的。周作人大概也會預料到這一點，但卻偏要說，這也是一種「師爺」脾氣吧。在這一方面，周作人與魯迅又是極其相似的。〔註 23〕

上半年，馮雪峰被開除黨籍，撤銷各種職務。〔註 24〕

7 月 3 日，許廣平任中國人民保衛世界和平委員會常務委員。〔註 25〕

7 月 16 日～22 日，許廣平隨郭沫若為首的中國代表團赴瑞典斯德歌爾摩出席裁軍和國際合作大會。參加這次大會的，有來自七十多個國家和地區的一千兩百多名代表和觀察員。〔註 26〕

7 月，周建人前往杭州浙江師範學院等高等學校檢查愛國衛生工作，並與中文系師生見面。〔註 27〕

7 月，唐弢的散文集《莫斯科抒情及其他》由作家出版社出版，收入他1955 年以來寫作和發表的訪蘇觀感共 17 篇。〔註 28〕

〔註 23〕 錢理群著《周作人傳》第 184～185 頁。
〔註 24〕 《馮雪峰大事年表》，孫琴安著《雪之歌──馮雪峰傳》第 333 頁。
〔註 25〕 《許廣平活動簡表（1948 年 10 月至 1968 年 3 月）》，陳漱渝著《許廣平的一生》第 158 頁。
〔註 26〕 《許廣平活動簡表（1948 年 10 月至 1968 年 3 月）》，陳漱渝著《許廣平的一生》第 158 頁。
〔註 27〕 《周建人年譜簡編》，謝德銑著《周建人評傳》第 385 頁。
〔註 28〕 傅小北、楊幼生《唐弢年譜》，傅小北、楊幼生編《唐弢研究資料》第 443 頁。

8 月，唐弢轉到上海樹脂廠參加勞動。〔註 29〕在基層工作期間，他除了日常事務外，還幫助做一些文藝宣傳活動，先後被邀做過 6 次報告，談的是寫作上的問題。〔註 30〕

9 月 5 日～8 日，許廣平出席第 15 次最高國務會議。〔註 31〕

10 月 7 日～13 日，許廣平隨茅盾、周揚、巴金率領的中國作家代表團出席在蘇聯塔什干舉行的亞非作家會議。參加會議的有亞非兩大洲三十多個國家的一百八十多位作家，以及歐洲、美洲、澳洲的一百多位作家。〔註 32〕

在後來出版的一本書《塔什干精神萬歲——中國作家論亞非作家會議》中編者這樣介紹：此次會議被稱為「文學的萬隆會議」，這次會議精神被稱為「塔什干精神」。在大會上，亞非各國作家就（一）亞非各國文學與文化的發展及其在為人類進步、民主獨立的鬥爭中的作用；（二）亞非各國人民文化的相互關係及其與西方文化的聯繫這兩項議程進行了發言。我國代表茅盾就第一項議程作了題為「為民族獨立和人類進步事業而鬥爭的中國文學」的報告；周揚就第二項議程作了題為「肅清殖民主義的毒害，發展東西方文化的交流」的報告。此外，會議還分成五個專題小組，就（一）兒童文學及其教育意義；（二）婦女對文學的貢獻；（三）亞非國家對戲劇文學的發展；（四）廣播、電影、劇院與文學的聯繫；（五）發展亞非作家之間的友好接觸等五個問題進行了討論。我國作家分別參加這五個專題小組，謝冰心、許廣平兩人被選為第一和第二兩個專題小組的主席。〔註 33〕

10 月 13 日，亞非作家會議閉幕，會議上一致通過了「亞非作家會議告世界作家書」，並決定在錫蘭成立常設機構——亞非作家常設事務局。

10 月 16 日，許廣平的文章《魯迅拔白旗插紅旗的一些事情》刊發在《東海》第 11 期（總第 25 期）。〔註 34〕

10 月 22 日，蘇聯政府在莫斯科克林姆林宮舉行盛大酒會，招待亞非各國

〔註 29〕 傅小北、楊幼生《唐弢年譜》，傅小北、楊幼生編《唐弢研究資料》第 443 頁。
〔註 30〕 傅小北、楊幼生《唐弢年譜》，傅小北、楊幼生編《唐弢研究資料》第 443 頁。
〔註 31〕 《許廣平活動簡表（1948 年 10 月至 1968 年 3 月）》，陳漱渝著《許廣平的一生》第 158 頁。
〔註 32〕 《許廣平活動簡表（1948 年 10 月至 1968 年 3 月）》，陳漱渝著《許廣平的一生》第 159 頁。
〔註 33〕 《編者的話》第 3 頁，《塔什干精神萬歲——中國作家論亞非作家會議》，作家出版社 1959 年 9 月北京第 1 版第 1 次印刷。
〔註 34〕 陳漱渝著《許廣平著述編目》，陳漱渝著《許廣平的一生》第 201 頁。

作家。蘇共中央第一書記、蘇聯部長會議主席赫魯曉夫在酒會上致辭。〔註35〕

11 月 17 日～12 月 9 日，許廣平出席中國民主促進會第三次全國代表大會，被選為第五屆中央委員會委員。〔註36〕

11 月，周建人在中國民主促進會舉行第三次全國代表大會上，當選為第五屆中央委員會副主席。〔註37〕

12 月 10 日，許廣平被選為民主促進會副主席。〔註38〕

12 月，《蕭紅選集》由人民文學出版社初版，共收小說 9 篇——《看風箏》、《夜風》、《生死場》、《橋》、《手》、《牛車上》、《朦朧的期待》、《馬伯樂》、《小城三月》。〔註39〕

年底，周建人遷家浙江杭州。〔註40〕

這年，胡風提出要求全面對證審查，未得允許，即絕食數日。後雖答應了他的要求，但並未實行。他心中開始醞釀懷念友人及家人的詩篇。〔註41〕

這年的反右派覆查期間，唐弢受到嚴厲批判，1956 年發表的《另一種「有啥吃啥」》和《不必要的「門當戶對」》成為他「反黨反社會主義」的「罪證」。後由於黨內部分領導的保護，他才得以過關。〔註42〕

出生於 1953 年的周令飛後來回憶：我是祖母一手帶大的。我跟她感情至深。我記事起的第一個畫面，就是祖母的身影。那時候，我的小床放在她的書房裏，我躺在床上，一個人望著天花板，望著弔燈，望著書桌上的手搖電話機，轉過頭，時常看到一個中年婦女的身影，她的臉，她的身影，讓我覺得既溫暖又安全。〔註43〕

50 年代後期，曹靖華曾應邀出席在蘇聯舉行的「斯拉夫語系學會年會」。與黃松玲（原教育部副部長）等慰問團赴山東長山島慰問部隊。隨人大代表

〔註35〕 《編者的話》第 3 頁，《塔什干精神萬歲——中國作家論亞非作家會議》。

〔註36〕 《許廣平活動簡表（1948 年 10 月至 1968 年 3 月）》，陳漱渝著《許廣平的一生》第 159 頁。

〔註37〕 《周建人年譜簡編》，謝德銑著《周建人評傳》第 385 頁。

〔註38〕 《許廣平活動簡表（1948 年 10 月至 1968 年 3 月）》，陳漱渝著《許廣平的一生》第 159 頁。

〔註39〕 《蕭紅主要作品錄》，邢富君編《蕭紅代表作》第 375 頁。

〔註40〕 《周建人年譜簡編》，謝德銑著《周建人評傳》第 385 頁。

〔註41〕 曉風《胡風年表簡編》，《新文學史料》1986 年第 4 期第 182 頁。

〔註42〕 傅小北、楊幼生《唐弢年譜》，傅小北、楊幼生編《唐弢研究資料》第 443 頁。

〔註43〕 周令飛《我的祖母許廣平》，《廣闊平遠——許廣平 120 週年誕辰紀念展》序一。

團赴南京考察，並在南京存牌巷 51 號故居內找到了 1949 年前國民黨特務所致恐嚇信。曹靖華父親病故。〔註44〕這年曹靖華的《第四十一下》由人民文學出版社出版。〔註45〕

〔註44〕冷柯（執筆）、毛粹《曹靖華年譜》，《曹靖華研究專集》第 442～443 頁。
〔註45〕冷柯（執筆）、毛粹《曹靖華年譜》，《曹靖華研究專集》第 443 頁。

1959 年

1月12日，許廣平寫作《〈魯迅作品選〉序言》。〔註1〕

1月，曹靖華擔任《世界文學》主編（《世界文學》原為《譯文》，茅盾任主編，曹靖華參加編委會）。一貫強調文學翻譯要兩條腿走路。〔註2〕

1月，唐弢回到原工作崗位。〔註3〕

1月~11月，唐弢共寫作和發表創作談30多篇，從文學創作的內容與形式的各個方面，結合文學作品，進行了深入淺出的論述。〔註4〕

1月12日，唐弢在《文匯報》發表《談格律》。〔註5〕

1月18日，唐弢在《文匯報》發表《詩的語言》。〔註6〕

1月20日，曹靖華撰文悼念蘇聯作家拉甫列涅夫，題目為《安息吧，拉甫列涅夫同志！》，1月26日發表在《文藝報》第二期上。〔註7〕

2月6日，唐弢在《文匯報》發表《人物創造三題》。〔註8〕

2月20日，曹靖華作《最後的聲音，可是永遠活在我們心中！——悼拉甫列涅夫同志》，在《世界文學》2月號「悼念拉特珂夫和拉甫列涅夫」欄內發表。〔註9〕

〔註1〕陳漱渝著《許廣平著述編目》，陳漱渝著《許廣平的一生》第201頁。
〔註2〕冷柯（執筆）、毛粹《曹靖華年譜》，《曹靖華研究專集》第443頁。
〔註3〕傅小北、楊幼生《唐弢年譜》，傅小北、楊幼生編《唐弢研究資料》第443頁。
〔註4〕傅小北、楊幼生《唐弢年譜》，傅小北、楊幼生編《唐弢研究資料》第443頁。
〔註5〕傅小北、楊幼生《唐弢年譜》，傅小北、楊幼生編《唐弢研究資料》第443頁。
〔註6〕傅小北、楊幼生《唐弢年譜》，傅小北、楊幼生編《唐弢研究資料》第443頁。
〔註7〕冷柯（執筆）、毛粹《曹靖華年譜》，《曹靖華研究專集》第443頁。
〔註8〕傅小北、楊幼生《唐弢年譜》，傅小北、楊幼生編《唐弢研究資料》第443頁。
〔註9〕冷柯（執筆）、毛粹《曹靖華年譜》，《曹靖華研究專集》第443頁。

2月23日，許廣平寫作《魯迅在「五四」時期的文學活動》。〔註10〕

4月25日，唐弢在《文學評論》第二期發表《從魯迅雜文談他的思想演變》。〔註11〕

4月26日，許廣平的文章《魯迅在「五四」時期的文學活動》刊發在《文藝報》第8期（總第240期）。〔註12〕

4月29日，許廣平被選為中國人民政協第三屆全國委員會常務委員。〔註13〕

4月，許廣平的文章《〈魯迅作品選〉序言》刊發在中國少年兒童出版社出版《魯迅作品選》卷首。〔註14〕

4月，周建人在第二屆全國人民代表大會上，當選為常務委員。〔註15〕

4月，曹靖華出席第二屆全國人代會第一次會議。〔註16〕

4月，曹靖華的《鐵流》由人民文學出版社北京第八次印刷。〔註17〕

4月，曹靖華作《從「五四」初期的外國文學介紹談起》，刊於《世界文學》第四期。〔註18〕

4月，唐弢參加第三屆全國政協會議，繼續當選為全國委員。〔註19〕

5月3日，許廣平出席首都各界人民和青年紀念「五四」四十週年的盛大集會並講話，號召發揚「五四」的愛國精神和革命精神，以自己創造性的勞動，把我們偉大的祖國建設得更加美好。〔註20〕

5月4日，為紀念五四青年節四十週年，曹靖華撰寫《片言隻語話當年——關於李大釗同志和瞿秋白同志的故事》，刊於《人民日報》第八版。〔註21〕

〔註10〕陳漱渝著《許廣平著述編目》，陳漱渝著《許廣平的一生》第201頁。

〔註11〕傅小北、楊幼生《唐弢年譜》，傅小北、楊幼生編《唐弢研究資料》第443頁。

〔註12〕陳漱渝著《許廣平著述編目》，陳漱渝著《許廣平的一生》第201頁。

〔註13〕《許廣平活動簡表（1948年10月至1968年3月）》，陳漱渝著《許廣平的一生》第159頁。

〔註14〕陳漱渝著《許廣平著述編目》，陳漱渝著《許廣平的一生》第201頁。

〔註15〕《周建人年譜簡編》，謝德銑著《周建人評傳》第385頁。

〔註16〕冷柯（執筆）、毛粹《曹靖華年譜》，《曹靖華研究專集》第443頁。

〔註17〕冷柯（執筆）、毛粹《曹靖華年譜》，《曹靖華研究專集》第443頁。

〔註18〕冷柯（執筆）、毛粹《曹靖華年譜》，《曹靖華研究專集》第443頁。

〔註19〕傅小北、楊幼生《唐弢年譜》，傅小北、楊幼生編《唐弢研究資料》第443頁。

〔註20〕《許廣平活動簡表（1948年10月至1968年3月）》，陳漱渝著《許廣平的一生》第159頁。

〔註21〕冷柯（執筆）、毛粹《曹靖華年譜》，《曹靖華研究專集》第444頁。

5 月 10 日，唐弢在《學術月刊》發表《五四時期的魯迅──魯迅雜文所反映的五四的歷史意義與時代精神》。〔註 22〕

7 月，唐弢出席第三屆全國文代會和第三屆全國作家協會會員代表大會。〔註 23〕

7 月 13 日～8 月 13 日，許廣平閱讀《魯迅日記》以及魯迅其他著作，旁及一些有關魯迅研究資料和世界名人回憶錄，準備撰寫《魯迅回憶錄》。〔註 24〕

8 月中旬～11 月底，許廣平抱病完成《魯迅回憶錄》初稿，共 13 節，95000 字。〔註 25〕

9 月 22 日，許廣平寫作《魯迅反對帝國主義的匕首》。〔註 26〕

9 月，作家出版社出版《塔什干精神萬歲──中國作家論亞非作家會議》一書。書中收入許廣平兩篇文章，還有與她相關的兩張照片。〔註 27〕

文章的標題是《中國婦女對文學的貢獻》和《塔什干精神》。

照片一是出席塔什干亞非作家會議中國代表團全體團員合影，許廣平位於前排位置居中。照片二的圖片說明這樣寫：亞非作家會議期間，中國作家許廣平在塔什干紡織聯合工廠向職工講話。

許廣平這兩篇文章全文如下：

《中國婦女對文學的貢獻》

各位代表：

請允許我簡單介紹一下中國婦女對文學的貢獻。

正如列寧所說，任何民族都有兩種文化。打開一部中國文學史，婦女在文學方面的活動也明顯地體現了這兩種不同的傾向。在中國歷史上，有過很多所謂「富麗豔蕩」的宮體詩和「玲瓏婉約」的閨情詩等文學作品，而且一些舊的文人學者把她們捧得高入雲霄，但是我今天卻要向大家介紹另一種女

〔註 22〕傅小北、楊幼生《唐弢年譜》，傅小北、楊幼生編《唐弢研究資料》第 443 頁。
〔註 23〕傅小北、楊幼生《唐弢年譜》，傅小北、楊幼生編《唐弢研究資料》第 444 頁。
〔註 24〕《許廣平活動簡表（1948 年 10 月至 1968 年 3 月）》，陳漱渝著《許廣平的一生》第 159 頁。
〔註 25〕《許廣平活動簡表（1948 年 10 月至 1968 年 3 月）》，陳漱渝著《許廣平的一生》第 159 頁。
〔註 26〕陳漱渝著《許廣平著述編目》，陳漱渝著《許廣平的一生》第 201 頁。
〔註 27〕《塔什干精神萬歲──中國作家論亞非作家會議》，作家出版社 1959 年 9 月北京第 1 版第 1 次印刷。

性的作品，這就是人民群眾的文學。從《詩經》的《國風》到漢朝的樂府、南北朝的民歌以及歷代的民間文學，其中有很多優秀篇章是由婦女創作出來的。漢樂府中的《上邪》，南北朝時代的《孔雀東南飛》，歷代以婦女為題材寫作的優秀民間文學作品以及辛亥革命時期先烈秋瑾的名句「秋風秋雨愁煞人」等等，在中國文學史上都是異常瑰瑋絢麗的篇章，它們在中國人民的思想當中，有著深遠的影響。

辛亥革命以後，中國婦女中有許多政治活動家，在文學方面也有很多貢獻。比如宋慶齡先生以專寫政論著名，何香凝先生也以詩畫兼長。五四新文化運動發生以後，出現了不少婦女作家，特別是在左聯成立以後，女作家蕭紅和葛琴，曾經分別寫出《生死場》和《總退卻》兩本小說，並且由魯迅寫序向讀者作過介紹。魯迅曾經稱讚《生死場》的作者以「細緻的觀察和越軌的筆致」，寫出了東北人民在日本帝國主義統治下「對於生的堅強，對於死的掙扎」；稱讚《總退卻》的作者，一變古之小說專寫「勇將策士，俠盜髒官，妖怪神仙，佳人才子」以及五四以後都是小資產階級知識分子在文學作品中登場的老套，而破例的眼睛朝下，描寫了普通的勞動人民。

1942 年在延安召開的文藝座談會在中國文學史上具有劃時代的意義，這次會議以後，由於文學的工農兵方向，得到了明確肯定，因而使作家有了新的方向。由於作家深入了火熱的鬥爭，和工農兵共命運同呼吸，因而有許多優秀作品應運而生，袁靜的《新兒女英雄傳》，菡子的《糾紛》，安娥的《戰地之春》等等，都是反映中國人民抗日戰爭中英勇鬥爭生活的，受到了讀者的歡迎。

中華人民共和國成立以後，全國的文藝工作，由於得到了共產黨和人民政府的領導，由於作家得到了普遍的解放（解放前一部分作家受到國民黨反動政府的黑暗統治），因此出現了更為空前的繁榮。在文藝戰線上，更湧現了不少女文學工作者，她們創造了許多反映新時代人民的新生活和新人物的作品，反映了我國建設的新面貌和中國人民的愛國主義精神和國際主義精神，這些作品教育和鼓舞著全國人民為創造新的、更美好的生活而鬥爭。在這時期，顏一煙的電影劇本《中華兒女》，草明的小說《原動力》，李伯劍的《女共產黨員》，特別是最近出版的楊沫的《青春之歌》，在國內得到了廣泛的好評，對青年一代有著巨大的教育意義。

中國人民，並不閉關自守。為了增進各國人民之間的相互瞭解，吸取各

國文化的優秀成分，中國的婦女譯作者，也付出了她們辛勤的勞動，介紹的作品非常廣泛，這裡有許磊然翻譯的蘇聯名著《日日夜夜》、《真正的人》；有關予素翻譯的優秀兒童文學作品《基洛夫的少年時代》和長篇小說《勇敢》；有陳敬容翻譯的《絞刑架下的報告》；也有謝冰心翻譯的《印度童話集》和敘利亞散文作家凱羅·紀伯倫的哲理詩《先知》。這就充分證明中國人民對亞非各國人民非常友好，對一切有益的文學作品都是十分熱愛和虛心學習的。

　　文學藝術的繁榮，必須要有雄厚的「土壤」。三十多年以前，魯迅曾經這樣說過：「在要求天才的產生以前，應該先要求可以使天才生長的民眾。——譬如想要喬木，想看好花，一定要有好土，……否則，縱有成千成百的天才，也因為沒有泥土，不能發達。」這一段話，說明一個國家要想有高度發展的文學藝術，必須普及和提高全民的文化教育，說明一個作家想要有所成就，必須緊密和勞動人民結合，向勞動人民不斷汲取養料。今天，中國的作家，包括廣大的婦女作家，熱烈地響應了黨的號召，堅決走向工廠、農村、部隊，親身參加各種火熱的鬥爭，這就使他（她）們有了取之不盡用之不竭的創作源泉。自從工農業生產大躍進以來，由於掃盲運動的迅速開展，全國各地都處於文化革命的高潮之中，現在到處搞創作，家家有書聲。勞動人民，特別是勞動婦女，由於她們擺脫了各種思想束縛，由於她們減輕了繁重的家務勞動，她們必然要求做文化的主人，要求用文學來反映自己的鬥爭，表達自己的思想感情。因此民歌和其他文學創作，便如衝開閘門的洪水一般，一發而不可收。自編自演的民歌能手，已在全國各地大量湧現，像安徽肥東縣殷光蘭那樣出色的女歌手，已經為數不鮮。這樣，使文學創作和生產勞動緊密結合，作家和廣大群眾密切結合，男女一齊動手，全民都搞文學，再加上和一切國家開展廣泛的文化交流，我堅決相信，在不遠的將來，中國的文學事業，必將出現一個更加嶄新的面貌和更大的高潮。〔註28〕

〔註28〕《塔什干精神萬歲——中國作家論亞非作家會議》第 69～72 頁。

出席塔什干亞非作家会议中国代表团全体团员合影

《塔什干精神萬歲》一書插圖一：出席塔什干亞非作家會議中
國代表團全體團員合影。

《塔什干精神》

開完了塔什干會議回來之後，「塔什干精神」久久不能忘懷，也許，與日俱增的影響，會越到後來越大。那不平凡的聚會，洋溢著亞非人民的覺醒氣氛，非洲人民的反殖民主義，要求獨立、自由的激情，像澎湃的怒潮從四面八方衝擊著會場的四周。

一到塔什干，我們先參觀了舊城。那裡布滿了像新疆一樣的泥土牆垣，街道兩邊的臺階上鋪著五彩繽紛的花毯，人們在這裡享受著舒適的生活。我首先被這裡的和平景象吸引住了，更親切地感到它和祖國的氣息連在一起。有誰去到異國不是首先把它和祖國的一草一木、一山一石作比較的呢？我對祖國的親切關懷情感，很自然就從這裡滋長起來了。

從會前接觸，到會後參觀訪問以及會場內外的氣氛，都證明了亞非人民的友好團結，以及他們反對帝國主義和殖民主義侵略的痛恨越來越強烈！各種膚色的人，在這裡享受著主人同等殷勤的款待，從日到夜，從朝到晚，溫煦的陽光一落，彩霞雲錦般的輝煌燈光就競相爭豔，造成了夢幻的仙境。穿節日盛裝的人群從四面八方湧向會場和新建的旅館周圍，拿著小本子要求簽名的兒童，熱情地挽留著欲行又止的各國作家代表，請他們簽名留念。幸福感充溢了塔什干這個美麗的城市，人們高喊著和平，和平！

　　大會會場設在納沃伊劇院，它的華麗雄偉是塔什干的驕傲。如果說舊城具有東方色彩的話，那麼，這劇院卻又融合東西方的文明於一爐，塔什干城是真不愧為自古以來從 7 世紀起就招待過中國唐玄奘而又擔當過溝通亞非聯繫的「絲綢大路」的橋樑。每個代表都被吸引到入迷的程度，用作品、詩歌來歌頌塔什干。會前開幕的亞非作家書籍展覽會，又巧妙地把各國作家相互翻譯的作品，各國作家的彩色宣傳畫、照片剪輯和照片冊，以及書籍裝幀等等，同各國作家、畫家、演員以及文化界之間的友誼很和諧地聯繫起來。有一個非洲小國家的作家，意外地看到中國《譯文》刊載了他的作品，而流露出驚喜的心情。因為他從這裡看到文化已經突破了國界，文學家表現了急需相互瞭解的心情。這一切造成了大會的良好的開端。

　　大會一開始就表現出它的不平凡，為人類和平而鬥爭的崇高意義。它的影響，決不限於亞非兩洲，而將深遠地遍及於全世界。會場中的反殖民主義鬥爭的情緒，十分強烈，雖然也有些人小心翼翼地唯恐得罪人，終敵不過烘爐似的熱火，它把炭火一齊溶化成為鐵水，勝利地完成這一階段的任務而被長久的歡呼所淹沒。如春風發動，新樹發芽，一切的活動都開花，結實。客觀事業促使亞非人民團結起來，表明了最後摧毀殖民主義的決心。繼萬隆會議之後召開的亞洲作家會議，對亞非人民爭取自由獨立的鬥爭起著不小的影響。作家在這期間，反映了人民的願望。大會代表豪邁的氣概比海深，意志比鋼鐵強，不可戰勝的精神感染了所有的會議的參加者。

　　一位非洲作家慷慨陳詞，說非洲人文化是古老的，這個人口眾多的地方，物產豐富，潛力很大，就因為長期受帝國主義的侵略，所以變得很衰弱了；新的非洲，新的文學，應該是戰鬥的、真實地反映現實的、為人民服務的文學。他又說非洲作家比較年青，大部分在二十五——五十歲之間，他們沒有擁護帝國主義和封建傳統的過去的舊影響，現代非洲文學，也沒有新舊派的痕跡，是真正年青的、為國際和平和友誼而鬥爭的。

　　約旦代表，表現得更為激烈，他說帝國主義破壞愛國人士。作家、詩人應站在人民的最前列，爭取人類的新生活。詩人們一手拿筆，一手拿槍，擔負起保衛祖國的職責。戰士們向站在自己身後的人們宣告：我流了血，你不要怕，應該號召大家前進。許多婦女也前進了。作家的心靈被憤怒和痛傷佔據了。……約旦不等到真理和光明勝利來臨，決不收兵！如雷的掌聲，指出

與會人們的方向，大會朝著這方面宣讀了大會宣言，精神是：東風壓倒西風。
〔註29〕

插圖二（左）：亞非作家會議期間，中國作家許廣平在塔什干紡織聯合工廠向職工們講話。（右）：9月22日，蘇聯政府在莫斯科克林姆林宮喬治亞廳舉行宴會，歡迎參加亞非作家會議的各國代表。圖為蘇聯部長會議主席、蘇共中央主席團第一書記赫魯曉夫和亞非各國作家合影。

9月，曹靖華的譯作《鐵流》由上海第二次印刷。〔註30〕

9月，《蓋達爾選集》收入曹靖華、尚佩秋合譯《第四座避彈室》、《遠方》等篇，由上海少兒出版社出版新版本。〔註31〕

10月，曹靖華譯作《列寧的故事》收入小學生文庫，由遼寧人民出版社

〔註29〕《塔什干精神萬歲——中國作家論亞非作家會議》第105～107頁。
〔註30〕冷柯（執筆）、毛粹《曹靖華年譜》，《曹靖華研究專集》第444頁。
〔註31〕冷柯（執筆）、毛粹《曹靖華年譜》，《曹靖華研究專集》第444頁。

出版。〔註32〕

10 月，馮雪峰胃病復發，住醫院施行胃切除手術。〔註33〕

10 月，蕭軍被安排到北京市戲曲研究所，所長是京劇表演藝術家荀慧生。蕭軍的主要工作是編輯《京劇彙編》，給有關文化部門、戲曲團體和劇作家提供研究、整理、改編或演出的資料，使優秀的傳統劇目能夠保存、傳播、繼承和發揚。之前，蕭軍曾致函彭真市長，請求市政府能破格給予他一個考試機會，合格後允許他更名行醫。市政府很快派員來瞭解情況、考核技術，蕭軍順利通過考試，只等頒發執照了。但是後來蕭軍沒有領到執照，而被文化局戲曲研究所錄用為戲曲研究員。後來他才得知，是彭真等領導同志作出的安排，讓他仍然活動在文學藝術的崗位上。〔註34〕

10 月 5 日，許廣平的文章《魯迅反對帝國主義的匕首》刊發在《世界知識》第 19 期。〔註35〕

10 月 30 日，許廣平的文章《「五四」與魯迅》刊發在《中國青年報》。〔註36〕

10 月，許廣平送了一套《魯迅譯文集》給王永昌。

王永昌寫道：《魯迅全集》出齊之後，十大本的《魯迅譯文集》也相繼問世。由於我的要求，在 1959 年國慶十週年之際，先生也一一簽名，給我送了一套。一天，由送書簽名，說到作字題詞，趁筆墨齊全，我順便請先生為我作字留念。先生一聽，非常自謙地說：「我的字寫得不好，既然這麼熟了，你也就不要見笑吧！」說罷，隨手找來一塊長約三十公分、寬約十公分的宣紙，稍加布局，立即振筆疾書，寫成了如下一幅小品：

望崦嵫而勿迫

恐鵜鴂之先鳴

這是魯迅所作的楚辭集句。在《離騷》中，原句分別為「吾令羲和弭節兮，望崦嵫而勿迫」，「恐鵜鴂之先鳴兮，使夫百草為之不芳」。據注家注云：前句乃詩人幻想往遊太空之際，令太陽御神安步徐行，望日入之山而勿迫近，以冀白日之修永，後句中的鵜鴂，一名子規，舊說鵜鴂秋分前鳴，則草木雕

〔註32〕冷柯（執筆）、毛粹《曹靖華年譜》，《曹靖華研究專集》第 444 頁。

〔註33〕《馮雪峰大事年表》，孫琴安著《雪之歌——馮雪峰傳》第 333 頁。

〔註34〕王科、徐塞、張英偉著《蕭軍評傳》第 178 頁。

〔註35〕陳漱渝著《許廣平著述編目》，陳漱渝著《許廣平的一生》第 201 頁。

〔註36〕陳漱渝著《許廣平著述編目》，陳漱渝著《許廣平的一生》第 201 頁。

落，此謂勉其速求賢君以行其道，遲則年歲將老，事益不復可為。景宋先生說，魯迅對這兩句話賦予了新的意義，表示要珍惜時間，白天，不要讓黃昏輕易到來，早晨，不要讓鳥雀鳴在自己起身之前，起早貪黑、夜以繼日的努力學習和工作。現在我把這兩句話移來贈你，希望你加倍努力！〔註37〕

11月24日，許廣平寫作《魯迅回憶錄》一書前言。〔註38〕

12月9日，許廣平寫作《致光明日報編輯》，此信係對冀貢泉所寫《我對魯迅壯年的幾點印象》一文的介紹。〔註39〕

12月23日，許廣平的文章《致光明日報編輯》刊發在《光明日報》。〔註40〕

12月27日，曹靖華撰寫《太陽已從東方升起──紀念肖洛姆‧阿萊漢姆誕辰一百週年》，刊於《新華半月刊》第24號「紀念世界文化名人」欄內。〔註41〕

這年，《蘇聯作家談創作經驗》北京第三次印刷，收入曹靖華兩篇譯作。〔註42〕曹聚仁和香港其他愛國人士協力創辦了《循環日報》、《循環午報》、《循環晚報》，後三報合併為《正午報》。〔註43〕他被邀回大陸參加國慶觀禮，一到廣州就給王春翠匯來200元，讓她加緊上路到北京，當離別十年的夫妻重聚北京新僑飯店時，自然感慨很多。〔註44〕

盧延光在編著的《廣州第一家族》中寫道：

許廣平五六十年代經常與被打成右派的姪兒許錫玉通信，她最愛這個姪兒，然而那又是個「不爭氣」的姪兒，我們從她給姪兒的信中也可看到她已是老實地、完全地接受那時的政治思潮，既要端正自己的認識又要端正姪兒的認識。

「……望好好努力，熱愛人民，熱愛勞動，把你今天所做的正確認識，努力使之鞏固，開始也許不自然，久之，自覺不勉強，你能熱愛勞動與群眾

〔註37〕王永昌《回憶景宋先生》，陳漱渝著《許廣平的一生》第214～215頁。
〔註38〕許廣平著《魯迅回憶錄》第4頁，作家出版社，1961年5月北京第1版第1次印刷。
〔註39〕陳漱渝著《許廣平著述編目》，陳漱渝著《許廣平的一生》第201頁。
〔註40〕陳漱渝著《許廣平著述編目》，陳漱渝著《許廣平的一生》第201頁。
〔註41〕冷柯（執筆）、毛粹《曹靖華年譜》，《曹靖華研究專集》第444頁。
〔註42〕冷柯（執筆）、毛粹《曹靖華年譜》，《曹靖華研究專集》第444頁。
〔註43〕李勇著《曹聚仁研究》第8頁。
〔註44〕李勇著《曹聚仁研究》第18頁。

在一起，群眾與你休戚與共，結為一體……丟掉知識分子的破包袱，自然會
走向真正的人民大道，走向社會主義……」

　　「看論語不能解決現在的問題，我勸你看報紙，你現在還在看報紙嗎？
我勸你留心時事，擴大你的思想，你有沒有照做，我好好勸你，你爭氣我也
體面，你不爭氣，總是把事情推在我身上解決，我怎能照辦哩？比如你的女
兒，在鐵路上學小工，未必找不到，你卻要我替你找學徒做起。你的環境，
學農業不見得不好，而你卻要賣去手錶供小孩讀書，你可知道讀完畢業還是
要下鄉參加勞動，這是黨的政策，是把知識帶到農村去。而你卻迷信萬般皆下
品，惟有讀書高的舊思想，我能如你意嗎？我依了你，就是你要我犯錯誤……」
50 年代她已經囑咐侄兒：「細細學習毛主席的文集，這才是為人之道，如果你
照我的話去做，保管你至少不犯大錯誤。」真是苦口婆心。〔註45〕

〔註45〕盧延光編著《廣州第一家族》第 200～201 頁，嶺南美術出版社 2004 年 2 月
　　　　第 1 版第 1 次印刷。

1960 年

2 月 16 日，許廣平的《魯迅對婦女的同情》刊發在《中國婦女》第 4 期（總第 144 期）。〔註 1〕

2 月～7 月，許廣平的《魯迅回憶錄》（1～13）刊發在《新觀察》（總第 226 至 236 期）。〔註 2〕

2 月 25 日，唐弢在《文學評論》第一期發表《在毛澤東文藝思想旗幟下不斷學習，永遠前進》。〔註 3〕

3 月 30 日～4 月 10 日，許廣平參加第二屆人大二次會議，為主席團成員。〔註 4〕

3 月 29 日～4 月 11 日，許廣平參加政協全國委員會二次會議。〔註 5〕

3 月末，蕭軍參加了由北京市副市長王崑崙、吳晗和市委宣傳部長陳克寒召開的歷史劇本創作座談會後，他把自己創作的《吳越春秋史話》及一些京劇本寄給了陳克寒。〔註 6〕

4 月 25 日，唐弢在《文學評論》第二期發表《文化戰線上的戰鬥紅旗——紀念「左聯」成立三十週年》。〔註 7〕

〔註 1〕陳漱渝著《許廣平著述編目》，陳漱渝著《許廣平的一生》第 201 頁。
〔註 2〕陳漱渝著《許廣平著述編目》，陳漱渝著《許廣平的一生》第 201 頁。
〔註 3〕傅小北、楊幼生《唐弢年譜》，傅小北、楊幼生編《唐弢研究資料》第 444 頁。
〔註 4〕《許廣平活動簡表（1948 年 10 月至 1968 年 3 月）》，陳漱渝著《許廣平的一生》第 160 頁。
〔註 5〕《許廣平活動簡表（1948 年 10 月至 1968 年 3 月）》，陳漱渝著《許廣平的一生》第 160 頁。
〔註 6〕王科、徐塞、張英偉著《蕭軍評傳》第 179 頁。
〔註 7〕傅小北、楊幼生《唐弢年譜》，傅小北、楊幼生編《唐弢研究資料》第 444 頁。

4月，周建人在北京北太平莊四號定下新住址，每年住二三次，共 13 年。
〔註 8〕

4月，曹靖華的譯作民間故事《列寧的正義》、《列寧快醒了》，刊於《民間文學》四月號。他的譯作《契訶夫戲劇集》由人民文學出版社出版；《三姐妹》由中國戲劇出版社再版；《七色花》由少年兒童出版社第八次印刷。
〔註 9〕

7月8日，唐弢在《文學知識》7月號發表《司湯達和他的于連——讀小說〈紅與黑〉的討論有感》。〔註 10〕

7月22日～8月13日，許廣平參加第三次全國文學藝術界代表大會，被選為文聯第三屆全國委員會委員，全國文聯副主席。〔註 11〕

7月22日，曹靖華出席第三次全國文代會，被選為大會主席團成員。
〔註 12〕

8月9日，曹靖華出席中國作協第三次理事（擴大）會議。此次會議上選舉產生的理事會主席團召開會議，組成新的書記處，曹靖華為書記處書記之一。〔註 13〕

8月25日～9月6日，許廣平參加中國民主促進會第五屆中央委員會第二次擴大會議。〔註 14〕

許錫揮寫道：20 世紀 50 年代末至 60 年代初，許廣平曾多次來廣州。有一次她穿一件普通的藍色幹部裝，單獨來到中山大學。她走進校長辦公室說：「我找許校長。」辦公室人員不認識她，當她報出「我是許廣平」，他們才恍然大悟，立即領她到我們家。〔註 15〕

10月1日，周建人觀看浙江紹劇團國慶獻禮演出節目《楊八姐打店》並接見演員代表。〔註 16〕

〔註 8〕《周建人年譜簡編》，謝德銑著《周建人評傳》第 386 頁。
〔註 9〕冷柯（執筆）、毛粹《曹靖華年譜》，《曹靖華研究專集》第 444 頁。
〔註 10〕傅小北、楊幼生《唐弢年譜》，傅小北、楊幼生編《唐弢研究資料》第 444 頁。
〔註 11〕《許廣平活動簡表（1948 年 10 月至 1968 年 3 月）》，陳漱渝著《許廣平的一生》第 160 頁。
〔註 12〕冷柯（執筆）、毛粹《曹靖華年譜》，《曹靖華研究專集》第 444 頁。
〔註 13〕冷柯（執筆）、毛粹《曹靖華年譜》，《曹靖華研究專集》第 444 頁。
〔註 14〕《許廣平活動簡表（1948 年 10 月至 1968 年 3 月）》，陳漱渝著《許廣平的一生》第 160 頁。
〔註 15〕許錫揮《民主促進會和我家兩代人》，許錫揮著《廣州伴我歷滄桑》第 141 頁。
〔註 16〕《周建人年譜簡編》，謝德銑著《周建人評傳》第 386 頁。

10 月，唐弢在《新港》第十期發表《魯迅和他的〈故事新編〉》。〔註 17〕

秘書王永昌寫道：說到通信、寄書，看起來是很小的事情，但是也值得一提。（許廣平）先生自己布衣蔬食，平時生活非常節約，但對別人的要求，卻總是慷慨相助的。有些識與不識的讀者，經常向先生函索書籍，數量不少，先生總是儘量設法予以滿足。有時甚至親自包裹，題寫封面，滿腔熱情，樂此不疲。有些來信，希望在經濟方面有所幫助，先生總是斟酌來信，盡力而為，不管這些通信者識與不識，總不想讓別人失望。有些青年生活困難，要求補助學費；有些教師身患疾病，要求代覓藥物，這類事情，屢見不鮮，先生總是熱心相助，習以為常。三年困難時期，有人向先生寫信，說他過去曾受魯迅幫助，現在身體有病，想吃一點前門外廊房二條門框胡同所賣的醬牛肉，問先生能否代為設法？為這件事情，先生也曾讓我為他試試，結果是因為需要票證，限於條件，未能辦成。先生聞知，為之悵悵不已。我曾經問起：有些通信者素不相識，對他們所說的話，是否都可以相信？先生卻對我說：「你看這些人的要求，一般都不高，不是萬不得已，恐怕他不開口。人家給你寫信，說明他相信你，如果不相信你，何必說這話呢？再說，就是有一、兩個人不太可靠，那又有什麼不得了？魯迅說過，不能看見一個人做過賊，就在自己的牆頭上都插上玻璃碴子，懷疑所有人。」〔註 18〕

當時，有關部門規定，人大常委委員每月發給辦公費五十元，彭德懷同志親筆寫信，提議取消這筆費用，景宋先生得知以後非常贊成，立即派我去人大常委機關退回此款。事後，她從自己的工資中每月撥出一筆錢，作為辦公費用，直到逝世，從未變更。〔註 19〕

這年年底至 1961 年 6 月間，演員于藍因為打算扮演電影《魯迅傳》中的許廣平，有機會四次和許廣平見面談話。她後來以日記的形式記錄下來。

于藍在《許廣平的風采》中寫道：

1960 年冬季，上海天馬電影製片廠邀請我參加電影《魯迅傳》的準備工作，讓我扮演魯迅先生的夫人許廣平。後來因為導演生病，繼之「左」的思潮影響（上海要求只寫建國 13 年），這部影片未能拍攝。但是，這段準備工作是令人難忘的。許廣平大姐給我留下美好而難忘的印象。

〔註 17〕傅小北、楊幼生《唐弢年譜》，傅小北、楊幼生編《唐弢研究資料》第 444 頁。
〔註 18〕王永昌《回憶景宋先生》，陳漱渝著《許廣平的一生》第 207～208 頁。
〔註 19〕王永昌《回憶景宋先生》，陳漱渝著《許廣平的一生》第 208 頁。

　　從書面上和已有的記載裏，我知道廣平大姐雖是出身於仕宦家族，但絕無羸弱嬌柔之氣，而是剛直、坦率願除盡天下不平事的女子，又是「五四」時代的青年闖將。但我要演好這個人物，單憑這些理解遠遠不夠，我多麼希望能實地接觸一下這位特殊人物——二十年代叱吒風雲的學生領袖，四十年代的民主鬥士，五十年代全國著名的婦女界領袖之一。1960 年年底我的願望實現了！從那時至 1961 年 6 月間，我有四次機會和許大姐見面，時間雖短，但那是多麼寶貴。她和我談的話，是在特殊的規定情景中，為了使我理解她，她以極為真誠而平等的態度訴說了她的一些往事。〔註20〕

　　12 月 6 日，于藍第一次訪談許廣平。

　　她在《許廣平的風采》中寫道：

　　上午訪問了許廣平同志。她雖已年近七旬，我還不滿四十周歲，而她是那樣沒有架子，坦直、隨和，很願意和你談話。真是侃侃而談，我真怕累壞了她，自己的緊張也完全消除了。

　　許大姐的祖父任浙江省巡撫，相當於省長職務。她家係官僚資產階級家庭，許大姐的父親是祖父的姨太太所生，所以這一房受到排擠。許父未能做官，祖父病故後，家中經濟日漸困難，母親雖係農家女兒但善寫算經營。外祖父在澳門經商，她把自己嫁妝全部作為資金投入。她家有八位姑奶奶，每人每月仍需支付五兩銀子的零用錢，每個人的陪嫁也全需要母親操辦。母親在辛亥革命那年逃難染病病故。那年她十四歲，因此也停了學。

　　許大姐一生下來就遭受許多令人難以置信的不平。因為她剛生下來就在母親肚子上撒了一泡尿，父母迷信，說她命硬，會克父母，從此把她寄養在貧窮的親屬家中。而父親在她生下來的第三天就與朋友喝酒碰杯，將女兒與馬姓之子結為兒女親。後長至九歲，大哥同情她，答應將來替她解除婚約，辦法是替馬家之子娶一個小老婆，她才可能終身不過門。

　　還有一次，母親做了紅繡花鞋誘逼她包起腳來。第二天清晨，全家見父親時，她父親發現，說她將來要嫁到鄉下，逃難時小腳會吃虧，而母親卻說，這樣有別於丫頭，否則親戚來往會把她當成丫頭。為此，父母吵起來，都捧杯發誓：如纏足不許再見父親；如不纏足不許見母親。許大姐不願纏足，因纏足不能與兄弟姐妹遊戲，就大哭起來。父親把她抱至另一位姨母房中，將鞋和布扯了下來。從此，母親就不見她的面。她從小就受到封建痛苦，後因

〔註20〕于藍《許廣平的風采》，魯迅博物館、民進中央宣傳部編《許廣平》第 43 頁。

害病，母親才叫別人把她抱來，親自把脈治療，這才解除了母女不見面的禁令。

為了讀書，她也受到不平等的待遇。自幼因有婚姻的壓力，性格抑鬱不樂，自己立志爭取讀書，以求自立，但父親認為只要能寫封信，就可以了，因此不許她讀國語，只許讀粵語，她就裝聽不懂，硬是在老師面前站了一整天，背不出來。老師被磨煩了，即教以國語，她馬上就能背出。老師就說：「學了國語，粵語也能懂，學生天資近於國語，就教國語吧！」於是，她破了學粵語這一關。〔註21〕

12 月 10 日～1962 年 11 月 30 日，周作人寫作《知堂回想錄》，從《緣起》到《後記》，整整寫了兩年，他大概都沉湎於「回想」之中。這本是曹聚仁的建議，周作人欣然應允，以為儘管「一身之外什麼都沒有」，一身之內的事情卻是可以寫寫的。他通過書寫保存了一個完整的「智者」的自我形象。〔註22〕

12 月 27 日，于藍第二次訪談許廣平。

于藍寫道：

當她 15 歲時，聽說馬家來了人，以為是對方的父親。她自己和妹妹商量好了，自己出來，推開門行了一個鞠躬禮說：「我父親同你碰杯訂親，但我自己不同意」。父親大怒，罵著：「出去！出去！」自己反正話也說完了，她又行了一個禮出來了（其實這人只是馬家的親屬）。

她說 1911 年，辛亥革命，她才 14 歲，母親病故，自己停了學，她隨家庭逃難至澳門外婆家中，父親需要瞭解當時的情況，訂了一份《平民報》，她得以知道此報每週六有婦女副刊，於是和妹妹每週跑十幾里地去買婦女副刊。從中她知道了婦女也可以和男人一樣做事、革命。副刊上也刊登女革命志士的事蹟，她極為嚮往，她知道婦女應反對塗脂抹粉去做男人的玩物。因此，她一直保持樸素之風，不好修飾。

她十五至十六歲，就讀在廣州女師附小高小，1915 年袁世凱承認日本最後通牒，簽訂二十一條不平等條約，她十分憤慨，願長大報效祖國。

1917 年父親病故未讀書，後來二哥幫助她解除了婚約，如獲解放。她要求同二哥北上，繼續讀書。二哥也怕她因解除婚約，在廣州難以找到婆家，

〔註21〕于藍《許廣平的風采》，魯迅博物館、民進中央宣傳部編《許廣平》第 44～45 頁。

〔註22〕錢理群著《周作人傳》第 190～191 頁。

即同意她北上。由於二哥未找到工作不能讀書，她即以到天津姑姑家為名。徵得姑姑同意考入了天津女師。這也是劉清揚和鄧穎超同志就讀的學校。第二年她就爭取到公費生。她是低班的學生，還參加了學生聯合會，這是 1919 年。為了抵制日貨，提倡國貨，她和同學們自製雪花膏，到天津近郊推銷兜售。

參加學生演講，不畏疲勞，曾在公安局面前講演了一夜。還包圍外號叫楊邦子的警察廳廳長。1922 年她畢業了，考入北京女高師，後改為女師大。在女師大，她參加學生反對楊蔭榆的鬥爭，魯迅先生支持學生的正義鬥爭，因此和魯迅先生接近起來。一次，女師大被封鎖，她看見學生點起蠟燭，突然想到這會失火，就當眾疾呼：「為了自衛生命，我們把鎖砸開！」於是大家猛力去砸，終於把鎖砸開了。校門內外，同學們又流淚，又歡笑。還有一次，學生們在遊行隊伍中前進，她忽然看到校長楊蔭榆坐著洋車，得意而過，她激怒起來，大喊：「打倒楊蔭榆！」全體隊伍都舉起小旗高呼：「打倒楊蔭榆！」

她談起和魯迅先生的愛情，絲毫沒有炫耀與迴避的神態，是那樣真實和自然。她坦蕩地說，開始是和同學們一起去魯迅家，特別是有大師母在，沒有任何戒備與不安。而魯迅先生的母親又極為同情魯迅先生和學生們與校長楊蔭榆和章士釗的共同鬥爭。老太太訂了許多報紙看，這些學生每次去她總是挑些蠶豆、花生、瓜子給大家吃。

一次魯迅先生與章、楊鬥爭消耗太大的精力而病倒了，醫生勸阻他抽煙喝酒，大家勸阻都勸不住，老太太就叫許大姐和許欽文的妹妹（她住在魯家）共同勸了一夜。由此廣平大姐對魯迅先生的生活非常同情和憐憫，就常來他家，學習他的樣子校對、抄寫、拆糊舊信封，做這些是為了幫助魯迅做點事，減輕他的工作量。

「神未必如此想」，這是魯迅先生講的一個故事中的一句話，是說一個人因條件不夠不敢愛，而後對方死了，他悟出了「神未必如此想」。許大姐就以此來回答魯迅先生問她「為何愛他？」魯迅先生聽了以後說：「中毒太深！」是指自己影響了許廣平。到廣州以後，她更關心魯迅先生，「四一二」國民黨蔣介石大屠殺之後，沒有廚師做飯，許廣平把自己的小妹妹接來同住，幫助魯迅做飯，照料他的飯食。她一心想幫助魯迅先生，她感覺自己有如嬋娟對待屈原一樣地崇敬魯迅先生。

魯迅先生給許大姐剪頭，魯迅跌傷了腿，自己不願意擦藥，許大姐親自動手，沒有感到什麼不同，都是像兄妹似的沒有忌諱。〔註23〕

這年《文藝報》第2期發表署名夏羽的文章，題目是《周作人有無產階級思想嗎？》，文章雖是批評李何林《五四時代新文學所受無產階級思想影響》、《左聯成立前後十年的新文學》二文對周作人的評價，似乎與周作人本人無關；但卻也給周作人下了一系列的斷語：「周作人所著《人的文學》一文，主要是提倡資產階級人道主義文學，和無產階級毫不相干」，「周作人前期作品在思想內容上無甚可取，後期作品更是極端反動」等等。以上任何一個斷語在當時的中國都足以剝奪周作人的發言權。於是，周作人只能再度沉默。苦雨齋重又出現「門前車馬稀」的冷落與淒清。〔註24〕

周作人早在1957年春就患高血壓，疾病並沒有使他停筆，現在卻由於政治上的冷落，文章發不出去，不但被迫綴筆，經濟上也頓感困窘。這時正是中國三年困難時期，物資供應的緊張，更對周作人一家的生活形成威脅。他於是四處告急求援。他先寫信給康生，說生活困難，人民文學出版社每月預支稿費二百元不敷家用；康生當即將此信批交周揚辦，周揚與有關部門商量。決定從1960年1月起，預支稿費每月增至四百元，由出版社增發，這已屬特殊照顧。以後他又不斷地向文聯負責照顧他生活的佟韋等訴說困難。據說他夫妻年老多病，需購藥品與營養品，支出不少。其子周豐一，因在北京圖書館錯劃為右派，工資降低，直到摘了帽子仍未恢復，其全家生活都要靠周作人補貼。他一人負責三代人的生活費，自然十分吃力。〔註25〕

這年，曹靖華曾到黃山療養。〔註26〕

〔註23〕于藍《許廣平的風采》，魯迅博物館、民進中央宣傳部編《許廣平》第45～48頁。
〔註24〕錢理群著《周作人傳》第185頁。
〔註25〕錢理群著《周作人傳》第185～186頁。
〔註26〕冷柯（執筆）、毛粹《曹靖華年譜》，《曹靖華研究專集》第444頁。

1961 年

1 月，曹靖華等譯作《列寧與士兵》收入故事四篇，由雲南人民出版社出版。〔註1〕

年初，教育部召開全國文科教材會議，決定由北京師範大學負責編寫《中國現代文學史》教材，並決定集體編寫，由王瑤、劉綬松等負責，後為爭取時間，又調唐弢任主編，並由文學研究所部分同志參加。〔註2〕

2 月，唐弢在《文藝報》2 月號發表《藝術家和道德家——讀〈琉森〉》。〔註3〕

3 月 10 日，曹靖華著文紀念烏克蘭詩人謝甫琴柯，題目為《春風啊，把「親切溫存的細語」，送到塔拉斯耳邊！——紀念塔拉斯·謝甫琴柯逝世一百週年》，刊於 3 月 11 日《人民日報》第四版。〔註4〕

3 月，曹靖華在中蘇友協舉行的紀念烏克蘭著名詩人謝甫琴柯逝世一百週年報告會做報告。〔註5〕

3 月 20 日，曹靖華寫作散文《花》。〔註6〕

3 月 17 日～4 月 15 日，許廣平率中國婦女代表團赴日訪問，在 29 天中，共經歷了 27 個城市，與日本人民進行廣泛的接觸。〔註7〕這是中華人民共和

〔註1〕 冷柯（執筆）、毛粹《曹靖華年譜》，《曹靖華研究專集》第 445 頁。
〔註2〕 傅小北、楊幼生《唐弢年譜》，傅小北、楊幼生編《唐弢研究資料》第 444 頁。
〔註3〕 傅小北、楊幼生《唐弢年譜》，傅小北、楊幼生編《唐弢研究資料》第 444 頁。
〔註4〕 冷柯（執筆）、毛粹《曹靖華年譜》，《曹靖華研究專集》第 445 頁。
〔註5〕 冷柯（執筆）、毛粹《曹靖華年譜》，《曹靖華研究專集》第 445 頁。
〔註6〕 冷柯（執筆）、毛粹《曹靖華年譜》，《曹靖華研究專集》第 445 頁。
〔註7〕 《許廣平活動簡表（1948 年 10 月至 1968 年 3 月）》，陳漱渝著《許廣平的一生》第 160 頁。

國成立後的第一次大規模的中日民間友好交往活動。〔註8〕

陳漱渝寫道：在京都和神奈川縣訪問的時候，一天之內，她們參加歡迎會、懇談會、招待會，連同參觀、交談，共有十八次之多。一個月中，她們跟六萬日本婦女和各界人士進行了親切的見面和交談，大大加深了中日兩國婦女和人民的相互瞭解和信任，進一步促進了兩國人民的友好關係。在日本，許廣平常常聽到日本友人談起《兩地書》。有的說：「這本書很有意思，很有教育意義。」有的說：「讀完《兩地書》，對你加深了瞭解。」那些尋求新鮮、健康、足以培養自己靈魂的讀物的日本青年，更對《兩地書》表現出特別親切的感情，因為他們也跟許廣平當年一樣，在尋找出路，過問世事，深沉地思考著各種社會問題。〔註9〕

3月25日，許廣平的《朝革命的路上變》刊發在《民進》1961年第1期。〔註10〕

3月27日～29日，許廣平的《魯迅先生怎樣對待編輯寫作工作》刊發在《人民日報》，後被收入《魯迅研究資料》第一輯。〔註11〕

4月5日，許廣平赴日本仙臺參加了魯迅紀念碑揭幕典禮。〔註12〕

陳漱渝寫道：原定參加者兩百人，結果卻來了五百多人。這座紀念碑高四點五米，寬二米，重十噸，參考了中國漢代古碑的式樣，雄偉莊嚴，是中日人民永遠團結友好的象徵。碑的正面上半部有著直徑一米的魯迅圓形浮雕，下半部橫塑著郭沫若手書的「魯迅之碑」的行書字，再下面刊有宋體字的碑文。許廣平在會上致詞。她除了說明中日人民的友好，文化交流的經過，還著重提到：魯迅的作品之所以受到中國廣大青年的愛好，魯迅的為人之所以受到中國廣大人民愛戴和尊敬，是由於她的作品廣泛地、深刻的反映了被壓迫人民的願望。在他的作品裏，愛憎分明。他熱愛人民，但十分憎恨壓迫人民的統治者。對外來的侵略者也表現了反抗到底的堅決意志。這種精神當然容易引起不甘屈服的日本人民的共鳴，日本讀者親眼看到中國人民在全世界人民面前站立起來，這樣，他們愛讀魯迅的作品，想從魯迅的作品中找到一

〔註8〕《廣闊平遠──許廣平120週年誕辰紀念展》第四部分《向日葵》。
〔註9〕陳漱渝著《許廣平的一生》第122頁。
〔註10〕陳漱渝著《許廣平著述編目》，陳漱渝著《許廣平的一生》第202頁。
〔註11〕陳漱渝著《許廣平著述編目》，陳漱渝著《許廣平的一生》第202頁。
〔註12〕《許廣平活動簡表（1948年10月至1968年3月）》，陳漱渝著《許廣平的一生》第160頁。

條能夠獲得勝利的道路,實在不是偶然的。〔註13〕

4月,許廣平到上海魯迅紀念館贈送她從日本帶回來的魯迅留學期間與日本同學的合影照。〔註14〕

4月28日,許廣平和楊之華到上海魯迅紀念館參觀,在館前與館內同志合影留念,並對紀念館的陳列提出意見和建議。〔註15〕

4月下旬,許廣平與丁景唐、楊之華在上海和平飯店會面。

丁景唐在《懷念許廣平同志二三事》中寫道:這裡特別要追述的,是我1961年4月下旬與許廣平、楊之華同志在上海和平飯店的一次會見。這次會見,解決了馮雪峰《回憶魯迅》和許廣平《魯迅回憶錄》兩本著作中關於魯迅和瞿秋白兩位戰友第一次會面的具體地點和時間的誤記問題。同時,也糾正了我根據原上海魯迅紀念館謝旦如先生回憶在《瞿秋白住在上海紫霞路的時候》中的誤記。從而,也就解決了我《學習魯迅和瞿秋白作品劄記》1958年6月初版、1959年7月新一版中所記魯迅和瞿秋白第一次見面的地點、時間的錯誤。而上述三種誤記,特別是許廣平《魯迅回憶錄》的被廣泛引用,影響最大。所以在此,應當把1961年4月下旬,我向許廣平、楊之華同志請教時的情況追記一下,希望研究人員在引用史實時不要再以訛傳訛。大概在1960年,我已發覺上述三種誤記,經過詳細考證1931年、1932年的歷史背景,比較研究三種不同說法,而認為魯迅和瞿秋白第一次會見,時間應是1932年夏秋之間(即《魯迅日記》中9月1日去南京紫霞路68號謝旦如家回訪秋白夫婦之前的一次),由馮雪峰事先徵求魯迅的同意後,陪同秋白夫婦到北四川路的拉摩斯公寓魯迅住處第一次會見魯迅夫婦。我把經過多方面研究分析的細節和結論提請許廣平、楊之華同志共同回憶分析研究。我先向它們提出一個疑問:許廣平回憶說是秋白夫婦先來魯迅家作客,馮雪峰回憶說是魯迅先到南市謝旦如家去會秋白夫婦,與魯迅1932年9月1日《日記》記載有何關係?她們兩位鄭重地考慮片刻,又相互交換意見,一致認為先是秋白夫婦由馮雪峰陪同往北四川路拉摩斯公寓看望魯迅,然後「九月一日」魯迅夫婦帶海嬰回訪秋白夫婦於南市謝家寄寓。在她們兩位明確回答了這個

〔註13〕陳漱渝著《許廣平的一生》第123頁。
〔註14〕姚慶雄《熱情關懷 親切指導——回憶許先生二三事》,上海魯迅紀念館編《許廣平紀念集》第31頁。
〔註15〕姚慶雄《熱情關懷 親切指導——回憶許先生二三事》,上海魯迅紀念館編《許廣平紀念集》第31頁。

問題之後，我又提出聽謝旦如多次說起，1932年「一‧二八」日軍發動侵略淞滬戰爭後，秋白夫婦隨謝旦如一家遷居法租界畢勳路（今汾陽路）畢興坊10號將近半年，過著深居的生活。楊之華同志說是這樣的，我們和謝家相處融洽。於是，我又提出，按時間計算，倘若許廣平同志回憶1932年春末或夏初，在戰亂氣氛下，似不可能到日軍勢力下的虹口北四川路魯迅家作客。她們兩位又回憶思索片刻後，再交換意見，認為日子久了，回憶記不准了。《魯迅日記》既有」九月一日」的記載，那當在「九月一日」的前一些日子，算作夏秋之間比較妥當。因此，我在1961年5月寫的《學習魯迅和瞿秋白作品的劄記》（三版增訂本）編後記中作了重要的說明，「即改正了原來以為魯迅和瞿秋白的第一次見面是在南市紫霞路68號的說法。現在根據楊之華和許廣平兩位同志的回憶，魯迅和瞿秋白第一次會見應是在北四川路的川北公寓三樓魯迅住處」。我為什麼能記住1961年4月下旬與許廣平、楊之華同志會見，詳細研究魯迅和瞿秋白第一次見面的史實，因為上海魯迅紀念館保存有1961年4月28日許廣平、楊之華訪問紀念館時，與謝旦如和工作人員合影的照片（曾刊上海魯迅紀念館館刊第3期）；同時，1961年夏天，在中共上海市委宣傳部領導下，我與上海作家協會葉以群、上海文化局方行成立三人小組，負責修改上海魯迅紀念館的陳列方案，對紀念館原有的陳列作了重大的修改。這次修改，也徵求許廣平的意見，得到她的支持。〔註16〕

　　春夏之交，《蘇聯婦女》中文版刊發一封與魯迅相關的信。

　　吳海發寫道：我在六十年代還收到許先生的一封信。1961年春夏之交，我在《蘇聯婦女》中文版上發現一封信，據說是魯迅先生1927年寫的軼簡，全文如下：

　　　　親愛的朋友們：

　　　　你們熱情洋溢的歌聲飛越萬里，給中國無線電聽眾留下了美好的、難忘的印象。現在通過高爾基同志寄給你們幾首有譜的中國民歌，藉以表示崇高的敬意與謝忱。

　　　　祝你們全體同志在創作上取得巨大的成就以及生活幸福！

　　　　　　　　敬愛你們的中國朋友和同志　魯迅

　　這封信發表於《蘇聯婦女》（中文版）1961年第二期上。據雜誌按語說，

────────────

〔註16〕丁景唐《懷念許廣平同志二三事》，魯迅博物館、民進中央宣傳部編《許廣平》第23～25頁。

魯迅的這封信是 1927 年寫給北方俄羅斯民族合唱團的，由高爾基請人譯成俄文轉交的。從那時起，合唱團的所有團員沒有一個人對中國文化、藝術不感興趣，現在大家都藏有魯迅的俄文著作云云。我對這封魯迅軼簡的真實性有懷疑。為了求真，我向許廣平、周作人、周建人分別寫信討教，以求作出合乎事實的鑒定。許廣平先生於 1961 年回信是這樣的：

　　吳海發同志：

　　4 月 20 日來信收到，內容敬悉。

　　　關於《蘇聯婦女》刊載魯迅 1927 年給北方俄羅斯民族合唱團的書信，我沒有見過它的真蹟，也不瞭解魯迅在 1927 年前後與高爾基的聯繫情況，北方俄羅斯民族合唱團向中國聽眾演唱的原因是什麼我也不清楚，魯迅是否在上海寫這封信，我也不瞭解。你對魯迅佚文的關心，我很感動，但對於你提的問題我不能具體答覆，非常抱歉。

　　　寄來的魯迅書信抄件，也隨信寄回，請查收。

　　　　　　　　　　　　　　　　　　　　　許廣平　5 月 3 日

　　許先生的回信增加了我對此信真實性的懷疑。

　　我把《蘇聯婦女》上的這封信告訴了上海朋友丁景唐先生，丁先生立即轉告上海魯迅紀念館，館中立即將信陳列了起來，不加考證，不加鑒定，不加研討，為中蘇友好又找到了一份文字憑證云云。其實中蘇高層內部已經失和，已經摩擦起了火，不過暫時包著罷了。我還告訴了陳夢熊先生，他於 1961 年 9 月 7 日在廣州《羊城晚報》披露此信。我是 1969 年 7 月 2 日見那舊報紙才知道的。〔註 17〕

　　4 月開始，唐弢又在《人民日報》第八版發表《書話》，仍以晦庵為筆名，本年共發表 11 篇。〔註 18〕

　　5 月 15 日，曹靖華寫作散文《憑弔「新處女」》，刊發在 5 月 21 日《人民日報》第七版。〔註 19〕

　　5 月 20 日，許廣平在政協全國委員會常委會舉行的第 17 次擴大會議上談

〔註 17〕吳海發《回憶許廣平先生》，上海魯迅紀念館編《許廣平紀念集》第 38～39 頁。

〔註 18〕傅小北、楊幼生《唐弢年譜》，傅小北、楊幼生編《唐弢研究資料》第 444 頁。

〔註 19〕冷柯（執筆）、毛粹《曹靖華年譜》，《曹靖華研究專集》第 445 頁。

訪日觀感。〔註20〕

5月，許廣平的著作《魯迅回憶錄》由作家出版社出版。〔註21〕

該書目次如下：

前言

一、「五四」前後

二、女師大風潮與「三一八」慘案

三、魯迅的講演與講課

四、北京時期的讀書生活

五、所謂兄弟

六、廈門和廣州

七、我有一次當學生

八、內山完造先生

九、同情婦女

十、嚮往蘇聯

十一、瞿秋白與魯迅

十二、「黨的一名小兵」

十三、為革命文化事業而奮鬥〔註22〕

5月23日，許廣平的《中日兩國婦女和人民的友誼是任何力量破壞不了的》刊發在《人民日報》。〔註23〕

5月25日，許廣平的《為了永恆的紀念──記仙臺魯迅紀念碑揭幕典禮》刊發在《世界知識》第10期。〔註24〕

5月28日，許廣平的《魯迅之名始於何時（答問）》刊發在《人民日報》。〔註25〕

6月4日，于藍第三次訪談許廣平，許談及她和魯迅的愛情。

〔註20〕《許廣平活動簡表（1948年10月至1968年3月）》，陳漱渝著《許廣平的一生》第160頁。

〔註21〕《許廣平活動簡表（1948年10月至1968年3月）》，陳漱渝著《許廣平的一生》第160頁。

〔註22〕許廣平著《魯迅回憶錄》，作家出版社，1961年5月北京第1版第1次印刷。

〔註23〕陳漱渝著《許廣平著述編目》，陳漱渝著《許廣平的一生》第202頁。

〔註24〕陳漱渝著《許廣平著述編目》，陳漱渝著《許廣平的一生》第202頁。

〔註25〕陳漱渝著《許廣平著述編目》，陳漱渝著《許廣平的一生》第202頁。

于藍寫道：

她微笑地望著我，眼睛向著前下方移去，似乎浸入回憶之中。她慢慢地說著：別的同學經常和魯迅先生鬧著玩，一次許大姐也向魯迅先生調了皮。魯迅則說：「別人可以這樣鬧，唯獨你不可以！」這是先生把她有別於其他人，對她另有格外的關懷。許大姐當然感覺到了這一點，否則她不會單單介紹這兩句意味深長的話。

許大姐略停頓一下又說：有一次她給魯迅先生抄稿子，魯迅叫她放下來，看看她手指的紋路，實際是想握著她的手。許大姐感覺到了魯迅對她的愛。她說自己是打破了一切束縛，解放了的女性，對於愛情是沒有任何條件的，所以魯迅先生深深愛上了她。

許大姐的小孫子來調皮了，坐在地上不肯走。任許大姐怎樣嚇唬他，他仍不動，許大姐馬上抬起腳做踢的狀態，同時又用手去打他的樣子。這兩個動作哪裏像六十多歲的老人，仍富有青年的朝氣。她引得我和小孫子都笑了起來。她也笑了起來。〔註26〕

6 月 5 日，于藍第四次訪談許廣平。

于藍寫道：

我們又繼續談著她和魯迅先生的感情。她深知魯迅不喜歡那種不愉快的家庭氛圍。在八道灣時被弟弟、弟媳氣出來了，他到上海後回北京探親，見西三條被母親招來的親友居住了，因此就不想回去住了。許廣平也知道魯迅厭惡婦女的讒言，因此對一切事她從不插嘴，因為自己太沖，常會由於不善於應對，惹些事情。魯迅不許她參加意見，有時偶然說錯了，魯迅說了她，有一次她落了淚，魯迅說：「為什麼哭？如果你不願意，我再不說你了！」許大姐說：「不是的，我恨自己太沒本事，這些事老要叫你煩心！」他們愛得多麼深，都是想著對方，更多地責備自己。

她還談到一次魯迅和她避難住在外邊，不知因為什麼魯迅不見了，她急死了，自己跑到內山書店和周建人家，兩處都不見，她自己又跑回原來住處，怕敵人監視，不敢開燈，摸著黑一個房間一個房間地摸，她都嚇死了也找不到。周建老和內山都又跑來探問。過了一會兒，魯迅悄悄地回來了，原來他到南京路獨一處去了。許大姐懷著愛意說：「他就是任起性來，什麼都不管」。

許大姐談起柔石，說他為人忠厚，經常到她家來。有一陣還在她家搭夥

〔註26〕于藍《許廣平的風采》，魯迅博物館、民進中央宣傳部編《許廣平》第 48 頁。

吃飯，每次來都抱著小海嬰，非常喜愛小孩。她含著無限深情談到柔石。記得材料上介紹，秋白同志去江西蘇區，前來告別，魯迅讓秋白同志睡在床上，許大姐為他鋪好床，然後魯迅夫婦睡在地上，他們徹夜長談。當報上登出秋白被捕的消息，魯迅見報，木然呆坐，頭也抬不起來。幾天後，他痛苦地轉告友人：「它事極確……然何能為？」

雖然電影《魯迅傳》沒有拍成，許大姐也十分遺憾，但是這些零星的紀錄不正是她形象的閃光嗎？我願和大家共享她的風采。〔註27〕

6月5日，曹靖華寫作散文《好似春燕一隻》，刊於6月8日《人民日報》第八版。〔註28〕

6月6日，許廣平被批准正式加入中國共產黨。由黨中央直接審查，毛主席、周總理親自同意。〔註29〕

許廣平寫道：

1961年6月6日是我有歷史意義的一日。我活著，要為中國、人類做些有益的事。T批准我作為一個黨員，就要無負於T的教育和培養……

早在中華人民共和國成立初期，許廣平就多次提出申請加入中國共產黨，但黨組織認為她留在黨外工作會比較方便一些，遲遲沒有批准。其實，無論在黨內、黨外、魯迅去世後，抱著「無愧於心」的心態重返社會的許廣平，都在踐行魯迅精神。她沿著魯迅未竟的道路，投入到爭取和平、自由、民主、團結的進步社會活動中，像向日葵一樣心跟共產黨走，並為其燃盡生命。〔註30〕

6月18日，許廣平出席中蘇友協、中國作協和北京市中蘇友協聯合舉辦的高爾基逝世25週年紀念會。〔註31〕

6月20日，許廣平的《仙臺漫筆》刊發在《人民日報》。後收入《魯迅研究資料》第一輯。〔註32〕

〔註27〕于藍《許廣平的風采》，魯迅博物館、民進中央宣傳部編《許廣平》第49～50頁。

〔註28〕冷柯（執筆）、毛粹《曹靖華年譜》，《曹靖華研究專集》第445頁。

〔註29〕《中華女傑許廣平》，《廣州高第街許氏家族》第85頁。

〔註30〕《廣闊平遠——許廣平120週年誕辰紀念展》第四部分《向日葵》。

〔註31〕《許廣平活動簡表（1948年10月至1968年3月）》，陳漱渝著《許廣平的一生》第161頁。

〔註32〕陳漱渝著《許廣平著述編目》，陳漱渝著《許廣平的一生》第202頁。

7 月，周作人的文章《紹興光復前魯迅的一小段事情》在《人民文學》七、八月號發表。〔註 33〕

7 月 20 日，曹靖華寫作散文《哪有閒情話年月》刊於 7 月 22 日《人民日報》第八版。〔註 34〕

7 月 28 日，曹靖華寫作散文《素箋寄深情》，刊發於 9 月 8 日《人民文學》九月號。〔註 35〕

8 月 15 日，曹靖華作散文《採得百花釀蜜後──紀念魯迅八十誕辰》，刊於《世界文學》八、九月號。〔註 36〕

9 月 3 日，曹靖華寫作散文《憶當年，穿著細事且莫等閒看！》，刊於 9 月 9 日《人民日報》第八版。〔註 37〕

9 月 20 日，為紀念魯迅誕辰八十週年，曹靖華撰文《智慧花開爛如錦》刊於 9 月 25 日《人民日報》第四版。〔註 38〕

9 月 24 日，許廣平的《文藝──革命鬥爭的武器──談談魯迅的寫作態度》刊發在《工人日報》。〔註 39〕

許廣平指出：魯迅從他開始文學生活的第一天起，就自覺地把文學看作喚起人民覺悟和推動社會進步的強有力的武器。他通過自己的作品展示了中國人民在黑暗的社會中生活、呼吸、呻吟、掙扎的真實圖景，揭露了統治階級的殘酷無情和陰險惡毒。因為這些作品具有極大的社會意義和高度的藝術力量，所以它開拓了我國新文學的發展道路。……一個極力尋求光明，要求為中國革命事業而終身奮鬥的戰士，他不能不投身於無產階級的隊伍，並傾心於他的英明領導，一個甘願「遵奉」革命前驅者「將領」的作家，他就不能不認識到無產階級文藝是無產階級鬥爭的一翼。魯迅終於找到了自己前進的道路，這就是誠誠懇懇地接受中國共產黨的領導，以自己的文學活動全心全意的為中國革命服務。在魯迅看來，革命固然需要文藝來擴大陣地，而文藝也只有附麗於革命才能得到廣闊的發展。〔註 40〕

〔註 33〕《周建人年譜簡編》，謝德銑著《周建人評傳》第 386 頁。
〔註 34〕冷柯（執筆）、毛粹《曹靖華年譜》，《曹靖華研究專集》第 445 頁。
〔註 35〕冷柯（執筆）、毛粹《曹靖華年譜》，《曹靖華研究專集》第 445 頁。
〔註 36〕冷柯（執筆）、毛粹《曹靖華年譜》，《曹靖華研究專集》第 445 頁。
〔註 37〕冷柯（執筆）、毛粹《曹靖華年譜》，《曹靖華研究專集》第 445～446 頁。
〔註 38〕冷柯（執筆）、毛粹《曹靖華年譜》，《曹靖華研究專集》第 446 頁。
〔註 39〕陳漱渝著《許廣平著述編目》，陳漱渝著《許廣平的一生》第 202 頁。
〔註 40〕陳漱渝著《許廣平的一生》第 123～124 頁。

9月24日，紹興隆重舉行紀念魯迅誕辰八十週年大會，周建人等應邀出席。〔註41〕

9月25日，許廣平參加首都文藝界及其他各界人士紀念魯迅80週年誕辰大會，為主席團成員。周恩來出席大會，郭沫若致開幕辭，茅盾作報告。〔註42〕

周令飛回憶：因為我父母都在郊區上班，我在市區上學，就一直跟著祖母同住。白天她很忙，經常要出去辦公，參加公務和外事活動，我只有早上上學前，以及吃飯的時間才能見到她。我記得最清楚的一件事，是三年嚴重困難時期，她從自己碗裏分一點米飯給我。還有一次我生了急病，要馬上去醫院看病，祖母叫她的司機開車送我過去，回來時，我看到她從手包裏拿錢給司機，說是付剛剛私用車的車費。還有許多生活點滴，以及她對我的言傳身教，構成了我與祖母之間的親密回憶。〔註43〕

9月，曹靖華出席首都紀念魯迅先生誕辰八十週年大會，為主席團成員。〔註44〕

9月28日，無錫解放橋小學又收到許廣平奶奶的信。

孫振啟寫道：1960年是三年自然災害困難年，許廣平先生來信，鼓勵同學們克服暫時困難，要看到成績，看到光明，繼續頑強學習。1961年9月28日，許廣平先生又來信了，鼓勵同學們認真學習算術，說數學是科學的基礎。她比喻空軍叔叔開飛機，先從梯子爬上飛機一樣，希望六一班成為「紅領巾班」。〔註45〕

9月，唐弢在《紅旗》第十七期發表《向社會學習》。〔註46〕

10月10日，許廣平和作家楊朔參觀上海魯迅紀念館並拜謁魯迅墓，同時指導紀念館的一些工作。〔註47〕

〔註41〕《周建人年譜簡編》，謝德銑著《周建人評傳》第386頁。
〔註42〕《許廣平活動簡表（1948年10月至1968年3月）》，陳漱渝著《許廣平的一生》第161頁。
〔註43〕周令飛《我的祖母許廣平》，《廣闊平遠——許廣平120週年誕辰紀念展》序一。
〔註44〕冷柯（執筆）、毛粹《曹靖華年譜》，《曹靖華研究專集》第445頁。
〔註45〕孫振啟《許廣平先生對少年兒童無微不至的關懷》，上海魯迅紀念館編《許廣平紀念集》第43頁。
〔註46〕傅小北、楊幼生《唐弢年譜》，傅小北、楊幼生編《唐弢研究資料》第444頁。
〔註47〕姚慶雄《熱情關懷 親切指導——回憶許先生二三事》，上海魯迅紀念館編《許廣平紀念集》第31頁。

10 月 14 日，唐弢在《文學評論》第五期發表《論魯迅的美學思想》。
〔註 48〕

10 月 26 日，許廣平的《讀〈永不磨滅的印象〉》刊發在《人民日報》，此文係讀發表在同月 19 日《人民日報》上杜力夫的文章《永不磨滅的印象》的感受。〔註 49〕

11 月中旬，曹靖華寫作散文《歎往昔，獨木橋頭徘徊無終期！》。〔註 50〕

11 月下旬，曹靖華作散文《雪霧迷蒙訪書畫》。〔註 51〕

11 月，馮雪峰被摘除「右派分子」帽子。〔註 52〕

12 月 12 日，許廣平的《魯迅手跡和藏書的經過》刊發在《圖書館》第 4 期，後收入《魯迅研究資料》第一輯。〔註 53〕

12 月，周建人的文章《關於阿 Q 這一人物的來源》刊發在《東海》第 12 期。〔註 54〕

12 月 26 日，曹靖華為結集的散文集《花》所寫的《小跋》刊發在《人民日報》第六版。〔註 55〕

王永昌寫道：1961 年底，她（許廣平）和我因事到廣州出差。一到那裡以後，她就對我說：「這次是因公出差，我們親友不會，老家不去，現在是困難時期，不要給當地政府造成麻煩。」結果，真是那樣，沒有會一個親友，給地方政府省去很多事情。

過去出版部門曾經和她約定，魯迅著作，每出一種即送樣書五本，她就用這些樣書，寄贈親友，從不額外要求，有時讀者函索，如果手邊沒有，寧肯自己出錢購置，也不麻煩出版單位。有一年，為了參加萊比錫書籍展覽，我們國家特製了幾套《魯迅全集》，富麗堂皇，極為美觀。人民文學出版社派許覺民同志送來一套，請她留作紀念。景宋先生後來一打聽，知道這書每套價值六百元以上，就趕緊坐上汽車，親自送回出版社，說她不需要這套書，

〔註 48〕傅小北、楊幼生《唐弢年譜》，傅小北、楊幼生編《唐弢研究資料》第 444 頁。
〔註 49〕陳漱渝著《許廣平著述編目》，陳漱渝著《許廣平的一生》第 202 頁。
〔註 50〕冷柯（執筆）、毛粹《曹靖華年譜》，《曹靖華研究專集》第 446 頁。
〔註 51〕冷柯（執筆）、毛粹《曹靖華年譜》，《曹靖華研究專集》第 446 頁。
〔註 52〕《馮雪峰大事年表》，孫琴安著《雪之歌——馮雪峰傳》第 333 頁。
〔註 53〕陳漱渝著《許廣平著述編目》，陳漱渝著《許廣平的一生》第 202 頁。
〔註 54〕《周建人年譜簡編》，謝德銑著《周建人評傳》第 386 頁。
〔註 55〕冷柯（執筆）、毛粹《曹靖華年譜》，《曹靖華研究專集》第 446 頁。

還是讓它在國際市場上售出，給國家換回一些外匯為好。〔註56〕

這年年底開始，被貧困折磨的周作人把一直秘不示人的《日記》也拿出來賣了。他在給魯迅博物館的信中寫道，如果賣不出去，他將「托缽於市矣」。如果說貧困本是中國知識分子的命運，似還算不得周作人一人的不幸，他尚可以不斷向人哭窮；那麼，家庭內部，特別是夫妻間關係的不和諧，對於周作人就是更加難以排解的更大不幸。這種老年夫妻不和的不幸並不亞於中年喪妻，在中國知識分子中也並不少見，但人們大都視為家醜而隱忍不言，因此鮮為外人所知，子女即使知也不言，這就自然地蒙上一層神秘的色彩。周作人的夫妻失和即是如此。如果不是周作人在日記中作了忠實的記錄，那就將成為永遠的秘密。而我們對周作人晚年處境、心境的瞭解，就會永遠停留在外在層次了。開始，周作人在日記裏，談到他與夫人的矛盾時，也是閃爍其辭的。1951年初的日記裏就出現過「甚不愉快」這類記載，大概不和諧即由此開始。以後時斷時續，1954年、1956年、1958年都有過或長或短的「不快」，1959年以後，就逐漸激化而不可解，到1960年達於極點，幾乎鬧騰了整整一年。這類爭吵，殆有週期性。多則半月，少則半日，即要發作一次。發作後夫人必至醫院看病，又要支付一筆或大或小的醫藥費，經濟更為緊張，不免要向人告貸，又反過來影響情緒，成為下一次發作的起因之一。如此惡性循壞，周作人自無寧日矣。每次爭吵，必然傷害感情，日積月累，怨恨日深，以至周作人日記中，怨毒之語日益升級⋯⋯〔註57〕

這年，周建人接見上海魯迅紀念館同志，談了魯迅墓地銅像座基的設計改建事宜。〔註58〕蕭軍收到令人寒心的退稿意見：不合時宜。在極其悲痛中，他含淚給毛主席寫了一封長信，附上自己的作品，向主席傾吐心聲：作為一個愛國的、有民族自尊心的中國作家，我極願把自己作品的出版權交給自己的祖國！〔註59〕

這年冬天，已摘掉右派帽子的徐懋庸帶了小兒子、小女兒回故鄉下管。鄉人見有陌生人來，問：「這是誰？」他幽默地對兒子說：告訴他們是右派分子徐懋庸。」他還是那樣耿直、率真與自嘲。〔註60〕

〔註56〕 王永昌《回憶景宋先生》，陳漱渝著《許廣平的一生》第209～210頁。
〔註57〕 錢理群著《周作人傳》第187頁。
〔註58〕 《周建人年譜簡編》，謝德銑著《周建人評傳》第386頁。
〔註59〕 王科、徐塞、張英偉著《蕭軍評傳》第179頁。
〔註60〕 百度百科「徐懋庸」。

1962 年

　　年初，曹靖華隨人大代表團赴雲南視察。到蒼山下，洱海邊，在大理、西雙版納，聽取了亞熱帶作物研究所的彙報，觀看了經濟作物、藥用植物、芳香作物等一個個作物區及原始森林。〔註1〕

　　1月中旬，曹靖華在雲南大理寫作散文《點蒼山下金花嬌——雲南抒情》和《洱海一枝春——雲南抒情之二》，前者刊發在3月2日《人民日報》第六版；後者刊發在《人民文學》四月號。〔註2〕

　　1月下旬，曹靖華在西雙版納作散文《天涯處處皆芳草——西雙版納散記》，刊發在3月23日《人民日報》第六版。〔註3〕

　　2月～6月，唐弢繼續在《人民日報》發表書話，共發表13篇。〔註4〕

　　2月，唐弢的《魯迅先生的故事》（第二版）由上海少年兒童出版社出版，增加了四篇故事：《胡羊尾巴》、《事實的教訓》、《友誼》、《一個偉大的榜樣》。〔註5〕

　　3月27日～4月16日，許廣平參加第二屆全國人大第三次會議。〔註6〕

　　3月23日～4月18日，許廣平參加政協第三屆全國委員會第三次會議。〔註7〕

〔註1〕冷柯（執筆）、毛粹《曹靖華年譜》，《曹靖華研究專集》第446頁。
〔註2〕冷柯（執筆）、毛粹《曹靖華年譜》，《曹靖華研究專集》第446～447頁。
〔註3〕冷柯（執筆）、毛粹《曹靖華年譜》，《曹靖華研究專集》第447頁。
〔註4〕傅小北、楊幼生《唐弢年譜》，傅小北、楊幼生編《唐弢研究資料》第445頁。
〔註5〕傅小北、楊幼生《唐弢年譜》，傅小北、楊幼生編《唐弢研究資料》第445頁。
〔註6〕《許廣平活動簡表（1948年10月至1968年3月）》，陳漱渝著《許廣平的一生》第161頁。
〔註7〕《許廣平活動簡表（1948年10月至1968年3月）》，陳漱渝著《許廣平的一生》第161頁。

　　4月8日，周作人的太太羽田信子去世。〔註8〕周作人可能預感到他的日記終有公布之一日，與其讓後人對他個人感情生活的秘密妄加猜測，不如自己親作說明。應該說，周作人在戀愛、家庭生活中是有難言之隱的。在這個問題上，幾乎集中了周作人的眾多矛盾。一方面，在理論上，他持最激進的開放的觀點，在中國首先確立「愛情結合，結了協同關係；愛情分裂，只須離散」的原則。但在現實生活中，他卻認為在女子不能獨立的社會裏，即使因為無感情，男方提出離異也是不應該的；他從這個觀點出發，對於魯迅及周建人對婚姻關係的處理方式，都持保留與批判的態度。在這一點上，當信子指責周氏兄弟「皆多妻」，周作人覺得難以反駁的。但另一方面，他與信子的關係，雖然並未達到破裂的地步，但卻也有不夠和諧的地方與時候，他也因此始終不能忘懷年輕時的情人，特別是當年東京留學時伏見館主人之妹乾榮子，在時隔30多年後仍出現於夢中，但他對於乾榮子確又屬於「單相思」，始終是夢中的愛戀，實難說是真正的情人。因此當信子猜疑甲戌（即1934年）東遊時有外遇，周作人雖明白這純屬莫須有，但因為確有對乾榮子的夢戀，又使得周作人在反駁信子時不能做到絕對的理直氣壯，這其間的苦衷是非外人所能體會的。再加上周作人性格的軟弱與順和，在與信子相處中，每有矛盾，大都採取忍讓態度。他們「結婚五十餘年，素無反目」，與此大有關係。周作人性格中還有軟中有硬的一面。他的忍讓是有限度的。因此，當信子由於性格、心理與生理的原因，無休止地「發作」時，自會引起周作人的反感，以至產生怨恨。但當一切由於信子的病逝而結束，痛定思痛，周作人又會想起信子生前的種種好處，而產生無限追懷之情。處於這樣的別人難以理解的痛苦中，唯一使周作人感到欣慰的，仍是他的寫作。〔註9〕

　　4月19日～26日，許廣平參加民主促進會中央工作會議。〔註10〕

　　4月，蕭軍得知他的《吳越春秋史話》等一些京劇劇本被轉到作家出版社了。〔註11〕

　　5月，周作人開始著手翻譯希臘作家路卡阿諾斯的《對話集》。〔註12〕

〔註8〕錢理群著《周作人傳》第188頁。
〔註9〕錢理群著《周作人傳》第188～189頁。
〔註10〕《許廣平活動簡表（1948年10月至1968年3月）》，陳漱渝著《許廣平的一生》第161頁。
〔註11〕王科、徐塞、張英偉著《蕭軍評傳》第179頁。
〔註12〕錢理群著《周作人傳》第191頁。

5 月，《人民日報》設立「長短錄」雜文專欄，由夏衍、吳晗、廖沫沙、孟超和唐弢執筆，唐弢用筆名「萬一羽」發表。

5 月 8 日，唐弢在《人民日報》發表《謝本師》，議論師生關係。〔註13〕

5 月 28 日，許廣平的文章《〈魯迅回憶錄〉的一個訂正》刊發在《文匯報》。〔註14〕

6 月，蕭軍的稿子被全部退回。這時他知道，自己是上了「另冊」的人，一些關懷是輪不到自己的頭上的。完稿的劇本也不能出版，只能束之高閣。〔註15〕

6 月，唐弢的《書話》由北京出版社出版，收唐弢 1945 年至 1962 年所寫書話 40 篇，序 1 篇，署名晦庵。〔註16〕

夏天，周建人到紹興柯岩視察，並去古舊書店訪問購硯。〔註17〕

8 月，曹靖華的散文集《花》由作家出版社出版，共收入散文二十五篇，並附《小跋》。〔註18〕

8 月 25 日，許廣平寫作《致袁家和》，此信係回答關於魯迅集郵的通訊。〔註19〕

9 月 30 日，周建人致信許廣平，附上上海景雲里住房圖一張。〔註20〕

9 月 30 日～10 月 11 日，許廣平隨彭真同志率領的全國人民代表大會代表團訪問越南。〔註21〕

秋天，許廣平到廣州魯迅紀念館出謀劃策。

廣州魯迅紀念館館長吳武林寫道：雖然工作很忙，但是 1962 年的秋天，她還是來到開放了三年多的廣州魯迅紀念館，為完善廣州魯迅紀念館陳列展示，恢復鐘樓魯迅舊居和白雲樓舊居出謀劃策。在此，須鄭重提及的是，她在廣州魯迅紀念館看到的文物奇少，回到北京後，特意從北京魯迅博物館挑

〔註13〕傅小北、楊幼生《唐弢年譜》，傅小北、楊幼生編《唐弢研究資料》第 445 頁。
〔註14〕陳漱渝著《許廣平著述編目》，陳漱渝著《許廣平的一生》第 202 頁。
〔註15〕王科、徐塞、張英偉著《蕭軍評傳》第 179 頁。
〔註16〕傅小北、楊幼生《唐弢年譜》，傅小北、楊幼生編《唐弢研究資料》第 445 頁。
〔註17〕《周建人年譜簡編》，謝德銑著《周建人評傳》第 386 頁。
〔註18〕冷柯（執筆）、毛粹《曹靖華年譜》，《曹靖華研究專集》第 447 頁。
〔註19〕陳漱渝著《許廣平著述編目》，陳漱渝著《許廣平的一生》第 203 頁。
〔註20〕《周建人年譜簡編》，謝德銑著《周建人評傳》第 386 頁。
〔註21〕《許廣平活動簡表（1948 年 10 月至 1968 年 3 月）》，陳漱渝著《許廣平的一生》第 161 頁。

選一些魯迅文物以充實廣州魯迅紀念館的陳列。這些往事，都在她給廣州魯迅紀念館的書信中得以紀錄。〔註 22〕

10 月 1 日，許廣平《致袁家和》刊發在《新港》十月號（總第 72 期）。〔註 23〕

10 月下旬～11 月 16 日，全國文聯參觀團曹靖華等九人，赴廣西壯族自治區訪問。先後到南寧、憑祥、龍州、桂林、陽朔、百色、東蘭等地，訪問了右江革命根據地及韋撥群烈士的故鄉，專程到王老山革命烈士陵園憑弔，多次同當地文藝工作者舉行座談。〔註 24〕

10 月，曹靖華為紀念魯迅逝世 26 週年，撰文《頑猴探頭樹枝間，蟠桃哪有靈棗鮮？》。〔註 25〕

11 月上旬，曹靖華在南寧明園飯店寫作散文《豔豔紅豆寄相思——廣西抒情》，於 1963 年 1 月 2 日在《人民日報》第四版發表。〔註 26〕

11 月中旬，曹靖華在南寧寫作散文《風物還是東蘭好——廣西抒情》，於 1963 年 3 月 2 日在《人民日報》第六版發表。〔註 27〕

11 月 18 日，曹靖華與趙樹理等赴長沙，參加湖南省第三次文代會。參觀了韶山、清水塘、長沙一師等地。〔註 28〕

11 月，曹靖華寫作散文《尾尾「沒六」洞中來——廣西抒情之三》，於 1963 年在《人民日報》五月號發表。〔註 29〕

11 月 21 日，許廣平的《景雲深處是吾家——〈魯迅回憶錄〉補遺》刊發在《文匯報》。後被收入《魯迅研究資料》第一輯。〔註 30〕

12 月初，無錫市解放橋小學學生寫信給許廣平。

孫振啟寫道：我們在 1962 年 12 月初，寫信告訴許廣平奶奶我們已成為「紅領巾班」。請求她命名六一中隊為「魯迅班」、「魯迅中隊」。

〔註 22〕吳武林《相逢此館有因緣》，《廣闊平遠——許廣平 120 週年誕辰紀念展》序二。
〔註 23〕陳漱渝著《許廣平著述編目》，陳漱渝著《許廣平的一生》第 203 頁。
〔註 24〕冷柯（執筆）、毛粹《曹靖華年譜》，《曹靖華研究專集》第 446 頁。
〔註 25〕冷柯（執筆）、毛粹《曹靖華年譜》，《曹靖華研究專集》第 447 頁。
〔註 26〕冷柯（執筆）、毛粹《曹靖華年譜》，《曹靖華研究專集》第 447 頁。
〔註 27〕冷柯（執筆）、毛粹《曹靖華年譜》，《曹靖華研究專集》第 447 頁。
〔註 28〕冷柯（執筆）、毛粹《曹靖華年譜》，《曹靖華研究專集》第 446 頁。
〔註 29〕冷柯（執筆）、毛粹《曹靖華年譜》，《曹靖華研究專集》第 447 頁。
〔註 30〕陳漱渝著《許廣平著述編目》，陳漱渝著《許廣平的一生》第 203 頁。

許廣平先生接信後，不久就寄來回信，對我們班成為「紅領巾班」表示祝賀，並教育我們：「不要追求『魯迅班』名目，要腳踏實地。各方面進步了，也實至名歸，魯迅反對空頭文學家。」〔註 31〕

12 月 4 日，唐弢在《人民日報》發表《尾骶骨之類》，指斥帝國主義。〔註 32〕

12 月 11 日，許廣平在北京魯迅博物館為廣州魯迅紀念館找幾件合適陳列的文物。

據北京魯迅博物館負責文物保管的葉淑穗回憶：「記得那是 1962 年 12 月 11 日星期一，博物館閉館。那天是晴天，但天氣特別冷。許廣平先生來到博物館，專程給廣州魯迅紀念館找幾件適合他們陳列的文物。我們按照許先生的囑託將魯迅家中存有的六個大木箱，抬到魯迅故居的庭院中，和許先生一起，將一個一個箱子打開，從中找尋有關的文物。許先生共選取了十三件文物。」這便是現在陳列在「在鐘樓上——魯迅與廣東」展覽中的魯迅在廣州時穿過的灰線尼夾袍、襯衣襯褲及棉被、枕頭、蚊帳、柳條箱（上面有魯迅寫的「L.S」兩個字母，即「魯迅」拉丁字母縮寫）等物品。彼時，廣州魯迅紀念館尚處初創時期，因為有了許廣平先生的關愛和厚祝，才使廣州魯迅紀念館豐富了許多。〔註 33〕

12 月，民進五屆三中全會開幕，周建人致開幕詞，王紹鏊作中央常務委員會工作報告。〔註 34〕

這年，周建人的著作《科學雜談》由浙江人民出版社出版。〔註 35〕曹靖華曾赴海南島參觀訪問。〔註 36〕胡風被送至醫院割治痔瘡。住院三個月後回監獄。幾年間，他一人枯坐，沒有紙筆。只有默吟寄託對黨、對友人、對家人懷念之情的詩句。為了便於記憶，遂自創五言的連環對詩體。有時一日可得數首。集幾百首後再從頭至尾默誦一遍。常因此而潸然淚下，但思想上的矛盾和痛苦得以稍解。〔註 37〕

〔註 31〕孫振啟《許廣平先生對少年兒童無微不至的關懷》，上海魯迅紀念館編《許廣平紀念集》第 43 頁。

〔註 32〕傅小北、楊幼生《唐弢年譜》，傅小北、楊幼生編《唐弢研究資料》第 445 頁。

〔註 33〕吳武林《相逢此館有因緣》，《廣闊平遠——許廣平 120 週年誕辰紀念展》序二。

〔註 34〕《周建人年譜簡編》，謝德銑著《周建人評傳》第 386 頁。

〔註 35〕《周建人年譜簡編》，謝德銑著《周建人評傳》第 386 頁。

〔註 36〕冷柯（執筆）、毛粹《曹靖華年譜》，《曹靖華研究專集》第 446 頁。

〔註 37〕曉風《胡風年表簡編》，《新文學史料》1986 年第 4 期第 182 頁。

1963 年

2 月 14 日，唐弢在《文學評論》第一期發表《關於題材》。〔註 1〕

春天，曹靖華在北京為陝西人民出版社出版散文集《春城飛花》寫《後記》。〔註 2〕

3 月，曹靖華撰文《紅旗在召喚──紀念高爾基誕辰九十五週年》，刊發在 3 月 28 日的《人民日報》。〔註 3〕

3 月，徐懋庸與陳莎合譯的法國加羅蒂的《共產黨人哲學家的任務》由生活·讀書·新知三聯書店出版。〔註 4〕

4 月 5 日，許廣平的《和同志們共勉》刊發在《民進》1963 年第 2 期。〔註 5〕

5 月 4 日，許廣平陪同毛澤東主席接見以卡馬拉·洛福夫人為團長的幾內亞婦女代表團。〔註 6〕

5 月，周作人在給友人的兩封信中談及翻譯的篇章，字裏行間透露出的，是一種寧靜中的喜悅；他的內心世界顯出了少有的亮色。〔註 7〕

5 月，馮雪峰為寫太平天國的歷史小說，赴廣西、湖南、湖北等地考

〔註 1〕傅小北、楊幼生《唐弢年譜》，傅小北、楊幼生編《唐弢研究資料》第 445 頁。
〔註 2〕冷柯（執筆）、毛粹《曹靖華年譜》，《曹靖華研究專集》第 448 頁。
〔註 3〕冷柯（執筆）、毛粹《曹靖華年譜》，《曹靖華研究專集》第 448 頁。
〔註 4〕《徐懋庸小傳》，《徐懋庸回憶錄》第 190 頁。
〔註 5〕陳漱渝著《許廣平著述編目》，陳漱渝著《許廣平的一生》第 203 頁。
〔註 6〕《許廣平活動簡表（1948 年 10 月至 1968 年 3 月）》，陳漱渝著《許廣平的一生》第 161 頁。
〔註 7〕錢理群著《周作人傳》第 191 頁。

察。〔註8〕

5月，許廣平出席文聯第三屆全國委員會第二次擴大會議。〔註9〕

6月7日，許廣平的《火炬‧黎明‧旭日東昇》刊發在《北京晚報》。〔註10〕

7月，許廣平陪同周恩來總理、陳毅副總理接見出席世界婦女大會後來華訪問的巴西、科摩羅、印度尼西亞、莫桑比克、尼泊爾、委內瑞拉、越南南方、桑給巴爾等國婦女代表團。〔註11〕

7月1日，曹靖華寫作散文《話當年，咫尺天涯，見時不易別更難！——憶梅園》，刊發在7月24日的《人民日報》第六版。〔註12〕

8月17日，許廣平在太原山西省政協召集各民主人士座談會上談學習、思想改造和政協工作問題。她在講話中著重談了國內國際統一戰線工作方面的偉大成就，勉勵大家團結一致，為社會主義建設貢獻更大力量。〔註13〕

8月22日，許廣平在民盟山西省委員會、民進太原市委員會聯合舉行的報告會上介紹魯迅戰鬥的一生。〔註14〕

8月，馮雪峰回北京。〔註15〕

10月，首都各界慶祝中華人民共和國成立14週年，許廣平和蔡暢在天安門主席臺上。〔註16〕

10月12日，曹靖華寫作散文《望斷南來雁》，首發在《人民文學》十月號。〔註17〕

10月下旬，曹靖華在福建泉州寫作散文《深漚春意濃似酒——福建抒

〔註8〕 《馮雪峰大事年表》，孫琴安著《雪之歌——馮雪峰傳》第334頁。
〔註9〕 《許廣平活動簡表（1948年10月至1968年3月）》，陳漱渝著《許廣平的一生》第161頁。
〔註10〕 陳漱渝著《許廣平著述編目》，陳漱渝著《許廣平的一生》第203頁。
〔註11〕 《許廣平活動簡表（1948年10月至1968年3月）》，陳漱渝著《許廣平的一生》第161頁。
〔註12〕 冷柯（執筆）、毛粹《曹靖華年譜》，《曹靖華研究專集》第448頁。
〔註13〕 《許廣平活動簡表（1948年10月至1968年3月）》，陳漱渝著《許廣平的一生》第162頁。
〔註14〕 《許廣平活動簡表（1948年10月至1968年3月）》，陳漱渝著《許廣平的一生》第162頁。
〔註15〕 《馮雪峰大事年表》，孫琴安著《雪之歌——馮雪峰傳》第334頁。
〔註16〕 《廣闊平遠——許廣平120週年誕辰紀念展》第四部分《向日葵》。
〔註17〕 冷柯（執筆）、毛粹《曹靖華年譜》，《曹靖華研究專集》第448頁。

情》，刊發在 1964 年 6 月 14 日《人民日報》第七版。〔註 18〕

10 月 23 日，唐弢在香港《文匯報》發表《〈白光〉和〈長明燈〉——為英文版〈中國文學〉作》。

10 月下旬～11 月上旬，曹靖華隨人大代表團赴福建前線視察。先後到福州、泉州、廈門等地，看望了海防前線的指戰員和人民群眾，並且到之前飛鳥絕跡的深滬灣考察其變化。〔註 19〕

11 月 3 日，許廣平寫信給無錫市解放橋小學，說明知青下農村的意義。

孫振啟寫道：1963 年 9 月，全國掀起知識青年到農村去運動。同學們不理解，認為種田不需要文化，如果初中畢業去種田，那文化就白學了，有的同學怪自己沒有天才，成不了尖子。我們把這個思想狀況向許廣平奶奶彙報，許先生在 1963 年 11 月 3 日給同學們來信說明「參加農業生產也需要科學文化知識，種田要科學化、機械化、現代化，沒有科學文化知識不行，天才不是天生的，魯迅不是天才，他不過是把別人喝咖啡的時間用來學習和工作。」

許廣平先生從 1958 年 3 月到 1963 年 11 月近六年時間裏，給我和學生寫來了十三封信，對我來講是鼓舞，也是鞭策。〔註 20〕

11 月 7 日～12 月 3 日，許廣平出席第二屆全國人大第四次會議。〔註 21〕

11 月 17 日～12 月 4 日，許廣平出席政協第三屆全國委員會第四次會議。〔註 22〕

11 月下旬，曹靖華在廈門寫作散文《前沿風光無限好——福建抒情之一》。〔註 23〕

11 月，徐懋庸與段薇傑、林波、張振輝合譯的法國加羅蒂的《人的哲學——馬克思主義與存在主義》由生活‧讀書‧新知三聯書店出版。〔註 24〕

12 月，徐懋庸翻譯的法國薩特爾的《辯證理性批判》由商務印書館出

〔註 18〕 冷柯（執筆）、毛粹《曹靖華年譜》，《曹靖華研究專集》第 448 頁。
〔註 19〕 冷柯（執筆）、毛粹《曹靖華年譜》，《曹靖華研究專集》第 448 頁。
〔註 20〕 孫振啟《許廣平先生對少年兒童無微不至的關懷》，上海魯迅紀念館編《許廣平紀念集》第 44 頁。
〔註 21〕 《許廣平活動簡表（1948 年 10 月至 1968 年 3 月）》，陳漱渝著《許廣平的一生》第 162 頁。
〔註 22〕 《許廣平活動簡表（1948 年 10 月至 1968 年 3 月）》，陳漱渝著《許廣平的一生》第 162 頁。
〔註 23〕 冷柯（執筆）、毛粹《曹靖華年譜》，《曹靖華研究專集》第 448 頁。
〔註 24〕 《徐懋庸小傳》，《徐懋庸回憶錄》第 190 頁。

版。〔註25〕

　　冬天，徐懋庸第二次回故鄉（浙江上虞）下管，一生沒有離開大山的父親對他說：「你的城府不夠深，個性執拗，常常會惹麻煩，千萬要當心。」幾年後遭遇「文革」，徐懋庸又被打成反革命，精神肉體都受到嚴重摧殘。〔註26〕

　　這年，曹聚仁編著的《人事新語》、《蔣百里評傳》、《現代中國報告文學選甲編》（編）、《現代中國報告文學選乙編》（編）在香港出版。〔註27〕曹靖華寄贈了他的散文集《花》給董必武，董老覆函並贈詩兩首，之後《人民日報》發表此詩作，董老又將此絕句親筆書寫長幅贈他。〔註28〕

〔註25〕《徐懋庸小傳》，《徐懋庸回憶錄》第 190 頁。
〔註26〕百度百科「徐懋庸」。
〔註27〕李勇著《曹聚仁研究》第 190～191 頁。
〔註28〕冷柯（執筆）、毛粹《曹靖華年譜》，《曹靖華研究專集》第 447～448 頁。

1964 年

1 月，茅盾將訪問海南島時的舊作《椰園即興》親筆寫長幅贈曹靖華。
〔註 1〕

3 月 6 日，周作人寫下「八十自壽詩」。後來，他又作長篇說明，以八十
垂垂老翁，表現出純真的「童癡」狀態。〔註 2〕

3 月 24 日，許廣平寫下遺囑一。

具體內容如下：

如果我有一時的急變，致血液循環不通，竟然逝去的時候，我的屍體，
最好供醫學的解剖，化驗，甚至屍解化為灰燼，作肥料入土，以利農業，絕
無異言。但是，我是一個共產黨員，我的身體，最後也應聽黨決定。我的親
屬，也望他們好好地、忠誠地聽黨的話，一切遵循黨的指示，聽毛主席的方
向辦事。〔註 3〕

許廣平還有一個遺囑二，具體時間不詳，根據具體表述，應該是在 1949
年之後、加入中共之前，也就是 1961 年 6 月之前。也同時抄在這裡。

我一貫信託黨，忠誠接受黨的領導，過去是這樣，今後仍然矢志不渝地
堅決跟著黨走，為人類解放事業貢獻出我的全部力量——身體和精神——隨
時隨地地毫不保留地接受黨的考驗，為黨工做到最後一息，希望同志們督促
和幫助我。有生之年就是考驗我之時，如果生前不能爭取入黨，我願以高尚
的黨員品質懸為目標，引導我不斷努力前進，即使到最後一息，我還要爭取

〔註 1〕 冷柯（執筆）、毛粹《曹靖華年譜》，《曹靖華研究專集》第 449 頁。
〔註 2〕 錢理群著《周作人傳》第 191～192 頁。
〔註 3〕 《許廣平遺囑》，上海魯迅紀念館編《許廣平紀念集》第 251 頁，百家出版社
　　　　2000 年 3 月第 1 版第 1 次印刷。

能夠學得像鄒韜奮先生那樣，死後也能被批准。總之活著的身體交給黨，死後的身體，也要貢獻出來，做醫學生的解剖實驗資料，為了反浪費我建議同志們給我保證做到：

1、不開追悼會，不送花圈；

2、不要棺木葬地；

3、實驗後的屍體就做肥料了事。

胡風梅志夫婦 1955 年 5 月被捕。1961 年，因八十歲老母親去世，梅志離開看守所回家料理母親後事，之後又成了北京市民，可以自由活動，可以和孩子們出入公園和劇院等場所。〔註4〕她最後一次見到許廣平是在首都劇院，因胡風還在監獄，梅志沒敢去和許廣平打招呼，只是遠遠看著她。她在《難忘的笑容——懷念許廣平先生》一文中寫道：

大約是在 1964 年的夏天，我們買票到首都劇場去看埃塞俄比亞歌舞團的表演。那天天特熱，冷氣幾乎不起作用。中場休息時，大家都擁到下面大廳裏去透風。我們坐的是樓座，在下來時，我忽然看見許先生一個人在大廳裏，不停地扇著扇子。她穿的是長旗袍，身後也沒人陪伴，我覺得奇怪。這時，我閃出了一個念頭，是不是上前去問候一聲？可被孩子們制止了，他們說，你這樣將使她為難的。我想，倒也是，在這廣大人群中是不太合適。我只好遠遠地用眼睛尾隨著她，一直到再開場。

她坐在正廳第七八排當中的位置。一會兒，周而復陪同劉少奇主席進來了，在她面前不遠處和歌舞團的領導人見面，整個劇場的人都起立鼓掌。他們很快就到貴賓室去了。我看到許先生仍坐在那裡看節目。等我從樓上下來時，她大約早已走了。這成了我見到她的最後一面。〔註5〕

上面描述可以感受到當時政治環境中的人人自危，以及許廣平身居高位卻形單影隻的落寞身影。

4 月，周建人應陳建功之邀，出席杭州大學校慶並作講演。同月，周建人應陳郁省長之邀，與曹荻秋夫婦一期訪問廣東省與海南島。〔註6〕

4 月 29 日，曹靖華作散文《四上前沿——福建抒情》，刊發《人民日報》

〔註4〕梅志《難忘的笑容——懷念許廣平先生》，魯迅博物館、民進中央宣傳部編《許廣平》第 40 頁。

〔註5〕梅志《難忘的笑容——懷念許廣平先生》，魯迅博物館、民進中央宣傳部編《許廣平》第 41 頁。

〔註6〕《周建人年譜簡編》，謝德銑著《周建人評傳》第 387 頁。

第六版。〔註7〕

上半年，曹靖華致信盧氏縣一中（與曹靖華建立聯繫的學校）十班師生，鼓勵他們努力學好科學文化，學習雷鋒等英雄人物，贈寄書籍和曹靖華與蘇聯作家波列夫依的合影照片。〔註8〕

7月，唐弢第一次患心肌梗塞住院治療。〔註9〕

7月31日，周建人視察浙江舟山、定海等地。〔註10〕

8月，周作人的《知堂回想錄》幾經周折，終於在香港《新晚報》上開始連載。但不到兩個月，即又遭到「腰斬」，編輯部受到上級訓斥：「這個時候還去大登周作人的作品，這是為什麼？」這顯然是一個信號。周作人對此事的反應是：「至於為什麼，則外人不得而知了。」〔註11〕

秋天，曹靖華作散文《道是平凡卻不凡》、《秦淮夜話》、《柳暗花明又一村》等。〔註12〕

9月14日，許廣平的《回眸時看小於菟（國慶十五週年述懷）》刊發在《人民日報》。〔註13〕

10月，《民進》轉載許廣平的《回眸時看小於菟（國慶十五週年述懷）》。〔註14〕

10月，許廣平寫作《關於魯迅題〈芥子園畫譜〉三集贈廣平》詩的幾句說明。〔註15〕

11月8日，許廣平到上海魯迅故居對室內陳設向館內同志作了詳細介紹。

姚慶雄在《熱情關懷　親切指導——回憶許先生二三事》中寫道：

這次許先生在故居花的時間特別長，而且介紹得既全面又具體，似乎許先生已想到以後很少有時間來魯迅故居，現在該是向紀念館同志作交代的時候了。因此，我對許先生這次來魯迅故居的情景，直到現在還記憶猶新。

〔註7〕 冷柯（執筆）、毛粹《曹靖華年譜》，《曹靖華研究專集》第449頁。

〔註8〕 冷柯（執筆）、毛粹《曹靖華年譜》，《曹靖華研究專集》第449頁。

〔註9〕 傅小北、楊幼生《唐弢年譜》，傅小北、楊幼生編《唐弢研究資料》第45頁。

〔註10〕 《周建人年譜簡編》，謝德銑著《周建人評傳》第387頁。

〔註11〕 錢理群著《周作人傳》第198頁。

〔註12〕 冷柯（執筆）、毛粹《曹靖華年譜》，《曹靖華研究專集》第449頁。

〔註13〕 陳漱渝著《許廣平著述編目》，陳漱渝著《許廣平的一生》第203頁。

〔註14〕 陳漱渝著《許廣平著述編目》，陳漱渝著《許廣平的一生》第203頁。

〔註15〕 陳漱渝著《許廣平著述編目》，陳漱渝著《許廣平的一生》第203頁。

　　我記得這次許先生是陪同某國貴賓來到上海的。當我們在報端上得知許先生到上海的消息後，立即閃出一個念頭，許先生能來紀念館有多好呵！但那時我們無法與許先生直接聯繫，只能等待著時機。誰都沒想到，正當我們翹首企盼著許先生到來的時候，突然接到有關部門電告，許先生即刻要來魯迅故居。這個突如其來的好消息，真使全館同志激動不已，大家珍惜著這個難得與許先生見面的良機，很快就作好了接待的準備，在故居靜靜地等待著許先生的到來。這天，館內領導和主要業務骨幹都參加了接待。在魯迅故居我們這些似乎永遠提不完問題的青年人，也顧不得許先生一路陪同外賓的勞頓，對魯迅故居陳設的來龍去脈向她問了個究竟。許先生則談笑風生，耐心解答。〔註16〕

　　12月20日，許廣平任中華人民共和國第三屆全國人民代表大會第一次會議主席團成員，並任三屆人大預算委員會委員。〔註17〕

　　12月20日至1965年1月4日，許廣平參加第三屆全國人民代表大會第一次會議。〔註18〕

　　12月20日至1965年1月5日，許廣平參加政協第四屆全國委員會第一次會議。〔註19〕

　　12月，周建人出席三屆全國大會，在會上介紹浙江省農業生產發展情況。在三屆人大一次會議上，被選為第三屆全國人民代表大會常務委員會副委員長。同時，出席四屆全國政協會議，被選為全國政協常委。〔註20〕

　　12月20日至1965年1月4日，曹靖華出席第三屆全國人代會首次會議。〔註21〕

　　這年，許廣平應《北京日報》之約而作《我的鬥爭史》，後因故中輟。此文係許廣平自傳的開頭部分。〔註22〕曹聚仁編著的《小說新語》在香港出

〔註16〕姚慶雄《熱情關懷　親切指導——回憶許先生二三事》，上海魯迅紀念館編《許廣平紀念集》第31～32頁。

〔註17〕《許廣平活動簡表（1948年10月至1968年3月）》，陳漱渝著《許廣平的一生》第162頁。

〔註18〕《許廣平活動簡表（1948年10月至1968年3月）》，陳漱渝著《許廣平的一生》第162頁。

〔註19〕《許廣平活動簡表（1948年10月至1968年3月）》，陳漱渝著《許廣平的一生》第162頁。

〔註20〕《周建人年譜簡編》，謝德銑著《周建人評傳》第387頁。

〔註21〕冷柯（執筆）、毛粹《曹靖華年譜》，《曹靖華研究專集》第449頁。

〔註22〕陳漱渝著《許廣平著述編目》，陳漱渝著《許廣平的一生》第203頁。

版。〔註 23〕唐弢編寫《中國現代文學史》。〔註 24〕曹靖華散文集《花》在北京第三次印刷。〔註 25〕

這年，周作人再一次文思噴湧，寫出了一篇又一篇小品隨筆，這是 1949 年以來，周作人第三次創作高峰。這連他自己都有些感到意外。當時，大陸文壇上階級鬥爭的弦越繃越緊，周作人的散文小品集《木片集》三校樣稿已出，卻無端毀版，他只得把文章寄往香港。在香港《新晚報》等報刊上，陸續刊出署名「啟明」、「知堂」的《水鄉懷舊》、《麟鳳龜龍》、《書房裏的遊戲》、《貓打架》、《鳥聲》、《吃茶》、《現今的龍》等等。內容多少有點「懷舊」的意味，但無悲涼、感傷的氣息，卻有了更多的幽默感。〔註 26〕在周作人八十前後作小品隨筆裏，那詼諧幽默之中正是浸透著對於人間萬事萬物，對於生命的老年人的溫和的愛，流瀉著秋天太陽的柔美的光輝……〔註 27〕他始終以平靜的態度對待自己的「歷史」，「並無惋惜，也並無自責」，與中國歷史上的投敵變節者，晚年懺悔不迭的態度截然不同。在私人通信中，有時談到歷史與當代人物，偶而也有幾句評論。在這方面，周作人是相當固執己見的。例如，他始終堅持對魯迅的某些批評意見即是如此。而他對郭沫若等「名人」表示「不大能夠佩服」，也是出自他的自由主義與個性主義的立場。這都可以說是本性難移，至死不改。但他也有寬容的地方，如在談到當年的論敵陳西瀅時，他表示「陳西瀅亦是頗有才氣的人，唯以鄉誼之故，乃以『正人君子』自命，參加『女師大』一役，妄費許多才氣，亦深可惜矣。也許對胡適的態度最能說明周作人的待人原則；他在給友人的信中說道：「（胡適）自然也有他該罵的地方，唯如為了投機而罵了，即就可鄙了。我與適之本是泛泛之交，當初不曾熱烈的捧他，隨後也不曾逐隊的罵他，別人看來或者以為是，或者以為非，都可請便，在我不過是覺得交道應當如此罷了。」那麼，周作人是至老對人對事也是堅持自我獨立判斷的。在知識分子紛紛「異化」，失去了自我的 60 年代，經過種種曲折之後，周作人把「自我」仍然保留得如此完整。〔註 28〕

〔註 23〕李勇著《曹聚仁研究》第 191 頁。
〔註 24〕傅小北、楊幼生《唐弢年譜》，傅小北、楊幼生編《唐弢研究資料》第 445 頁。
〔註 25〕冷柯（執筆）、毛粹《曹靖華年譜》，《曹靖華研究專集》第 449 頁。
〔註 26〕錢理群著《周作人傳》第 194 頁。
〔註 27〕錢理群著《周作人傳》第 195 頁。
〔註 28〕錢理群著《周作人傳》第 195～196 頁。

1965 年

1 月 3 日，許廣平被選為第三屆全國人民代表大會常務委員會委員。〔註1〕

1 月 5 日，許廣平被選為中國人民政治協商會議第四屆全國委員會常務委員。〔註2〕

4 月 26 日，周作人重立遺囑，以為「定本」。其全文如下：余今年已整八十歲，死無遺憾，姑留一言，以為身後治事之指針爾。死後即付火葬或循例留骨灰，亦隨便埋卻。人死聲銷跡滅最是理想。余一生文字無足稱道，唯暮年所譯希臘對話是五十年來的心願，識者當自知之。〔註3〕此時周作人對於自己的「五十年的心願」最後能否實現，已不抱任何幻想，這心境已是夠悲涼的了。但歷史很快就要證明即使做了這樣的最壞的思想準備，周作人——不，中國的整整幾代知識分子，仍然過於天真善良。他們哪裏想到，就在周作人立下「遺言」，企望「善死善終」時，將周作人，以至整個知識分子，整個民族「掃蕩已盡」的羅網已經撒下！〔註4〕

6 月，公安部開始允許梅志給胡風探監，送食品及書籍等。〔註5〕

夏天，曹靖華在繁忙的工作之餘，特意花了幾個月時間，對魯迅先生所致信函進行整理，抄一副本，將魯迅手跡與清單一併交給許廣平，託她轉贈

〔註1〕《許廣平活動簡表（1948 年 10 月至 1968 年 3 月）》，陳漱渝著《許廣平的一生》第 162 頁。
〔註2〕《許廣平活動簡表（1948 年 10 月至 1968 年 3 月）》，陳漱渝著《許廣平的一生》第 162 頁。
〔註3〕錢理群著《周作人傳》第 197 頁。
〔註4〕錢理群著《周作人傳》第 197～198 頁。
〔註5〕曉風《胡風年表簡編》，《新文學史料》第 184 頁，1986 年第 4 期。

魯迅博物館。〔註 6〕

8 月開始，唐弢在香港《大公報》發表書話，題為「書城八記」，署名晦庵。〔註 7〕

8 月 1 日，唐弢發表《買書──書城八記之一》。〔註 8〕

8 月 15 日，唐弢發表《八道六難──書城八記之二》。〔註 9〕

8 月，徐懋庸與陸達成合譯的法國加羅蒂的《人的遠景》由生活・讀書・新知三聯書店出版。〔註 10〕

秋天，馮雪峰赴河南安陽參加「四清」工作，後因表現良好而被當地幹部評選為模範幹部。〔註 11〕

9 月 5 日，唐弢發表《藏書家──書城八記之三》。〔註 12〕

9 月 26 日，唐弢發表《借書和刻書──書城八記之四》。〔註 13〕

10 月 1 日，周作人在日記中寫道：「今日為國慶十六週年，猶記前在西安過國慶，已前後十年矣，念之不勝今昔之感。」──顯然，周作人已經敏感到「今」不同於「昔」，自己的命運將要發生怎樣的逆變呢？〔註 14〕

10 月 22 日，鄧穎超寫信給許廣平慰問身體健康。〔註 15〕

10 月 24 日，許廣平任孫中山先生誕辰一百週年紀念籌備委員會委員。〔註 16〕

10 月 31 日，唐弢發表《蠹魚生涯──書城八記之五》。〔註 17〕

11 月初，公安部一女幹部陪梅志勸說胡風要認罪，才能得到寬大。胡風回答說：我已盡了我的全部精力來交代了。除文藝思想方面，我不能亂說，我無法認罪。」〔註 18〕

〔註 6〕冷柯（執筆）、毛粹《曹靖華年譜》，《曹靖華研究專集》第 449 頁。
〔註 7〕傅小北、楊幼生《唐弢年譜》，傅小北、楊幼生編《唐弢研究資料》第 446 頁。
〔註 8〕傅小北、楊幼生《唐弢年譜》，傅小北、楊幼生編《唐弢研究資料》第 446 頁。
〔註 9〕傅小北、楊幼生《唐弢年譜》，傅小北、楊幼生編《唐弢研究資料》第 446 頁。
〔註 10〕《徐懋庸小傳》，《徐懋庸回憶錄》第 190 頁。
〔註 11〕《馮雪峰大事年表》，孫琴安著《雪之歌──馮雪峰傳》第 334 頁。
〔註 12〕傅小北、楊幼生《唐弢年譜》，傅小北、楊幼生編《唐弢研究資料》第 446 頁。
〔註 13〕傅小北、楊幼生《唐弢年譜》，傅小北、楊幼生編《唐弢研究資料》第 446 頁。
〔註 14〕錢理群著《周作人傳》第 198 頁。
〔註 15〕《廣闊平遠──許廣平 120 週年誕辰紀念展》第四部分《向日葵》。
〔註 16〕《許廣平活動簡表（1948 年 10 月至 1968 年 3 月）》，陳漱渝著《許廣平的一生》第 163 頁。
〔註 17〕傅小北、楊幼生《唐弢年譜》，傅小北、楊幼生編《唐弢研究資料》第 446 頁。
〔註 18〕曉風《胡風年表簡編》，《新文學史料》第 184 頁，1986 年第 4 期。

11 月 26 日，胡風被北京市高級人民法院宣判有期徒刑十四年，剝奪政治權利六年。〔註 19〕回獄後胡風向中央寫了題為《心安理不得》的判刑後的感想，並聲明決不上訴。〔註 20〕公安部建議梅志提出要求監外執行。〔註 21〕

11 月，唐弢第二次心肌梗塞，住院治療。〔註 22〕

12 月 5 日，唐弢發表《版本——書城八記之六》。〔註 23〕

12 月 30 日，公安部幹部陪同梅志來到獄中，出示謝富治部長的釋放令，同意監外執行。胡風回到朝外小莊家中。十年後第一次見到曉風和曉山。〔註 24〕

這年，周建人曾到紹興視察樹人中學，瞭解半工半讀情況。〔註 25〕曹靖華寫作散文《魯迅先生書簡歷難記》，先後收入曹靖華著的各散文集，每次均有修改和補充。收入《飛花集》時題名為《無限滄桑懷遺簡》，收入《曹靖華散文選》時題名為《無限滄桑話遺簡》。〔註 26〕

〔註 19〕曉風《胡風年表簡編》，《新文學史料》第 184 頁，1986 年第 4 期。

〔註 20〕曉風《胡風年表簡編》，《新文學史料》第 184 頁，1986 年第 4 期。

〔註 21〕曉風《胡風年表簡編》，《新文學史料》第 184 頁，1986 年第 4 期。

〔註 22〕傅小北、楊幼生《唐弢年譜》，傅小北、楊幼生編《唐弢研究資料》第 446 頁。

〔註 23〕傅小北、楊幼生《唐弢年譜》，傅小北、楊幼生編《唐弢研究資料》第 446 頁。

〔註 24〕曉風《胡風年表簡編》，《新文學史料》第 184 頁，1986 年第 4 期。

〔註 25〕《周建人年譜簡編》，謝德銑著《周建人評傳》第 387 頁。

〔註 26〕冷柯（執筆）、毛粹《曹靖華年譜》，《曹靖華研究專集》第 449〜450 頁。

1966 年

年初，周建人回北京。〔註1〕

1月，由公安部二幹部負責聯繫及保衛工作，胡風參觀了人大會堂、歷史博物館、石景山鋼鐵廠、第一機床廠等處。〔註2〕胡風兒子曉谷從西安回來過寒假，全家團聚過春節，老友聶紺弩、周穎來訪，談古典文學，談詩詞等，抄出在獄中默吟的詩多首。〔註3〕公安部某領導來通知，說中央安排胡風到四川成都去安家落戶，並為梅志安排了工作，還動員子女同去。胡風和梅志提出願到京郊勞改農場去服滿刑期。〔註4〕胡風寫出獄後的感想，並向總理請求留在北京，沒有答覆。〔註5〕

1月19日，唐弢在《大公報》發表《「翰墨緣」——書城八記之七》。〔註6〕

2月6日，唐弢在《大公報》發表《書林即事——書城八記之八》。〔註7〕

2月，胡風和家人去魯迅博物館參觀，後被門口老售票員認出；他去美術館參觀泥塑《收租院》，到國際書店購買日文書數本。〔註8〕胡風分別給徐冰、喬冠華、陳家康、老舍寫信，向他們表示謝意並告別。〔註9〕

〔註1〕《周建人年譜簡編》，謝德銑著《周建人評傳》第387頁。
〔註2〕曉風《胡風年表簡編》，《新文學史料》第184頁，1986年第4期。
〔註3〕曉風《胡風年表簡編》，《新文學史料》第184頁，1986年第4期。
〔註4〕曉風《胡風年表簡編》，《新文學史料》第184頁，1986年第4期。
〔註5〕曉風《胡風年表簡編》，《新文學史料》第184頁，1986年第4期。
〔註6〕傅小北、楊幼生《唐弢年譜》，傅小北、楊幼生編《唐弢研究資料》第446頁。
〔註7〕傅小北、楊幼生《唐弢年譜》，傅小北、楊幼生編《唐弢研究資料》第446頁。
〔註8〕曉風《胡風年表簡編》，《新文學史料》第184頁，1986年第4期。
〔註9〕曉風《胡風年表簡編》，《新文學史料》第184頁，1986年第4期。

2 月 15 日，胡風由四川省公安廳來人陪同，告別子女，與梅志離開北京赴成都。〔註 10〕

2 月 17 日，胡風到成都。由汽車直送至市內上升街住所，有二幹部同住。〔註 11〕胡風遊杜甫草堂、武侯祠等，憑記憶全部抄出在獄中默吟的《懷春曲》，得數千首。〔註 12〕

3 月 18 日，周作人在日記本中寫道：「今日是『三一八』紀念，倏忽已是 40 年，現在記憶的人，亦已廖若晨星矣。」——兩個月前，浙江第五中學的學生、《語絲》的創辦人之一孫伏園剛剛去世，周作人曾派周豐一前往弔唁。故人紛紛離去，周作人更感寂寞了。〔註 13〕

春末，唐弢最後一次見到許廣平。地點是在醫院。

當時唐弢因第二次心肌梗塞，住院已將半年。「除了隨身伴陪的家人外，醫院謝絕探視，一直過著彷彿是與世隔絕的生活。春天冉冉地逝去了，作為無產階級文化大革命的前奏——文藝批判正在進行，我在護士『管制』下，一個人住在那裡，什麼都不准看，什麼都不准讀，有時心裏實在悶得慌。我一次又一次地申請出院，醫院總是阻攔：不同意。」〔註 14〕他在文章中談及兩人見面的情形以及受審查時同病相憐的苦況。「一天下午，景宋同志突然推門進來，這使我感到意外。原來她也患了心肌梗塞，從門診的護士口裏得知我住院，沒有辦理探病的手續，直接闖進病房裏來。坐定以後，互道症狀，我覺得她的病不重，只要趕快治療就是。她激動地談起文藝批判的情形，告訴我一些熟人的消息，過去的事情，興致勃勃地講了兩個多小時。我只是默默地聽著。直到護士送來晚餐，她才起身告辭。」〔註 15〕

4 月 19 日，周作人翻譯《平家物語》第六卷脫稿——周作人的「工作」最後結束了。〔註 16〕

4 月～8 月，胡風在四川省中醫院治療耳鳴、口苦及尿頻等病，寫了《在

〔註 10〕曉風《胡風年表簡編》，《新文學史料》第 184 頁，1986 年第 4 期。

〔註 11〕曉風《胡風年表簡編》，《新文學史料》第 184 頁，1986 年第 4 期。

〔註 12〕曉風《胡風年表簡編》，《新文學史料》第 184 頁，1986 年第 4 期。

〔註 13〕錢理群著《周作人傳》第 198 頁。

〔註 14〕唐弢《「忘記了自己」的景宋同志》，魯迅博物館、民進中央宣傳部編《許廣平》第 6 頁。

〔註 15〕唐弢《「忘記了自己」的景宋同志》，魯迅博物館、民進中央宣傳部編《許廣平》第 6 頁。

〔註 16〕錢理群著《周作人傳》第 198 頁。

餘年裏從頭重新學習毛澤東思想的初步安排》作為思想彙報。又寫了一篇思想彙報，題為《我的表態》。〔註17〕成都文化大革命日漸激烈，胡風對從文化方面忽然轉為批黨內走資派感到迷惑不解。〔註18〕

5月8日，《解放軍報》發表《向反黨反社會主義的黑線開火》，署名高炬，文章點了唐弢的《長短錄》的名。〔註19〕

5月16日，中共中央發出《通知》，發動「文化大革命」。

在「文化大革命」的初期，江青、康生、陳伯達一夥，掀起了「討瞿」罪惡活動，以瞿秋白在獄中寫的《多餘的話》為依據，把他打成「叛徒」，強加上「貪生怕死」、「投降了敵人」、「叛變了黨和無產階級革命事業」等罪名。後來，又挖墳掘墓，暴骨揚灰。瞿秋白的家屬、親屬、生前好友，以及其他許多有關全志都受到株連，挨批挨鬥。瞿秋白夫人楊之華被關進監獄，折磨成疾，身患骨癌，出獄三天後，即於1973年10月20日，含冤而死。〔註20〕

5月下旬，戚本禹打電話到周家，說江青要許廣平立即到上海去。

周海嬰寫道：

1966年5月下旬，一個星期日的上午，我正休息在家，戚本禹忽然打來電話，說有要事來面談。來到我家後，他只簡單地傳遞一個訊息：江青要母親立即到上海去。至於去上海幹什麼，他沒有明說，只講「到了那裡就會知道」。並說此去逗留的日子不會長。他知道母親有心臟病，讓我陪侍同去，以便有個照應。我插問一句：如何請假，向哪一級請假？他回答說，請假的事，我們會替你辦的。他回去不久，便送來兩張當日上午的飛機票，我們就立即動身出發。從上海機場出來，便有上海市委交際處的人來接，汽車一路開到了錦江飯店。房間似乎早就定妥，是遠離旅客的第10層。客房為單間，放有兩架單人床。接待的幹部交待：不要下樓、外出、打電話。吃飯自會有人按時送到房間來，每餐都在房間裏吃。臨走留下一個電話號碼，說有事可以打電話給他。

打從接到通知，我們母子倆就一直處在滿心狐疑之中，因此到了飯店，母親就和我猜測，到底召我們來做什麼？為什麼這麼急迫？又弄得如此神秘

〔註17〕曉風《胡風年表簡編》，《新文學史料》第184頁，1986年第4期。
〔註18〕曉風《胡風年表簡編》，《新文學史料》第184頁，1986年第4期。
〔註19〕傅小北、楊幼生《唐弢年譜》，傅小北、楊幼生編《唐弢研究資料》第446頁。
〔註20〕《訪問楊之英記錄》，1980年12月，周永詳編寫《瞿秋白年譜(1899～1935)》第131頁。

兮兮的，竟連房門都不讓我們邁出一步？好不容易忐忑不安地挨到傍晚，那人來通知，讓我們到樓下的錦江小禮堂去。他把我們領入落座後，便即告退，這時忽見這空曠的窗簾密封著的大房間裏端坐著一個人，她就是江青。

江青開口先道了辛苦，隨後突然問我母親：你要不要給魯迅伸冤？我聽後吃了一驚，並從母親的表情中看到，她也對這句話大為震驚。江青接著說：你們把筆收起來，不要記錄，這次請你來，是讓你把三十年代的冤屈吐一吐。本來想想算了，由你去了（我當時想，這大概是你們雖然無可救藥，但是還給個機會之意吧——海嬰注）。你回房間去好好想一想，不要害怕，有什麼冤屈都寫下來。什麼時候寫好，交給工作人員。接著籠統地講了幾句形勢。還說我們這次被召來上海，中央是知道的。我們一頭霧水，絲毫也不明白這是怎麼回事，心裏又緊張，也不敢提問什麼。末了她說，今天就談到這裡。你不要出這個樓，不要找這裡的朋友，外邊不安全，也不要向外打電話，這件事對誰也不要說。交待過這幾句，便起身送我們走了。

母親和我恍恍惚惚地返回房間，晚餐送來了，但我們自始至終不知在吃些什麼。飯後，母親對我說：父親在三十年代是有氣的，這些都在他的文章裏表達出來了。他的病和死，我們是有疑問的，連叔父周建人一直也在懷疑。只是講到「冤屈」這層意思卻又從何而來？不知道江青所說的「冤屈」究竟指的是什麼？又是怎樣程度的冤屈？真是難以捉摸！這天晚上，我見母親一直在床上輾轉反側，沒有睡好，想必是整夜在搜索枯腸吧。我理解母親的苦衷，雖然她內心不願意，但是既已應召而來，看來不交出點什麼，是斷乎過不了關的。

第二天上午，工作人員送來四份中央文件，說是只准看不許摘抄。文件之中記得有：《林彪同志委託江青同志召開部隊文藝工作座談會紀要》和《中國共產黨中央委員會通知》（即「5.16」通知），母親和我急匆匆地讀了一遍，除了覺得江青所講的形勢原來都是文件裏的內容，還仍然如在雲霧里弄不清底細。只覺得這是毛主席的號召，要緊學緊跟。但這些都不及細細捉摸，眼下最重要的是回憶和寫出材料來交卷。母親經過一天苦苦思索，叫我鋪開紙，由她口述我記錄，就這樣邊憶邊寫邊擦汗，搞了一天。到晚上，母親疲憊地擦拭著額上的虛汗，表示再也挖不出什麼「冤屈」來了。我又不能幫她什麼，只能暫停休息。隨後，母親將我記錄的稿子拿去修改，直到深夜才完成。次日由我謄抄，成稿 10 頁。材料前附了半頁給江青的信。

　　母親把這份材料封好交給工作人員，同時向他提出要上街走走。離錦江飯店僅幾百米的霞飛坊，是我們曾經住過十幾年的地方，而且至今我妻子的父母兄妹仍舊住在那裡，怎能到了上海而不去看望呢！說到不安全，我們想不通會發生什麼事。中午有了回音，只允許到友誼商店去購物。無奈，我們在一位交際處管接待的女同志陪伴下，也可以說監視下在友誼商店二樓逛了一圈。裏邊冷清清的，只有幾個「外賓」在購物。這大概就是他們認為安全的地方吧。母親買了一塊廣東香雲紗衣料，我給妻子挑了一件雨衣，不敢多逛，便匆匆打道回旅館。

　　隔了一天，又通知見「首長」，仍是這個地方，這個陣勢，邊上仍然沒有旁人，空空蕩蕩，只有江青在座，她開門見山講：「材料看了，時間嘛已經過去很久了，沒有什麼新的東西！也許你知道得不多。那你馬上就回去吧！我叫人去買飛機票。這次來上海不要告訴別人。」

　　在這風平浪靜的 1966 年 5 月，我們母子和全國人民一樣，在對即將發生的一切毫無預感的情況下，急匆匆而神秘兮兮地去了一趟上海，領受這樣一個特殊的任務。

　　從這次神秘的上海之行後，我發現母親有些變了。在去之前，她似乎也感覺到政治形勢逐漸變得不可捉摸，卻又什麼都不知道。她雖是黨員，又是人大常委、中國婦聯副主席、民主促進會副主席等顯赫頭銜，但能讓她接觸的中央文件卻不多，平時只能通過報紙和大參考來瞭解形勢，有時還靠「馬路新聞」來補充。她內心只有一條：雖然自己年老多病，仍要「活到老學到老」，要時時事事緊跟黨中央毛主席。因此，儘管那時她的心臟病已很嚴重，但只要心率稍稍正常，心絞痛和緩，便要拿起報紙來看，重要的段落還要親自加以抄錄。她常常獨自默默地在想著什麼，說話似乎也少了。〔註21〕

　　5 月，周建人對「文革」災難缺乏估計與認識，但對許多老革命家和愛國民主人事慘遭迫害感到不滿。〔註22〕

　　5 月下旬，唐弢病癒出院。〔註23〕

　　唐弢寫道：我是五月下旬出院的，到 6 月底，接受群眾審查，又像住在醫院裏的時候一樣，過著彷彿是與世隔絕的生活了。生命伴隨著疾病慢慢地

〔註21〕周海嬰《許廣平被迫寫「回憶資料」前後》，《文史博覽》2004 年第 11 期第
　　　　14～15 頁。
〔註22〕《周建人年譜簡編》，謝德銑著《周建人評傳》第 388 頁。
〔註23〕傅小北、楊幼生《唐弢年譜》，傅小北、楊幼生編《唐弢研究資料》第 446 頁。

耗去，我總算學會了一點耐心等待的本領，不過遇到心絞痛頻繁，情緒往往焦躁起來，也偶而想到和自己同病的人。我不知道景宋同志的境況怎麼樣。〔註24〕

6月初，中央電臺剛廣播了聶元梓等人的大字報，曹靖華深夜便被關押起來。接著戴高帽，掛牌子遊街，一天被批鬥七、八次，不批鬥時就到臭水坑勞動、打掃廁所等，家被抄了，被扣上「黑幫分子」、「資產階級反動權威」等帽子，橫遭迫害、誣陷。他是聶元梓親自主管的專案對象。但是聶元梓堅持實事求是，據理駁斥，一字不寫所謂揭發材料。幾十年來他與蘇聯作家交往的信件、照片、筆記如《鐵流》作者綏拉菲摩維支，《城與年》作者費定，《我是勞動人民的兒子》作者卡達耶夫及《旅伴》作者潘諾瓦等等的親筆信——這些文學博物館的「珍品」，以及 1949 年後隨人大代表團赴各地視察時的筆記、資料都在陡襲的風雨中盡失。魯迅所致的書信也多次被「四人幫」的幫兇們索取。〔註25〕

6月，馮雪峰一回北京即被關入「牛棚」，此後經常被強令寫檢查、交代材料。〔註26〕

6月27日～7月5日，許廣平出席在北京召開的亞非作家緊急會議。〔註27〕**中國代表團團長為郭沫若、副團長為巴金、許廣平和劉白羽，團員為曹禺、李季、楊沫、嚴文井、杜宣、朱子奇等人。**〔註28〕

王永昌寫道：1966 年夏季的一天，國務院值班室電話通知：次日上午八時半，周總理召集一次小型會議，請景宋先生參加。當時我自恃年青記憶力好，沒有作備忘記錄，直到第二天上午九時，又來電話催請，我才想起這事，急忙告訴景宋先生。先生一聽，來不及批評，直奔汽車房而去。她走了以後，我一直惶恐不安，悔恨自己偏偏把這麼重大的事情給忘記了。以後還不知道如何批評我呢？先生回來以後，沒有先作批評，而是細緻地瞭解情況。知道是由於我的馬虎，造成了這次錯誤以後，才對我進行深入細緻的批評教育。

〔註24〕唐弢《「忘記了自己」的景宋同志》，魯迅博物館、民進中央宣傳部編《許廣平》第 6 頁。

〔註25〕冷柯（執筆）、毛粹《曹靖華年譜》，《曹靖華研究專集》第 450～451 頁。

〔註26〕《馮雪峰大事年表》，孫琴安著《雪之歌——馮雪峰傳》第 334 頁。

〔註27〕《許廣平活動簡表（1948 年 10 月至 1968 年 3 月）》，陳漱渝著《許廣平的一生》第 163 頁。

〔註28〕唐金海、張曉雲主編《巴金年譜（上、下卷）》第 1005 頁，四川文藝出版社 1989 年 10 月第 1 版第 1 次印刷。

她說：「1946 年周總理住在上海馬思南路的時候，有一天，因為要商量一件事情，就約我到他那裡去吃飯。當時，也是因為別人的疏忽，沒有及時通知我，使我沒有能夠去成。後來見面，總理問起這件事情，並說因為等我，一直等了兩個小時。這件事情，直到現在都使我感到內疚。總理那樣忙，每天工作都在十幾個小時以上。各項工作的安排都以分秒計算，這無論在上海，還是在中南海工作時，我都是親眼看到的。現在，我們浪費總理的半分鐘都是不應該的。」〔註 29〕

6 月 30 日，原文化部文化革命小組通過北京市委、北京市文化局文革小組和魯迅博物館工作組，將魯迅博物館保存的全部魯迅書信手稿以及魯迅《答徐懋庸並關於抗日統一戰線問題》一文的十五頁手稿一齊調走，存文化部。〔註 30〕

7 月 2 日，周作人開始閱讀魯迅全集中的雜文——是因為無書可讀，還是出於對魯迅的懷念？據周建人回憶，魯迅病危之時，也是在讀周作人著作的。〔註 31〕

7 月 10 日，《集郵》停刊，7 月 20 日，《北京晚報》停刊⋯⋯現實的種種不妙徵兆，周作人都小心慎重地記在日記裏。他顯然預感著政治的暴風雨就要來臨了！〔註 32〕

7 月，山東大學學生王永升等向許廣平瞭解對成仿吾的看法。

周海嬰寫道：

有一天全國婦聯接待室來電話說，山東大學四年級的學生王永升等幾人，要求面見母親，瞭解她對成仿吾的看法。他們提了這樣兩個問題：一、對成仿吾的看法，你在《魯迅回憶錄》裏和現在有性質的不同，為什麼？二、1958 年你與成仿吾的談話內容。

事情的起因是 1959 年蘇聯漢學家彼得羅夫訪問山東大學時，有一份成仿吾校長的講話記錄稿。當時彼得羅夫問他：革命文學論爭時期，杜荃（即李初梨——海嬰注）等人為什麼要猛烈批評魯迅？成仿吾回答說：魯迅是老一輩，創造社是後一輩，彼此有些矛盾。我們對魯迅不滿意是 1927 年大革命失

〔註 29〕王永昌《回憶景宋先生》，陳漱渝著《許廣平的一生》第 210～211 頁。

〔註 30〕周海嬰《寫在前面》，《許廣平的一生》前面第 9 頁，1981 年 5 月第 1 版第 1 次印刷。

〔註 31〕錢理群著《周作人傳》第 199 頁。

〔註 32〕錢理群著《周作人傳》第 199 頁。

敗後，我們皆拋離廣東，而魯迅卻前往廣東，他是被朱家驊利用，做了廣東大學的教務長，這是他落後處。直到他後來發覺，才回上海。太陽社「左」得厲害，創造社態度比較中間，李初梨批評魯迅針對的僅是魯迅留在廣州這件事。

「當時與魯迅進行理論鬥爭是有的，但與魯迅對立的是太陽社，魯迅把我們和太陽社混為一起了。1931 年魯迅說我們是流氓（我們皆已入黨），這是錯誤的。但從那以後，魯迅轉變了，對我們很好了。1931 年底，我從蘇區（湖北打游擊）到上海找黨中央，魯迅幫助我們找到黨中央，見面很高興。去年我見許廣平，向她感謝魯迅的幫助，許廣平說：『魯迅的錯誤很多』。」

對於成仿吾的這次談話，尤其是向外國人士這樣講，引起了學生的疑惑，為此，希望從母親那裡得到澄清。

對於這種事關歷史真實和父親名譽的大事，母親理所當然有權予以說明。

她的答覆是：「1926 年 11 月 7 日魯迅從廈門寫信給我（當時我在廣州）說，其實，我還有一點野心，也想到廣州後，對於『紳士』仍然加以打擊，至多無非不能回北京去；第二是與創造社聯合起來，造成一條聯合戰線，更向舊的社會進攻。當時，魯迅因為『三一八』運動，被北洋軍閥追捕，離開北京不久，他急於尋找戰機，聯合戰友，才想到廣州去參加戰鬥。因此 1927 年 1 月，魯迅從廈門到廣州，任中山大學文學系主任兼教務長。但到 4 月 15 日，國民黨反動派在廣州開始大屠殺。魯迅當日不避危險，參加緊急校務會議，營救被捕學生，無效。他就堅決辭職，表示抗議。成仿吾說魯迅 1927 年大革命之後才就任中山大學文學系主任兼教務長，是篡改歷史，有意污蔑魯迅。我在北京見到成仿吾時，的確提到這件往事，那是我向他打聽：他是否秘密地到過上海？他證實了這件事情，並且說明他是通過魯迅才和黨接上關係的。當時我並沒有說過什麼『魯迅也有錯誤』這一類的話。」

可以看出，母親的回答仍舊心平氣和，僅是據實說明真相而已。後來山東大學的學生將之作為批鬥成仿吾的炮彈，那是母親始料不及，也是她不願看到的。〔註33〕

7 月 31 日，周作人在日記中寫下極為沉重的一頁：「此一個月不作一事，

―――――――――――――――――――――

〔註33〕周海嬰《許廣平被迫寫「回憶資料」前後》，《文史博覽》2004 年第 11 期第 15～16 頁。

而辛苦實甚往日，唯憂貧心勞，無一刻舒暢，可謂畢生最苦之境矣。」周作人原指望在世事全部交代清楚以後，可以平靜而安寧地離開這個世界，並從此銷聲匿跡：卻不料在生命的最後一刻，還要再遭一次磨難——莫非這真的是「在劫難逃」？〔註34〕

7月，因馬敘倫病重，決定由周建人代理中國民主促進會中央委員會主席。〔註35〕

8月1日，許廣平到機場迎接亞非作家常設局秘書長森納亞克和夫人。同行的有巴金、曹禺、李季、茹志鵑、金仲華等。〔註36〕

8月23日下午，北京國子監（文廟）院內烈火衝天，黑煙滾滾，價值連城的文物在大火中焚燒成灰燼。北京市文聯、文化局系統的老作家、老藝人、老幹部老舍、蕭軍、駱賓基、端木蕻良、荀慧生、白芸生等29人，被命令跪在火堆周圍，不准抬頭。那情景，真如同中世紀「宗教裁判所」在對異教徒施行殘酷的「火刑」。兩百多名年輕的打手輪番上陣，施行「車輪戰法」，戲曲道具木刀、竹劍、長槍、藤棍、金瓜錘以及他們手中的大寬牛皮帶雨點般地打在這些民族精英的皮肉和靈魂上。這是蕭軍一天中第二次遭受毒打了。這個「老牌反黨分子」、「三十年代黑線人物」，又不肯低頭認錯的「頑固分子」當然格外被紅衛兵「優待」。他被打得皮開肉綻，背心和爛皮污血凝結在一起，一次一次暈倒過去。蕭軍從來沒有受到過這樣的戲弄，他真想拼個你死我活，但他看到身邊的二十八個難友，想到一家老小，終於忍住了。〔註37〕

8月23日夜，周作人按照幾十年形成的習慣，在燈下寫日記：晴。二十二度。上午閱毛澤東論文藝，下午吉宜為寄耀辰信……」他當然不會想到，這將成為他的「絕筆」：從1898年2月18日開始，記了整整68年的日記，現在寫完了最後一頁。〔註38〕

8月24日，一群紅衛兵衝進來，宣布對周作人進行「無產階級專政」。開始是院內的紅衛兵，後來又串聯外面的紅衛兵，一連好幾次，全家被洗劫一

〔註34〕錢理群著《周作人傳》第200頁。

〔註35〕《周建人年譜簡編》，謝德銑著《周建人評傳》第388頁。

〔註36〕唐金海、張曉雲主編《巴金年譜（上、下卷）》第1007頁，四川文藝出版社1989年10月第1版第1次印刷。

〔註37〕王科、徐塞、張英偉著《蕭軍評傳》第180頁。

〔註38〕錢理群著《周作人傳》第200～201頁。

空，連住的榻榻米也被砸成許多窟窿。抄家之外，就是批鬥。周作人年老病弱已是不堪一擊，於是就長時間的罰跪，並把他攆到狹窄、潮濕的洗澡間、廚房，每餐只准以苞米麵粥充饑。此時的周作人，已無任何反抗的能力，唯有默默忍受罷了。在周作人被抄家以後，幾位魯迅博物館的工作人員專門去看望了他，並且留下了慘烈的記憶──當我們走進他被關的小棚子裏時，眼前呈現的一切確實是慘不忍睹。昔日衣帽整齊的周作人，今日卻睡在搭在地上的木板上，臉色蒼白，身穿一件黑布衣，衣服上釘著一個白色的布條，上面寫著他的名字。此時，他似睡非睡，痛苦的呻吟著，看上去已無力站起來了，而且幾個惡狠狠的紅衛兵卻拿著皮帶用力的抽打他，叫他起來，看到這種情景，我們還能說什麼呢？只好趕緊離開……面對這樣的非理性的瘋狂，終生追求理性精神的周作人自然「無話可說」。他只是一再地要家屬設法弄安眠藥來，以便盡快了結此生。〔註39〕

8月26日，「文革」紅衛兵衝進民進中央機關，迫使交出印章。民進即日起停止活動。〔註40〕

9月8日，胡風由兩名持槍解放軍押送，乘吉普車至盧山縣勞改局苗溪茶場居住。梅志同往。由於心情不好，胡風得高血壓、頭痛、尿瀦留等病。〔註41〕

9月，「文革」風暴初起，許廣平順勢而行，重新調整魯迅與周揚、魯迅與毛澤東的關係，迅速拋出一篇重磅文章《不許周揚攻擊和誣衊魯迅》。〔註42〕

10月，魯迅逝世三十週年紀念。郭沫若、周建人等出席，陳伯達在閉幕詞中，對周揚等同志大肆誣衊攻擊。〔註43〕

其時，中國「無產階級文化大革命」的浪潮，正以「排山倒海、雷霆萬鈞之勢，洶湧澎湃，迅猛異常地在全國範圍內展開」。「無產階級文化大革命」，以「無產階級」和「革命」的名義，要求人們承認其合法性，服從並且服務於它的「大義」。

〔註39〕錢理群著《周作人傳》第201頁。
〔註40〕《周建人年譜簡編》，謝德銑著《周建人評傳》第388頁。
〔註41〕曉風《胡風年表簡編》，《新文學史料》第184頁，1986年第4期。
〔註42〕程振興《假「私」濟「公」的回憶──論許廣平的魯迅紀念》，《魯迅研究月刊》2014年第8期第53頁。
〔註43〕《周建人年譜簡編》，謝德銑著《周建人評傳》第388頁。

　　然而，國際上卻出現了否定中國「文革」的輿論，尤其在蘇聯，對中國「文革」的質疑之聲不絕於耳。其中特別令許廣平不安的是，魯迅成為蘇聯文藝界否定「文革」的有力例證。蘇聯輿論普遍認為，中國「文革」是「毀滅文化」，「毀滅作家」；魯迅是「人道主義者」，有「反戰傾向」，魯迅思想具有「人道主義性質」。總之，蘇聯文藝界試圖通過紀念魯迅，揭示魯迅與「文革」的異質性，將「魯迅」從「文革」中剝離出來。〔註44〕

　　10 月 18 日，以紀念魯迅的名義，蘇聯作家西蒙諾夫在蘇聯《文學報》上發表一篇文章，再次否定中國的「文革」。蘇聯《婦女雜誌》發表訪問許廣平的文章。

　　西蒙諾夫說「現在在中國發生的和名為『文化革命』的一切，是一種與人民格格不入的和暫時的現象」。〔註45〕

　　幾乎與此同時，為了「紀念魯迅誕辰八十五週年」，《蘇聯婦女》雜誌發表了一篇十年前曾訪問許廣平的文章。文章以「許廣平回憶」的名義，赫然做出如下判斷：

　　隨著許廣平的回憶，簡直不能不把魯迅的許多生活特點和俄國偉大的革命民主主義者車爾尼雪夫斯基和杜布羅留勃夫的活動和他們在俄國革命青年中的無比的聲望和影響相比對。〔註46〕

　　眾所周知，在中國「文革」的語境中，車爾尼雪夫斯基等人不再是「革命的民主主義者」，而成了「資產階級民主主義者」。更何況，車爾尼雪夫斯基和杜布羅留勃夫的美學觀點，向為周揚所信奉。中國人常會恨屋及烏，恨和尚及於袈裟，在周揚已被「揪住不放」的「文革」時期，《蘇聯婦女》雜誌將魯迅與車爾尼雪夫斯基、杜布羅留勃夫相提並論，無意間已闖入一個不容涉足的話語禁區。〔註47〕

〔註44〕程振興《假「私」濟「公」的回憶——論許廣平的魯迅紀念》，《魯迅研究月刊》2014 年第 8 期第 53 頁。

〔註45〕劉路《斥西蒙諾夫》，《紅旗》1966 年第 14 期第 13、14 頁，轉引自程振興《假「私」濟「公」的回憶——論許廣平的魯迅紀念》，《魯迅研究月刊》2014 年第 8 期第 53～54 頁。

〔註46〕許廣平《毛澤東思想的陽光照耀著魯迅》，《紅旗》1966 年第 14 期第 17 頁，程振興《假「私」濟「公」的回憶——論許廣平的魯迅紀念》，《魯迅研究月刊》2014 年第 8 期第 54 頁。

〔註47〕程振興《假「私」濟「公」的回憶——論許廣平的魯迅紀念》，《魯迅研究月刊》2014 年第 8 期第 54 頁。

　　10 月 31 日，許廣平出席首都各界紀念魯迅逝世三十週年大會並作發言。〔註 48〕

　　許廣平發表名為《毛澤東思想的陽光照耀著魯迅》的演講，措辭嚴厲地指出：「為了適應修正主義領導集團的需要，這個傢伙絲毫不敢提到被我們偉大領袖毛澤東稱之為『共產主義者的魯迅』，而和我們國內的革命修正主義分子遙相呼應，把周揚之流竭力吹捧的十九世紀的資產階級民主主義者車爾尼雪夫斯基等人，來比擬二十世紀的無產階級革命家魯迅，魚目混珠，混淆視聽。他自己這樣說不算，還要強加於我。這是極端無恥的造謠。請看修正主義者墮落到了何等地步！」〔註 49〕

　　當時，中蘇關係早已破裂。蘇聯共產黨第 22 次代表大會之後，蘇共的總路線被中共斥為「沒有赫魯曉夫的赫魯曉夫修正主義」，「蘇聯」已被貶稱為「蘇修」；在國內，自從《林彪同志委託江青同志召開的部隊文藝工作座談會紀要》拋出「文藝黑線專政論」之後，周揚已被打成資產階級、修正主義文藝黑線的「祖師爺」。因此，許廣平既必須與國外的「蘇修」撇清關係，也必須與國內的周揚劃清界限。

　　在上述嚴峻的國際國內形勢催逼之下，許廣平在「魯迅逝世三十週年紀念大會」上的演講，具有強烈的現實針對性，注定是一個「主題先行」的演講：以聽取「將令」的魯迅為例，論證「無產階級文化大革命」的合理性與合法性。

　　許廣平論證「文革」合理性，主要又是為了表決心，後者才是她「文革」魯迅紀念的「中心思想」。當許廣平以宣誓的口吻說：「在這場史無前例的無產階級文化大革命中，我願意努力學習魯迅的榜樣，同紅衛兵小將一起，堅決保衛以毛主席為代表的無產階級革命路線，同資產階級反動路線作不調和的鬥爭。」〔註 50〕這篇名為《毛澤東思想的陽光照耀著魯迅》的演講，儼然

〔註48〕《許廣平活動簡表（1948 年 10 月至 1968 年 3 月）》，陳漱渝著《許廣平的一生》第 163 頁。

〔註49〕許廣平《毛澤東思想的陽光照耀著魯迅》，《紅旗》1966 年第 14 期第 17 頁，程振興《假「私」濟「公」的回憶——論許廣平的魯迅紀念》，《魯迅研究月刊》2014 年第 8 期第 54 頁。

〔註50〕許廣平《毛澤東思想的陽光照耀著魯迅》，《紅旗》1966 年第 14 期第 17 頁，程振興《假「私」濟「公」的回憶——論許廣平的魯迅紀念》，《魯迅研究月刊》2014 年第 8 期第 54 頁。

許廣平投身「文革」的「決心書」。〔註51〕

　　陳漱渝寫道：在這場運動的初期，許廣平出於對黨的忠誠和對領袖的信賴，曾經像對待黨領帶下的歷次政治運動一樣，力圖要求自己去理解它，以免落後於時代的步伐。但是，她很快就遇到了一系列使她百思而不得其解的事情：她所深深景仰的一批老一代無產階級革命家遭到了殘酷的政治迫害；很多正直的同志被批判、揪鬥和非法拘禁。號稱是「文化大革命」，但書店中竟連中國文化革命旗手魯迅的著作也已消蹤匿跡。毋庸諱言，在某些問題上，許廣平也曾跟著說過一些當時見諸黨報、形諸文件而今天被實踐證明是錯誤的話。〔註52〕

　　文革開始後，周建人介紹過浙江美術學院學生張永生入黨。張永生忠實執行林彪「四人幫」一夥在浙江的代理人的旨意，組織所謂「省聯總」，大搞打砸搶，是浙江赫赫有名的造反派頭。周建人為這位「革命小將」所表現出來的「革命義憤」和「無限忠於」精神所感動，作為組織安排，他在張永生的入黨志願書上簽了名。此後一段時間內，張永生等也常把周老抬出來作為從事反黨活動的擋箭牌。〔註53〕

　　文革初期，王春翠即遭迫害，蹲牛棚達十個月之久，但她仍對孤身在外的曹聚仁掛念不已。〔註54〕

　　1966 年，曹聚仁編著的《萬里行記》在香港出版。〔註55〕

〔註51〕程振興《假「私」濟「公」的回憶──論許廣平的魯迅紀念》，《魯迅研究月刊》2014 年第 8 期第 54 頁。
〔註52〕陳漱渝著《許廣平的一生》第 124 頁。
〔註53〕謝德銚著《周建人評傳》第 262 頁。
〔註54〕李勇著《曹聚仁研究》第 19 頁。
〔註55〕李勇著《曹聚仁研究》第 191 頁。

1967 年

　　戚本禹在江青指使下，以「中央文革」的名義將原藏於北京圖書館、後文化部以保護為名，於 1966 年調存文化部的魯迅書信手稿 1524 頁取走。〔註1〕

　　周海嬰寫道：1967 年 1 月，「四人幫」與林彪相勾結，在全國範圍製造混亂，妄圖進行反革命奪權。江青利用這一時機，指使戚本禹用中央文革的名義從文化部盜走了這批手稿。當時我們毫無所知。事後，魯迅博物館多次向我母親反映這一情況。為了查實魯迅手稿的下落，魯迅博物館曾經分別函詢中央文革和戚本禹，均渺無回音。〔註2〕

　　黃喬生指出：據說江青是想看看魯迅對當事人物的評價，因為她本人是那時上海灘上一個二、三流的演員。其實，魯迅根本不會注意到她，就是對她那一類人中更出色的人物，魯迅的評價也不高。從他們後來窮折騰的行為看，魯迅真是有先見之明的。〔註3〕

　　盧延光寫道：從周海嬰的回憶，到 50 年代她給姪兒的兩封信，我們見到年青的與晚年的許廣平。50 年代她步步小心謹慎，怕犯錯誤，「文革」中她也出於惶恐之中，晚年的許廣平與五四運動那匹無所畏懼所向無敵的「黑馬」，反差之大，令人感歎。〔註4〕

　　1 月～5 月，胡風身體漸恢復，由成都運來了家中的書籍和傢具，開始看

〔註1〕《中華女傑許廣平》，《廣州高第街許氏家族》第 87 頁。
〔註2〕周海嬰《寫在前面》，《許廣平的一生》前面第 9 頁。
〔註3〕黃喬生《十年攜手共艱危（代後記）》，許廣平著《十年攜手共艱危——許廣平憶魯迅》第 253 頁。
〔註4〕盧延光編著《廣州第一家族》第 201 頁。

書學習。他寫了《山居四月餘思想彙報》，和梅志兩人將小院內土地挖鬆，種了些菜等，和外面家人和友人斷絕了通信聯繫。〔註5〕

3月，曹聚仁拖延三年的膽囊炎突轉嚴重，在香港孤單無親人的情況下，動了大手術。他在醫院給王春翠寫了一封長信講到：從去年起，我只要精神不安，總是做回家的夢。我所說的家鄉，並不是逗留了二十多年的上海，而是我生長的家鄉，浙東蘭溪南鄉，那個小小的村落蔣畈。」〔註6〕

5月6日下午4時，周作人在北京去世。〔註7〕苦難結束了。除了家人，沒有人向他告別。他真的「銷聲滅跡」了──周作人大概不會想到，會以這樣的方式來實現他的「遺囑」吧？〔註8〕據周令飛在《三十年來話從頭》一書中回憶，周作人逝世後，周海嬰曾收到過訃聞，他考慮再三，沒有參加追悼。魯迅與周作人的後代之間終於沒有任何往來。〔註9〕

6月，胡風按管理所要求，每日讀老三篇，背語錄。〔註10〕

11月7日，胡風被成都市公安廳來人押解去成都，只帶了簡單的行李坐上了吉普車，後面有一大卡車解放軍押隊。梅志被留在苗溪勞動。〔註11〕在成都，胡風住在看守所單間。恢復了默吟詩篇的習慣，因手邊有筆無紙，就在報紙的空白處記詩，但即被搜出，後又被寫詩的熱情所衝動，再寫，又被搜出，如此多次。〔註12〕報上發表姚文元或張春橋的文章，幹事們要求寫感想，胡風都拒絕了未寫。〔註13〕

這年，曹靖華可以回家住了。〔註14〕

這年，當時紅得發紫的中央文革小組成員姚文元在《紅旗》雜誌上點名誣陷蕭軍，這使得蕭軍的處境更加每況愈下。蕭軍明白，他的不幸很大程度上在於得罪張春橋、姚文元。張春橋要報當年決鬥之辱，姚文元要為其父姚蓬子報仇。四十年前，魯迅在與蕭軍的通信中揭露過「蓬子轉向」，姚文元怎

〔註5〕曉風《胡風年表簡編》，《新文學史料》第184頁，1986年第4期。
〔註6〕李勇著《曹聚仁研究》第19頁。
〔註7〕錢理群著《周作人傳》第201頁。
〔註8〕錢理群著《周作人傳》第202頁。
〔註9〕錢理群著《周作人傳》注釋〔78〕，第205頁。
〔註10〕曉風《胡風年表簡編》，《新文學史料》第184頁，1986年第4期。
〔註11〕曉風《胡風年表簡編》，《新文學史料》第184頁，1986年第4期。
〔註12〕曉風《胡風年表簡編》，《新文學史料》第184頁，1986年第4期。
〔註13〕曉風《胡風年表簡編》，《新文學史料》第184頁，1986年第4期。
〔註14〕冷柯（執筆）、毛粹《曹靖華年譜》，《曹靖華研究專集》第451頁。

能不耿耿於懷呢？當時，姚文元把蕭軍判為「反黨分子」，這就成了「無產階級司令部」的「欽定」，是誰也翻不了的。這以後，更是無休止的監押、審查、勞改、交待，一直折騰到 1974 年……〔註 15〕

這年，曹聚仁編著的《魯迅年譜》和《現代中國通鑒甲編》在香港出版。〔註 16〕徐懋庸在交代中把毛澤東評價周揚的原話寫出來。此時的周揚被關在監獄中，是「四條漢子」之一。徐懋庸不但沒有反戈一擊，卻用「最高指示」為周揚定性，這被認為是在為周揚翻案。之後在高壓政策下，他又寫下了《關於我追隨周揚、攻擊魯迅、反對毛主席的無產階級革命路線的罪行的認罪書》。此書中，他還是表示沒有「捏造事實」。〔註 17〕

〔註 15〕王科、徐塞、張英偉著《蕭軍評傳》第 181 頁。
〔註 16〕李勇著《曹聚仁研究》第 191 頁。
〔註 17〕百度百科「徐懋庸」。

1968 年

1 月 21 日，許廣平向周海嬰透露，《風子是我的愛》是她給魯迅的定情之作。

周海嬰在《許廣平被迫寫「回憶資料」前後》一文中寫道：她去世前的1968 年 1 月 21 日，母親才向我們透露，這篇《風子是我的愛》，是她向父親的定情之作，她解釋說：風就是快、迅，指的就是父親魯迅。〔註1〕

年初，浙江省革委會成立。由周恩來總理提名周建人任省革委會副主任。〔註2〕

2 月 5 日，許廣平寫作《關於〈魯迅語錄〉（廣西版）的一封信》，此信寫給白曙。〔註3〕

2 月 17 日，因魯迅全部書信手稿以及魯迅《答徐懋庸並關於抗日統一戰線問題》一文的十五頁手稿被江青指使戚本禹調走，一時下落不明，北京魯迅博物館大聯合勤務組寫信要求追查這批手稿下落，並請許廣平轉交此信。〔註4〕

大約 2 月中下旬，梅志在大字報上看到「周海嬰遵母命寫信給周總理」的信息。

當時胡風梅志到了成都勞改茶場。有行動自由的梅志從大字報上看到一

〔註1〕周海嬰《許廣平被迫寫「回憶資料」前後》，《文史博覽》2004 年第 11 期第 15 頁。

〔註2〕《周建人年譜簡編》，謝德銑著《周建人評傳》第 388 頁。

〔註3〕油印件，未正式發表。陳漱渝著《許廣平著述編目》，陳漱渝著《許廣平的一生》第 203 頁。

〔註4〕陳漱渝著《許廣平的一生》第 125 頁。

處寫著，「魯迅的兒子周海嬰遵母命寫信給周總理，請求幫助追回戚本禹私自取走的魯迅的信件。我將此事告訴胡風，他聽後感歎地說，幸好海嬰已長大，能夠出面保護父親的遺物了！其實，這博物館早就應由許先生來主持，國外都是家屬管理的。現在成了官方的，就誰都可以插手了。」〔註5〕

3月2日，許廣平起草致中央文革信，準備連同魯迅博物館致中央文革信一併上交有關方面。〔註6〕

周海嬰寫道：她覺得僅靠「魯博」的一封信，似乎作用不夠，甚至連能不能到達總理手裏都難以保證，因此感到自己必須立即有所行動。於是她與我商量，她要給中央寫信，就在這種急憤交加的心情之中，她開始執筆起草信的內容，一直伏案到深夜。這對於一個患有嚴重心臟病的七旬老人來說，無疑是雪上加霜，但我怎麼也想不到，悲劇竟會來得這麼快這麼慘。〔註7〕

周海嬰寫道：

信的大意是：北京魯迅博物館原來藏有魯迅《答徐懋庸並關於抗日統一戰線問題》手稿15頁，書信手稿1054封1524頁（大部未印），1966年6月30日，文化部從博物館調走。1967年春天，戚本禹在文化部聽說此事，又將這批手稿拿走。現在我不知這些手稿究竟落於何處，甚為擔心，如有散佚或毀壞，將給人民帶來損失。

這是我母親生前的最後一封信。1968年3月2日口授完畢。〔註8〕

周海嬰還寫道：

在文革中，母親一直關注和同情李初梨的遭遇。當時我們住的景山前街7號與李初梨隔壁相鄰，得知李家遭到抄、砸，破壞嚴重，她思想上怎麼也想不通，同時也開始為自身的安全擔心，和我商量怎樣避免紅衛兵闖進我家來造反。按當時的風氣，唯一的辦法就是高掛、多掛毛主席像和語錄。因此一時間，我們家裏的鏡框都覆蓋了毛主席語錄，家裏的「四舊」屬於我的不少，為了避免講不清惹來禍害，遂將我日常擺弄的那些無線電零件、電子管、外國古典音樂唱片統統交給我的大孩子去砸。叮叮噹當敲了半天，統統砸成碎

〔註5〕梅志《難忘的笑容——懷念許廣平先生》，魯迅博物館、民進中央宣傳部編《許廣平》第41頁。

〔註6〕《許廣平活動簡表（1948年10月至1968年3月）》，陳漱渝著《許廣平的一生》第163頁。

〔註7〕周海嬰《魯迅手稿事件與許廣平之死》，《協商論壇》2001年12月第39頁。

〔註8〕周海嬰《寫在前面》，《許廣平的一生》前面第9～10頁。

片才罷休。還有孩子們喜愛的小人書、連環畫冊和外國童話故事書，全賣給了廢品站，為此他們傷心了好幾天。院子裏原來種著好些耐寒花木也統統挖掉，改種向日葵、玉米和蓖麻。每逢母親要外出，我們怕她年老遺忘，總要檢查她胸前的毛主席像章是否佩戴端正，「紅寶書」是否放在隨身拎包裏。這是家里人誰都有責任做的檢查工序。我們臨街的大牆原來光禿禿的一色青磚，沒有大標語，我們怕革命警惕性特高的紅衛兵產生懷疑，衝進來責問，就趕緊去買紅色的油漆，刷了「毛主席萬歲」大標語，心裏才踏實下來。

在這惶惶不安的日子裏，母親的身體愈加衰弱，經常心率過緩，心絞痛頻頻發作。不想就在此時，被造反派奪了權的北京醫院，竟將她的醫療關係，跟領導幹部和所謂「資反分子」一道驅逐了。她被轉到設備較差藥品供應又不多的北大醫院去就醫，以致後來造成令我悲痛終生的後果。〔註9〕

3月3日，許廣平突發心臟病去世。〔註10〕周建人和周恩來特派員等研究治喪事宜。〔註11〕

周海嬰寫道：

母親連夜將信寫好後，顧不上休息，次日上午，要我陪她去董秋斯、凌山夫婦家，她要向好友徵詢對信件的意見，並商討下一步該怎麼行動。到了東單東側的董家，母親將信交給董秋斯先生閱看，一邊介紹此事的經過。她講得急促而激動、將這一天來鬱結於心頭的焦慮和憤慨盡情地宣洩出來了。過不多久，我發現母親一邊說一邊在手袋裏摸，我立即意識到她的心臟不好，她是在找硝酸甘油，我連忙拿出一片讓她含在舌下，見她仍然感覺不好，我又讓她再含一片。誰知這麼重的藥量仍控制不住病情的發展，只見她從椅子上斜著身子慢慢地滑了下去，並立即失去了知覺。我們連忙將她抬上汽車，由凌山先生陪同，直奔母親原先的公費醫療單位北京醫院急診室。一路上我摸著母親的脈搏，它仍在跳動著，這讓我稍稍安心，以為只要及時搶救，母親終能醒過來的。

豈知在這大白天，諾大的北京醫院急診室裏竟然沒有一個值班醫生。我們只能自己動手找來一張帶輪子的推床，靠著一位路邊的解放軍同志的幫

〔註9〕周海嬰《許廣平被迫寫「回憶資料」前後》，《文史博覽》2004年第11期第15頁。
〔註10〕《許廣平活動簡表（1948年10月至1968年3月）》，陳漱渝著《許廣平的一生》第163頁。
〔註11〕《周建人年譜簡編》，謝德銑著《周建人評傳》第388頁。

助，將昏迷的母親從汽車上抬到推床上。我找到一位女醫生，求她趕快搶救，但她卻要求先得找到病歷卡，才能採取措施。可是這裡的掛號室已經沒有母親的病歷卡，她在北京醫院的醫療權利已與「走資派」一道被造反派所取消，轉到北大醫院的普通門診去了。我請求她先救人要緊，而她仍不肯立即採取措施，堅持要先找到病歷卡和做心電圖的儀器再說。我只得急忙奔到樓上病房去尋找，恰巧母親熟悉的蔣國彥醫生在當班，他立即隨我趕回急診室，但是已經晚了一步，母親的臉色已經變了，心臟亦已停止跳動。雖然蔣醫生仍然採取注射強心針和心臟按壓等措施，母親終因經不起這半個多小時的耽誤離我們而去了。〔註12〕

長孫周令飛回憶：當時，我也在北京醫院的搶救現場，守在她的身邊。祖母去世，我連哭了七天，止也住不住，像一個失魂的人。〔註13〕當時的周令飛15歲。

凌山在《畢生難忘的許廣平先生》中寫道：

大清早，許先生來電話說要來看我們，我們卻違心地不願她來。70歲的人了，患有冠心病，心情又不好。可話筒裏傳來她爽朗的笑聲：「春光明媚，出來散散心嘛」。天氣倒是陰轉晴，但乍暖還寒，人們的心頭仍然烏雲密布。許先生甘冒風險而來，必有緣故。那時候，林彪、「四人幫」得志便猖狂，老朋友自顧不暇，無法自由往來，不得不割斷同志間的聯繫，以免惹上「黑串聯」之禍。我們正在東想西想，許先生已由兒孫倆陪伴來到我們家。剛坐下，還來不及呷一口茶，許先生便匆匆從手袋裏取出幾頁信紙，遞給秋斯看，徵求他的意見。那是一封上呈黨中央關於戚本禹盜竊魯迅書信手稿，並要求追查書信手稿下落的信。

言語話語之間，歷經劫難的許先生悲從中來，聲音逐漸沙啞，引起心臟病急性發作，連忙含下兩片硝酸甘油，但是看來不管事，我們當機立斷用她的汽車忙將她送北京醫院。經過一個多小時大力搶救，不幸回天乏術。這突如其來的變化，使人難以承受，層層淤積在胸的哀傷將我壓得透不過氣來。在叫天不應叫地不靈的致命打擊中，我和海嬰忍痛用推車把她送入太平間，雙手把她抬上陰森森冷冰冰的水泥床上。

〔註12〕周海嬰《魯迅手稿事件與許廣平之死》，《協商論壇》2001年12月第40頁。
〔註13〕周令飛《我的祖母許廣平》，《廣闊平遠——許廣平120週年誕辰紀念展》序一。

我親眼目睹許先生為保存魯迅文物「一息尚存、搏鬥不止」的情景，銘刻腦際，永遠不能忘懷。〔註 14〕

當天深夜，周總理聞噩耗即趕到醫院和許廣平遺體告別，收閱了許廣平致中央的遺信，指示立即將這批文稿追回。最後終於在江青住處的保密室裏將這批共四箱子的魯迅手稿追回。〔註 15〕

周海嬰寫道：

這天晚上 10 點半，當我們全家沉浸在悲哀之中時，周恩來總理親自趕到北京醫院來悼念母親。總理問了發病經過，當時是否吃藥？我一一作了回答，總理說：「我也帶著這種藥。」隨即從身上掏出藥瓶來給我看。接著又說：「醫生告訴我這種藥不能多吃，只能在胸口感到悶時再吃，你媽媽吃了多少？」我說不多，含了 2 片。總理問在座的吳潔醫生：「如果不送醫院，就地搶救行不行？」吳回答：「病情發得很快，醫生趕去恐怕來不及。」總理說：「看來這種病當時如能急救，也許能延緩一個時期，但身體實在惡化得太快了，真是無法可治。」總理問掌握醫院領導大權的造反派：「你們那時為什麼不值班，找不到人嗎？」那個頭頭含糊地回答：「因為沒有明確規定……」總理提高音量說：「今後必須值班！我要你們的電話號碼，抽空就打，看你們有沒有人在！」

總理回頭向我和愛人馬新雲問了一些本單位運動的情況，又將話題轉到母親身上，問：「許廣平同志今年多大歲數？」我說今年 70 歲。總理「噢」了一聲，說，「那我們是同年，都 70 了。」又問：「許廣平是廣東哪一縣的？」母親的秘書王永昌答：原籍澄海，生在廣州。總理又說：「江青同志打電話給我，說她本來想到醫院來看一下，她怕看了以後心裏更難過，所以不來了。以後開追悼會，我們都來，伯達、康生也知道這件事了。」

談話後，總理起身去太平間向母親遺體告別。直到深夜 11 點半，他才和我們全家一一握別而去。

我們也隨即回家。但到家尚未坐定，便來電話，告訴我們中央領導要來。不一會，門外和牆邊就站了許多解放軍警衛。又過了幾分鐘，周恩來總理提前 5 分鐘來了，檢查了客廳的窗簾和環境，確定讓江青就座的位置，隨後江

〔註 14〕 凌山《畢生難忘的許廣平先生》，魯迅博物館、民進中央宣傳部編《許廣平》第 51～52 頁。
〔註 15〕 《中華女傑許廣平》，《廣州高第街許氏家族》第 87 頁。

青、陳伯達、康生、姚文元他們才魚貫而入。在客廳裏落座後，江青環顧沙發後面，問道：「有沒有風呀？我怕風。」接著率先發話：「聽說這事，心裏很難過。我粗心了，沒有照顧好她的身體。1936 年魯迅逝世時，我去送葬，走在第一排，有一張照片，可惜後來被偷走了。魯迅在我們最困難的時候，寫了《答托洛斯基派的信》，這在當時是不簡單的……」

在江青長篇大論之間，我將母親寫給中央的信當面交給總理，總理看後又給江青。

江青看信後說：「信裏反映的事情我們過去一點都不知道，叫戚本禹交代，衝著這一條就可以槍斃他！如果不交代，就槍斃他！這東西是不是找一個地方保管（姚文元插話：「放在中央檔案館。」）統統拍照，這些王八蛋想毀壞手稿，將來可能要翻案。看來她受了刺激，有心臟病的人怎麼受的住這個刺激呢？分明是陷害，要追查這件事！」

我又將母親預立的遺囑遞了過去。總理和江青看了，一致表示：骨灰就按母親的遺願處理。江青還說：「不要去八寶山，八寶山有叛徒。」

他們在我家坐了近一個半小時，江青的話最多，還顯得很自責地說：「太粗心了，太粗心了，我們照顧得不夠。」姚文元僅插過一句話，陳伯達一語未發，康生更是諱莫如深，什麼態度也不表示。臨走握別，周總理還對我孩子說了一句：「我太粗心了。」

第二天，「中辦」向我傳達中共中央關於母親喪事的正式意見：尊重許廣平遺願，不開追悼會。同日，新華社發了一個兩行文字的消息。〔註16〕

3 月 4 日，新華社、合眾國際社播發了許廣平逝世的消息。

消息傳出後，國內外友好團體、親友以及不相識的人們紛紛發出唁電、唁函，胡志明給周恩來發出唁電表示「向許同志家屬表示我深切的悼念。」在這些唁電、唁函中，一封來自上海的唁函特別引人注意：

悼念許廣平先生

敬愛的許廣平先生！今天的解放日報上見到你老人家於本月三日因病逝世的消息，感到非常的悲痛！心田是非常的沉悶！

回憶在 1941 年 12 月 25 日的早晨，我們被日本憲兵部抓去，關在四川路橋下塊共患難 76 天，我們相敘一起，日夜不分離。那時有一個北京大學生，還有一個姑娘楊影，我們三人盤坐在你的身邊，你老人家的態度是多麼

〔註16〕周海嬰《魯迅手稿事件與許廣平之死》，《協商論壇》2001 年 12 月第 40～41 頁。

明朗、樂觀！意志是那麼地堅定不移！我們與日本軍國主義勢不兩立，絕不低頭屈服，任何威脅利誘都不起作用！受他們皮鞭的抽打，上電刑也沒什麼可怕！關進高過人頭的獵犬籠子裏，也不會動搖我們的愛國立場！

那時你告訴我，家中只有一個十幾歲的男孩，身患慢性肺結核。我也告訴你家中一個昨天剛滿歲的女孩，尚未斷奶，但我們絕不為自己的心愛而出賣靈魂，忘了祖國。

想當初，我案子被擱的時候，要沒你老人家通知佐佐木正德，不知要關到什麼時候才能放回家。當我先出獄後，因病沒有探望令郎，但是你被新華書店革命同志保出來後，數次來我家看望，可我一次也沒有回拜，至今一直感到慚愧！遺憾！可我經常和孩子談起要見見您老人家！在 1965 年曾有一信寄到你上海老家，不知您老人家收到嗎？可是現在呀！要見一面的希望也沒有啦！許先生！老人家！此刻我想聽您一言半語也辦不到，久久深思欲斷腸！只能把此信放在你的人像之下，以表我的哀思吧！

安息吧！許先生！

在受難時期的學生　陳正　拜上

於 1968.3.4.長征電鍍廠〔註17〕

3 月 5 日下午，許廣平的遺體被火化。她的家屬把她的骨灰灑在魯迅墓旁，讓她永遠地陪伴她所深愛的、敬重的魯迅先生。〔註18〕

周海嬰寫道：3 月 5 日清晨 5 點，總理辦公室秘書又來電話傳達總理的指示：

（1）火化問題，哪一天都可以，和人大常委會商量著辦。

（2）骨灰處理，中央意見，尊重許廣平同志的遺囑，具體做法和人大常委會商量，同意少取一點骨灰，撒到上海魯迅墓前的小松樹旁。

（3）弔唁問題，未火化前，在北京醫院組織弔唁。火化後如仍有人弔唁，可在家裏設一小房間，中外人士要來也可以。

（4）追悼會明確不開了（告別式當然也沒有了）。

隨後，鄧穎超同志帶了秘書趙偉也專程來我家弔唁。她對我說：「你媽媽是最早提出死後火化，並不保留骨灰的人。恩來知道了許大姐的意思，向我說，我們將來也不保留骨灰，撒到大海裏去。」

〔註17〕李浩著《許廣平畫傳》第 165～166 頁，上海社會科學院出版社 2008 年 7 月第 1 版第 1 次印刷。

〔註18〕李浩著《許廣平畫傳》第 166 頁。

在操辦母親喪事的過程中。我深切地感受到總理親切周到的關懷。而江青那天晚上在我家的表演，在我瞭解全部真相之後，愈加看清了她的陰險和偽善。什麼「我心裏很難過」，什麼「我們一點都不知道」。其實整個魯迅手稿事件從來就是她一手造成的，她是害得我母親急憤交加猝然死去的罪魁禍首。自然，我是在「四人幫」粉碎之後才知道這一切的。

原來，周總理那天晚上離開我家之後，就在中央碰頭會上決定提審戚本禹，追查父親的手跡，領導這任務的是傅崇碧和劉光甫兩位同志。前者時任北京軍區副司令，後者是北京衛戍區的副司令。這兩位首長於 1977 年初先後向我講述了追查的全過程和此後遭受的打擊。楊成武同志代表中央向傅崇碧具體布置這一任務。為此他也被林彪江青一夥視為眼中釘，成了主要的打擊對象。

遵照中央指示，兩位司令員首先提審戚本禹，戚交代說他是受江青之命去文化部取走這一批魯迅手稿的，如今就存放在釣魯臺的「中央文革」。經過請示，他們就於 3 月 8 日，帶了傅司令的李秘書，分乘兩輛小車直奔釣魯臺。經過一番周折，當他們好不容易來到 18 號樓時，但見江青怒氣衝衝地走了出來，大聲斥道：「你們來這麼多人幹什麼，要到我這裡來抓人嗎？要製造緊張空氣嗎？」她這一番淫威當然嚇不倒傅、劉兩位，傅崇碧同志向她說明，奉中央之命追尋魯迅手跡，並且有線索說就在「中央文革」的保密室裏。江青聽了越發大怒，吼道：「手稿怎麼會在我這裡！」隨即命令將機要保管員喚來，劈頭蓋臉就是一頓臭罵，訓得那個保管員直發愣，連話也說不出來。在旁的姚文元也找了幾個工作人員一同去找，不一會，抬來 4 隻樟木大箱子，都用鐵鎖封閉著，這正是從魯迅博物館拿走的那部分信稿。面對這些鐵證，江青立即調轉話題，說：「這些東西不重要，重要的是毛主席的五卷手稿也丟了，你們也應該趕快去找。」真是一副無賴相。

在這追查的過程中出了一個小插曲，就是傅司令帶來的那位李秘書，本來就有癲癇症，精神又脆弱，他經受不住江青的淫威，竟嚇得突然昏了過去，連手中的小公文包也掉落在地上。

沒想到這麼簡單的追查過程，連同李秘書掉的那個小公文包，竟被林彪江青一夥故意歪曲捏造，成了打擊革命軍隊幹部的炮彈。同月的 24 日，在一次部隊萬人大會上，林彪公開誣陷說：「楊成武擅自指示傅崇碧，開著幾輛汽車，全副武裝衝進中央文革去抓人！」李秘書的那個小公文包裏只放著我母親致中央的信，而江青卻咬定裏面裝有手槍，用來對付她的。還有同一個萬

人大會上指斥他們衝擊「中央文革」，是「目無黨中央和中央文革」，而後臺就是楊成武。直到 70 年代初的一個會上，她仍造謠說傅崇碧的秘書打了她，還讓姚文元當場作證。〔註 19〕

許錫揮寫道：廣平六姑媽於 1968 年「文化大革命」期間在北京突然去世，當天，我的大姐和三哥趕到景山東前街她生前的住所，由她的兒子海嬰陪同前去北京醫院太平間與遺體告別。當時的政治形勢很嚴峻，她的離世更是令人惋惜。我和父母在廣州都感到很悲痛。〔註 20〕

唐弢回憶：1968 年春，突然聽到她逝世的消息，簡直像個晴天霹靂。我給她家屬寫了信，說明無法去和遺體告別的處境。〔註 21〕

梅志說：我從報上看到，許先生因心臟病突發，送進醫院搶救無效去世的消息。我感到震驚和悲痛，半天默默無語，只有在心裏表示哀悼。這時在我眼前又閃現出了她的笑容，那我一直希望再見一次的笑容。〔註 22〕

作家柯靈也是在報紙上獲知許廣平去世的消息的，當時他被關在監獄裏。他說：「有一天看報，才在報上小小的一角發現了這消息。我放下報紙，長時間沉浸在默默的悲痛與憂傷中，——這是真正的默哀，因為無可告語。我心想，應該打個唁電，但這只是在一閃念間。在監獄裏想打電報，正與駱駝穿針孔同其荒誕。」〔註 23〕他寫出許廣平氣憤而發病的細節：1968 年春，景宋先生因心臟病突發而猝然逝世，是由於戚本禹劫取魯迅書信手稿而誘發的。她發了病，送到醫院，醫院不收，因為在文化大革命中，幹部保健制度被林彪、康生、「四人幫」一夥認為是「城市老爺衛生部」，加以摧毀；景宋先生以人大常委的身份，也不能幸免於臨危被拒於醫院門外的惡運，等到辦好手續，已經無法搶救了。她去世時，江青假惺惺地說：「是我們沒有對她保護好。」但後來查明，魯迅書信手稿就藏在江青的保密室裏，原來謀殺

〔註 19〕周海嬰《魯迅手稿事件與許廣平之死》，《協商論壇》2001 年 12 月第 40～41 頁。
〔註 20〕許錫揮《民主促進會和我家兩代人》，許錫揮著《廣州伴我歷滄桑》第 141 頁。
〔註 21〕唐弢《「忘記了自己」的景宋同志》，魯迅博物館、民進中央宣傳部編《許廣平》第 7 頁。此文文末標注：1978 年 6 月於北京，乃唐弢為廣東人民出版社1979 年出版的《許廣平憶魯迅》一書序文，題目為編者所加。
〔註 22〕梅志《難忘的笑容——懷念許廣平先生》，魯迅博物館、民進中央宣傳部編《許廣平》第 41～42 頁。
〔註 23〕柯靈《上海淪陷時期的許廣平》，魯迅博物館、民進中央宣傳部編《許廣平》第 16 頁，此文原為《遭難前後》一書新版序文，題目為編者所加。

者正是江青。大家看看這批兩腳獸的真實嘴臉吧。〔註24〕

柯靈和陳國容還回憶道：建國初期，《魯迅日記》影印本在上海出版公司出版，也是由許先生親自授權的，那時飛機還沒有通航，北京和上海的唯一交通工具是火車，而且旅程時間很長，一定要在火車上過夜。柯靈親自從許先生手裏接過魯迅日記原稿本，從北京帶回上海，戰戰兢兢，唯恐丟失，白天放在身邊，晚上當枕頭睡覺。上海出版公司的老同仁秦鶴皋和周啟明同志，至今當作笑話講。當《不夜城》受到全國性批判，柯靈處境最困難的時候，許先生特別關心，採取同情和理解的態度，寫信鼓勵柯靈，囑咐要經受住這次考驗。「文化大革命」前她來上海，還當面再以寬慰。使我們感到特別溫暖。〔註25〕

魯迅研究專家丁景唐在 1995 年的一篇文章中寫道：許廣平同志離開我們已經 27 年了。我們不能忘記她的過早離開她熱愛的祖國和人民，是萬惡的江青、林彪反革命集團搶奪強佔魯迅書信手稿，而引起她義憤激動、心臟病急性發作致死的。許廣平同志沒有死於 1941 年太平洋戰爭爆發後日寇憲兵隊的酷刑拷打的黑牢中，卻死於江青、林彪反革命集團的肆行專政的黑色的 1968 年的 3 月 3 日，這也是我們應當記住的。〔註26〕

黃喬生在 1998 年 5 月的北京寫道：

在歷次思想路線鬥爭中，許廣平都得以平安度過，毛澤東在延安時期就魯迅的歷史功績做的「新文化運動的旗手」、「三家五最」的定論不可動搖。因此儘管魯迅生前的共產黨員朋友瞿秋白、馮雪峰、胡風等或遭揪鬥，或被下獄，或被鞭屍，卻沒有誰敢動魯迅一根毫毛。在「文化大革命」這個集大成的毀滅文明的運動中，魯迅也一樣巍然屹立。那原因是，「革命」前夕，毛澤東在給江青的信中講述自己在黨內遭受的不公平待遇時，突然筆鋒一轉，說魯迅和自己一樣，自己同魯迅的心是相通的。這封信流傳全國，更提高了魯迅的威望。他甚至享受了同毛澤東一樣印行紅皮本語錄的待遇。

風雲變幻中，許廣平多次陷入精神苦悶，但大勢所趨，她不得不隨聲附

〔註24〕 柯靈《上海淪陷時期的許廣平》，魯迅博物館、民進中央宣傳部編《許廣平》第 16 頁。
〔註25〕 柯靈、陳國容《深切懷念景宋先生》，上海魯迅紀念館編《許廣平紀念集》第 14 頁。
〔註26〕 丁景唐《紀念許廣平同志二三事》，魯迅博物館、民進中央宣傳部編《許廣平》第 25 頁。

和，把魯迅生前好友說成反革命分子——這些人當時到他們家借住，與魯迅暢談，這些她是最暸解的。

同時，她根據形勢需要，寫了一些回憶錄。這類應景文字後來引起魯迅研究者的不滿。看似頌揚魯迅，實則恰恰貶低了魯迅。但在是非顛倒的時代，她不這樣說就可能自身難保。例如她寫魯迅是黨和毛主席麾下的一個小兵。毛澤東說過魯迅是主將和旗手，他們兩個的心是相通的，既然相通，就應當以朋友看待。再說兩人從未見面，魯迅也幾乎沒有讀過毛澤東的文字，根本談不上崇拜和服從。倒是毛澤東十分喜愛讀魯迅的文章。後來有人對許廣平「文革」期間寫的回憶文字進行了考證和批評，是很必要的工作。但考慮到那是一個可怕的年代，她這樣做實在是不得已，應該給以同情和諒解。

許廣平的一生，是與魯迅緊密聯繫在一起的。只要中國人民仍然看重魯迅，許廣平就有其價值在。〔註27〕

3月，《關於魯迅題〈芥子園畫譜〉三集贈廣平》被收入1968年3月出版的南京大學編注的《魯迅詩注》。〔註28〕後又被收入北京大學《文化批判》第2期。〔註29〕

5月19日，紹興地區革委會成立，周建人到會。會後，看望表弟酈辛農。〔註30〕

9月1日，《人民日報》、《紅旗》雜誌、《解放軍報》發表《把新聞戰線的大革命進行到底》一文，把唐弢的《長短錄》和《燕山夜話》《三家村劄記》並列在一起，作為「反黨反社會主義」的「標本」，文章中摘引了唐弢在雜文《謝本師》中所寫的「作者『所言者小』，讀者『所見者大』」，加以歪曲和誣陷。〔註31〕

冬天，曹靖華又被關押，失去了人身自由。〔註32〕

〔註27〕黃喬生《十年攜手共艱危（代後記）》，許廣平著《十年攜手共艱危——許廣平憶魯迅》第252～253頁。
〔註28〕陳漱渝著《許廣平著述編目》，陳漱渝著《許廣平的一生》第203頁。
〔註29〕陳漱渝著《許廣平著述編目》，陳漱渝著《許廣平的一生》第203頁。
〔註30〕《周建人年譜簡編》，謝德銑著《周建人評傳》第388頁。
〔註31〕傅小北、楊幼生《唐弢年譜》，傅小北、楊幼生編《唐弢研究資料》第446頁。
〔註32〕冷柯（執筆）、毛粹《曹靖華年譜》，《曹靖華研究專集》第451頁。

參考文獻

一、書 籍

1. 景宋著《遭難前後》，上海出版公司 1947 年 3 月出版。

2. 許廣平著《欣慰的紀念》，人民文學出版社 1951 年 7 月北京第 1 版，1953 年 8 月北京第 4 次印刷。

3. 許廣平著《關於魯迅的生活》，人民文學出版社 1954 年 6 月北京第 1 版，1955 年 2 月北京第 3 次印刷。

4. 許廣平著《魯迅回憶錄》，作家出版社 1961 年 5 月北京第 1 版第 1 次印刷。

5. 《塔什干精神萬歲──中國作家論亞非作家會議》，世界文學社編，作家出版社 1959 年 9 月北京第 1 版第 1 次印刷。

6. 《許廣平憶魯迅》，馬蹄疾輯錄，廣東人民出版社 1979 年 4 月第 1 版第 1 次印刷。

7. 陳漱渝著《許廣平的一生》，天津人民出版社 1981 年 5 月第 1 版第 1 次印刷。

8. 陳漱渝著《許廣平傳》，人民日報出版社 2011 年 12 月第 1 版第 1 次印刷。

9. 《許廣平》，魯迅博物館、民進中央宣傳部編，開明出版社 1995 年 10 月北京第 1 版第 1 次印刷。

10. 《許廣平文集》，海嬰編，江蘇文藝出版社，1999 年 10 月第 1 版第 1 次印刷。

11. 《許廣平紀念集》，上海魯迅紀念館編，百家出版社 2000 年 3 月第 1 版第 1 次印刷。

12. 許廣平著《十年攜手共艱危──許廣平憶魯迅》，河北教育出版社 2000 年 12 月第 1 版，2002 年 5 月第 2 次印刷。

13. 李浩著《許廣平畫傳》，上海社會科學院出版社 2008 年 7 月第 1 版第 1 次印刷。

14. 《廣闊平遠——許廣平 120 週年誕辰紀念展》，廣州魯迅文化紀念館、魯迅文化基金會編，廣東教育出版社 2018 年 12 月第 1 版第 1 次印刷。

15. 《徐懋庸回憶錄》，人民文學出版社 1982 年 7 月北京第 1 版第 1 次印刷。

16. 《瞿秋白年譜（1899～1935）》，周永詳編寫，廣東人民出版社 1983 年 4 月第 1 版第 1 次印刷。

17. 《中國現當代著名作家文庫　蕭紅代表作》，邢富君編，河南人民出版社 1987 年 5 月第 1 版，1992 年 1 月第 2 次印刷。

18. 《中國當代文學研究資料叢書　曹靖華研究專集》，林佩雲、喬長森編，黃河文藝出版社 1987 年 6 月第 1 版第 1 次印刷。

19. 謝德銑著《周建人評傳》，重慶出版社 1991 年 1 月第 1 版 2 月第 2 次印刷。

20. 李勇著《曹聚仁研究》，貴州人民出版社 1991 年 3 月第 1 版第 1 次印刷。

21. 蕭紅、俞芳等著《我記憶中的魯迅先生——女性筆下的魯迅》，河北教育出版社 2000 年 12 月第 1 版，2001 年 5 月第 2 次印刷。

22. 孫琴安著《雪之歌——馮雪峰傳》，浙江人民出版社 2005 年 7 月第 1 版第 1 次印刷。

23. 王科、徐塞、張英偉著《蕭軍評傳》，中國社會出版社 2008 年 1 月第 1 版第 1 次印刷。

24. 羅銀勝著《周揚傳》，文化藝術出版社 2009 年 5 月第 1 版第 1 次印刷。

25. 錢理群著《周作人傳》，鳳凰出版傳媒集團，2010 年 1 月第 1 版第 1 次印刷。

26. 《唐弢研究資料》傅小北、楊幼生編，中國社會科學院文學研究所總纂《中國文學史資料全編　現代卷》，知識產權出版社 2010 年 1 月第 1 版第 1 次印刷。

27. 〔日〕平石淑子著、崔莉、梁豔萍譯《蕭紅傳》，中國人民文學出版社 2017 年 10 月第 1 版第 1 次印刷。

28. 喬麗華著《朱安傳——我也是魯迅的遺物》，九州出版社 2017 年 12 月第 1 版第 1 次印刷。

29. 周海嬰著《我與魯迅七十年》，作家出版社 2019 年 1 月第 1 版第 1 次印刷。

30. 《鄧穎超與天津早期婦女運動》，中國婦女出版社 1987 年 3 月第 1 版第 1 次印刷。

31. 《澄海文史資料（第八輯）》，政協澄海縣委員會文史資料委員會，1991

年 7 月。

32. 《廣州高第街許氏家族》，廣州市越秀區地方志辦公室編，廣東人民出版社 1992 年 12 月第 1 版第 1 次印刷。

33. 盧延光編著《廣州第一家族》，嶺南美術出版社 2004 年 2 月第 1 版第 1 次印刷。

34. 《歷史的「暗室」——周海嬰早期攝影集 1946～1956》，張永林、周令飛主編，廣西師範大學出版社，2011 年 9 月第 1 版第 1 次印刷。

35. 許錫揮著《廣州伴我歷滄桑》，廣東人民出版社 2012 年 8 月第 1 版第 1 次印刷。

36. 《周海嬰紀念集》，紹興魯迅紀念館、上海魯迅文化發展中心編，人民文學出版社 2012 年 9 月北京第 1 版第 1 次印刷。

37. 范志亭著《魯迅與許廣平》，河南人民出版社 1986 年 4 月第 1 版第 1 次印刷。

38. 張恩和著《魯迅與許廣平》，中國青年出版社 1995 年 1 月北京第 1 版第 1 次印刷。

39. 廖久明著《高長虹與魯迅及許廣平》，東方出版社 2005 年 1 月第 1 版第 1 次印刷。

40. 崔冬靖著《師生情緣——魯迅與許廣平》，山西出版傳媒集團、北嶽文藝出版社 2015 年 1 月第 1 版，2015 年 2 月北京第 1 次印刷。

41. 魯迅著《兩地書》，人民文學出版社 1973 年 9 月第 1 版第 1 次印刷。

42. 《魯迅致許廣平書簡》，河北人民出版社 1980 年 1 月第 1 版第 1 次印刷。

43. 《魯迅景宋通信集——〈兩地書〉的原信》，湖南人民出版社出版 1984 年 6 月第 1 版第 1 次印刷。

44. 王得後著《〈兩地書〉研究》，天津人民出版社 1982 年第 1 版第 1 次印刷。

45. 王得後著《〈兩地書〉研究》，天津人民出版社 1995 年第 1 版第 1 次印刷。

46. 柏朝霞著《〈兩地書〉論稿》，中國窗口出版社（香港），2010 年 11 月版。

47. 《魯迅年譜》第 1 卷，魯迅博物館、魯迅研究室編，人民文學出版社 1984 年 1 月北京第 1 版第 1 次印刷。

48. 《魯迅年譜》第 2 卷，魯迅博物館、魯迅研究室編，人民文學出版社 1984 年 1 月北京第 1 版第 1 次印刷。

49. 《魯迅年譜》第 3 卷，魯迅博物館、魯迅研究室編，人民文學出版社 1984 年 1 月北京第 1 版第 1 次印刷。

50. 《魯迅年譜》第 4 卷，魯迅博物館、魯迅研究室編，人民文學出版社 1984 年 1 月北京第 1 版第 1 次印刷。

51. 《魯迅全集》共 18 卷，人民文學出版社 2005 年 11 月。

52. 朱正著《魯迅回憶錄正誤》，人民文學出版社 2006 年 10 月北京第 1 版第 1 次印刷。

53. 林賢治著《魯迅的最後十年》，東方出版中心 2006 年第 1 版第 1 次印刷。

二、論　文

1. 王堯、王慧君《許廣平回憶錄與「魯迅」形象的建構——以〈欣慰的紀念〉〈關於魯迅的生活〉〈魯迅回憶錄〉為中心》，《南方文壇》2015 年第 2 期。

2. 程振興《假「私」濟「公」的回憶——論許廣平的魯迅紀念》，《魯迅研究月刊》2014 年第 8 期。

3. 袁盛勇《絕對忠誠和服從的「小兵」——許廣平和馮雪峰對魯迅形象的塑造》，《文藝爭鳴》2013 年第 7 期。

4. 孫玉石《許廣平〈風子是我的愛……〉初刊及修改》，《魯迅研究月刊》2012 年第 9 期。

5. 陳漱渝《我讀許廣平〈魯迅回憶錄〉（手稿本）》，《中國現代文學研究叢刊》2011 年第 8 期；《上海魯迅研究》2011 年第 2 期。

6. 陳漱渝《火焰般燃燒的木棉花——紀念許廣平同志誕生 110 週年、逝世 40 週年》，《民主》2008 年第 10 期。

7. 周海嬰《許廣平被迫寫「回憶資料」前後》，《文史博覽》2004 年第 11 期。

8. 周海嬰《魯迅手稿事件與許廣平之死》，《協商論壇》2001 年第 12 期。

9. 王彬彬《許廣平在改寫魯迅中的作用與苦衷》，《當代作家評論》2001 年第 2 期；《文藝爭鳴》2001 年第 1 期。

10. 吳企堯《回憶護送許廣平同志赴香港經過》，《民主》1990 年第 12 期。

11. 陳夢熊《許廣平的香港之行——兼談許廣平的一篇佚文和陸蠡的一封遺禮》，《魯迅研究動態》1988 年第 11 期。

12. 劉皓《我所瞭解的許廣平及其心目中的魯迅》，《魯迅研究動態》1988 年第 10 期。

附錄一：許廣平文集出版 70 年

【摘要】

　　這是一篇關於「許廣平文集出版（1947～2018）」的研究綜述。本文從編輯出版的角度，對收集到的 13 種與「許廣平文集」相關的書籍進行分類與評介，包括許廣平（生前）個人著述、許廣平文集（後人整編）、許廣平紀念集佚文、與魯迅文集合編等。最後部分是列舉許廣平 1949 年之後未被收入文集並再版的文章篇目。

　　關鍵詞：許廣平文集；出版；書籍；未再版的篇目。

　　關於許廣平文集的出版情況，筆者目前收集到的有如下十三種（按出版時間排序）。其中四本乃許廣平個人著述（寫魯迅的三本；寫個人遭際的一本）；其他八本則是由他人整編。時間貫串了前後 70 年。

　　1、許廣平著《遭難前後》，1947 年 3 月出版，上海出版公司。

　　2、許廣平著《欣慰的紀念》，人民文學出版社，1951 年 7 月北京第 1 版，1953 年 8 月北京第 4 次印刷。

　　3、許廣平著《關於魯迅的生活》，人民文學出版社 1954 年 6 月北京第 1 版，1955 年 2 月北京第 3 次印刷。

　　4、《塔什干精神萬歲——中國作家論亞非作家會議》，世界文學社編，作家出版社 1959 年 9 月北京第 1 版第 1 次印刷。

　　5、許廣平著《魯迅回憶錄》，作家出版社，1961 年 5 月北京第 1 版第 1 次印刷。

　　6、《許廣平憶魯迅》，馬蹄疾輯錄，廣東人民出版社 1979 年 4 月第 1 版

第 1 次印刷。

7、《許廣平》一書的後半部分「許廣平佚文」，魯迅博物館、民進中央宣傳部編，開明出版社 1995 年 10 月北京第 1 版第 1 次印刷。

8、《愛的吶喊》，魯迅、許廣平著，江蘇文藝出版社 1996 年 6 月第 1 版第 1 次印刷。

9、《許廣平文集》三卷本，海嬰編，江蘇文藝出版社 1998 年 1 月第 1 版第 1 次印刷。

10、《許廣平文集》，江蘇文藝出版社，1999 年 10 月第 1 版第 1 次印刷。

11、《許廣平紀念集》一書的後半部分「佚文」，上海魯迅紀念館編，百家出版社 2000 年 3 月第 1 版第 1 次印刷。

12、《十年攜手共艱危──許廣平憶魯迅》，許廣平著，河北教育出版社 2000 年 12 月第 1 版，2002 年 5 月第 2 次印刷。

13、《橫眉‧俯首》，魯迅、許廣平著，張昌華編，商務印書館 2018 年 9 月第 1 版第 1 次印刷。

一、許廣平（生前）個人著述

由許廣平個人著述的《遭難前後》上世紀 40 年代由上海出版公司出版，筆者手頭拿到的是一個翻印版本。1941 年 12 月 7 日，日軍偷襲珍珠港，太平洋戰爭爆發。同時，日軍侵佔上海租界。12 月 15 日凌晨，日本憲兵衝入許廣平家中，許廣平被捕。《遭難前後》講述她被拘禁 76 天的遭際。

該書由鄭振鐸作序，全文分為 21 章節，目次如下：人民立場的我；遭難的開始；被解押後；囚徒生活；囚室一瞥；難友；四天；凌辱的試煉；稍息；再煉；受刑之後；一號囚室；撒謊；我的感想；新房子；我的抗議；又一次搬遷；朝鮮姑娘；「我不知道」；在七十六號；無可補償的損失。該書封三位置顯示：1947 年 3 月，《遭難前後》作為「文藝復興叢書第一輯」由上海出版公司印行。

《欣慰的紀念》、《關於魯迅的生活》由人民文學出版社出版於上世紀 50 年代，之後多次再版和印刷。《魯迅回憶錄》由作家出版社出版於上世紀 60 年代初。

《欣慰的紀念》全書字數 9.7 萬。目錄如下：序（雪峰）；研究魯迅文學遺產的幾個問題；魯迅先生的日記；略談魯迅先生的筆名；魯迅先生與女師大事件；魯迅和青年們；魯迅先生的寫作生活；魯迅先生的日常生活；魯迅先生的娛樂；魯迅先生的香煙；魯迅先生的學習精神；魯迅先生與家庭；母親；魯迅先生與海嬰；忘記解；在欣慰下紀念；編後記（王士菁）。該書的插圖包括「魯迅先生的手跡」、「魯迅先生日常工作的書案」、「魯迅先生休息的藤躺椅」、「魯迅先生的母親」、「魯迅先生、景宋與海嬰」、「魯迅與海嬰」。〔註1〕該書編輯王士菁在編後記中指出：

> 在這本集子裏所收集的，是從 1936 年魯迅先生逝世後到 1949 年為止，這十三年來景宋先生所寫的紀念魯迅先生的文章。
>
> 這裡所收集的，並非許先生紀念文章的全部，這僅是有關注釋魯迅先生作品的，以及與編寫魯迅先生的傳記與年譜有關的材料一部分。──這一些文章，對於研究魯迅先生來說，都是非常寶貴的。
>
> 由於作者所處的具體環境，大部分是解放之前的上海，是在日汪和美蔣反動派統治之下，因此，在文章裏有一些隱諱地方，或用縮寫字母，或用 XXX 以代人名、地名，這在當時是必要的；今天，為了研究魯迅先生方便起見，把這一些隱諱或 XXX 加以注明，這也是必要的。在這集子裏的一些注釋，便是編者在編輯時所加上的。

〔註2〕

〔註1〕許廣平著《欣慰的紀念》，1951 年 7 月北京第 1 版，1953 年 8 月北京第 4 次印刷。
〔註2〕王士菁《編後記》，許廣平著《欣慰的紀念》，1951 年 7 月北京第 1 版，1953 年 8 月北京第 4 次印刷，第 195 頁。

　　《關於魯迅的生活》全書3.9萬字。目次如下：魯迅的生活之一；魯迅的生活之二；因校對「三十年集」而引起的話舊；關於魯迅先生的病中日記和宋慶齡先生的來信；片段的記錄；元旦憶感；瑣談；青年人與魯迅；魯迅與中國木刻運動；從魯迅的著作看文學；不容情的對敵戰鬥。「人民文學出版社編輯部」在該書的「編後記」中寫道：

　　　　這本書是作者在《欣慰的紀念》以外的另一本紀念魯迅先生的文集。其中的文章，大都是在解放前和解放後的報刊上發表過的。這次出版曾經過作者的親自校閱，並作了一些文字上的修正。

　　　　這本書的中心內容，多是關於魯迅先生的日常生活的記述；這對於研究魯迅先生來說，都是非常寶貴的，但也並不僅以描寫生活為限，從這些記述中我們可以看到魯迅先生的對於工作的態度，工作的作風等，這一些對於我們都有很大的教育意義。

　　　　在各篇次序上，沒有按照發表年月的時間先後，而是大體上按照文章內容來編排的。文中的一些注釋，是編輯部所加，其目的是為了讀者閱讀時的方便。〔註3〕

　　《魯迅回憶錄》全書9.5萬字。目次如下：前言；一、「五四」前後；二、女師大風潮與「三一八」慘案；三、魯迅的講演與講課；四、北京時期的讀書生活；五、所謂兄弟；六、廈門和廣州；七、我有一次當學生；八、內山完造先生；九、同情婦女；十、嚮往蘇聯；十一、瞿秋白與魯迅；十二、「黨的一名小兵」；十三、為革命文化事業而奮鬥〔註4〕。該書在版權頁上的內容說明中這樣寫道：

　　　　本書是作者對於魯迅先生的思想、工作、生活各方面的追憶與記述。曾在1960年第3期到13期《新觀察》上連載。這次出版前，作者作了修改。

　　　　魯迅先生的一生，是戰鬥的一生，他從革命民主主義者走向偉大的共產主義者，經歷了一段艱苦奮鬥的道路。作者從幾個方面真切反映了這條道路，敘述了魯迅先生早年的讀書生活；十月革命和蘇聯文學對他的影響；反抗軍閥的黑暗統治；以及如何通過現實的

〔註3〕許廣平著《關於魯迅的生活》，人民文學出版社1954年6月北京第1版，1955年2月北京第3次印刷，第69頁。

〔註4〕許廣平著《魯迅回憶錄》，作家出版社，1961年5月北京第1版第1次印刷。

階級鬥爭最後認識到「唯有新興的無產者才有將來」；因而勇敢堅定地靠攏黨，甘做黨的一名小兵。同時也談到了魯迅先生和瞿秋白同志親密愉快的會見；與作者共同嚮往蘇聯的熾熱心情等。通過這些敘述，可以看到魯迅先生——這位「五四」以後我國文化新軍的最偉大和最英勇的旗手的強烈的戰鬥精神。

　　許廣平寫的這幾本關於魯迅的書出版的時間較早，加上她可能記憶有誤或者時代侷限、思想侷限等原因，閱讀時建議參照朱正的著作《魯迅回憶錄正誤（增訂本）》（人民文學出版社 2006 年 10 月北京第 1 版第 1 次印刷）同時進行。該書作者朱正 1931 年生於湖南長沙，退休前的職業是編輯。1956 年出版了《魯迅傳略》，後來寫了一系列考證魯迅生平事蹟的文章，1979 年結集出版了《魯迅回憶錄正誤》（此書是在魯迅的學生、朋友，被許廣平稱為魯迅研究「通人」的馮雪峰的指導和幫助下完成的），引起學術界的注意，書中一些結論被魯迅的傳記作者們普遍接受。胡喬木認為此書可作為編輯學教材的參考書。此增訂本根據成書後發現的新資料進行了補充和修訂，特別是增補了《關於中國民權保障同盟的幾件事》等文。〔註5〕

　　值得一提的是，朱正的這本書已經出版了多個版本，最新的是 2013 年由南海出版社出版的第五版，改名為《被虛構的魯迅——魯迅回憶錄正誤》，增補的內容包括《關於中國民權保障同盟的幾件事》、《關於 1936 年的那次訪蘇邀請》、《關於王敬軒》及《為齊壽山一辯》等四篇。〔註6〕

〔註5〕朱正著《魯迅回憶錄正誤》一書的「內容簡介」與「作者簡介」，人民文學出版社，2006 年 10 月北京第 1 版第 1 次印刷。
〔註6〕朱正《本版後記》，朱正著《被虛構的魯迅》，南海出版社，2013 年第 1 版第 1 次印刷，第 283 頁。

－384－

二、後人整編的許廣平文集

「許廣平文集」在她去世之後由他人整編的，其中四部乃全文都為許廣平所寫，上世紀 70 年代末的一部《許廣平憶魯迅》、上世紀 90 年代的兩部《許廣平文集》、2000 年之後的《十年攜手共艱危——許廣平憶魯迅》。還有兩部「許廣平紀念文集」中各以一半篇幅收入她的佚文。

署名「馬蹄疾」輯錄的《許廣平憶魯迅》一書出版於上世紀 70 年代末，全書 56.2 萬字，為紀念許廣平逝世十週年而出版。該書前面的「編例」介紹了輯錄的內容、分編的原則及其他說明：

> 本書輯錄了許廣平同志 1925～1965 四十年間所寫的有關學習、
> 紀念、回憶、魯迅的主要著作。資料的來源除《欣慰的紀念》《關於
> 魯迅的生活》《魯迅回憶錄》外，又從解放前和解放後的書籍、雜誌、
> 報紙中輯錄了近 80 篇，共輯得 115 篇，整理成冊，以紀念許廣平同
> 志逝世十週年，同時為研究魯迅提供一份資料。
>
> 略照內容，分編五輯（每輯略按時間順序排列）
>
> 各個時期紀念魯迅的文章、講稿；
>
> 有關整理魯迅遺產的序跋、後記；
>
> 專題研究魯迅一個方面的著述；
>
> 回憶魯迅日常思想、工作、談話和生活等方面的文章；
>
> 《魯迅回憶錄》單行本選錄。

　　許廣平同志早期致魯迅書信因已編入《兩地書》，容易得到；文化大革命中所寫文章則流傳較廣，均為收錄。別人所採寫有關許廣平同志文章五篇，附編於末。

　　所收各章，《欣慰的紀念》《關於魯迅的生活》兩書過去出版時已經作者檢閱，這次選輯時均照兩書輯錄，並將大部分注文保留；魯迅研究室輯錄的《魯迅回憶錄》所收各篇，已經編者校訂，亦從其本直錄；其他各篇，均照最初發表報刊書籍輯錄，間有轉據他書者，則一一注明出處。

　　所收各篇，原文在引錄魯迅著作時偶有訛誤或行文中有明顯刊誤者，這次作了訂正；文章中提到的某些人和事，由於革命的發展和深入，情況或有變化，除刪去個別字句，其餘仍從其原貌亦不另行加注。

　　標點符號按目前通用方式，作了必要的統一。

　　書末附《景宋著述編目》，係編者在輯錄此書時隨見隨錄。經徵得陳漱渝同意，將《攜手共艱危》一文附錄於後。〔註7〕

此書由唐弢作序，序言寫於 1978 年 6 月的北京〔註8〕。目錄如下：

〔註7〕此文由馬蹄疾於 1978 年 2 月 7 日寫於鋼城（指鞍山），馬蹄疾輯錄《許廣平憶魯迅》，廣東人民出版社，1979 年 4 月第 1 版第 1 次印刷，前文第 9～10 頁。
〔註8〕馬蹄疾輯錄《許廣平憶魯迅》，前文第 8 頁。

－386－

序

編例

一、獻詞；元旦憶感；週年祭；紀念魯迅與抗日戰爭；紀念還不是時候；魯迅先生二週年祭；瑣談；如果魯迅還在；忘記解；因紀念想起；我們怎樣紀念；十週年祭；在欣慰下紀念；不容情的對敵戰鬥；在魯迅遷葬儀式上的講話；為魯迅逝世二十週年作。

二、魯迅先生撰譯書錄；許廣平為徵集魯迅先生書信啟事；魯迅《夜記》編後記；許廣平為徵集魯迅先生書信啟事；魯迅《病中通信》（九封）附記；《且介亭雜文末編》後記；魯迅譯著書目續編；附：魯迅先生的名‧號‧筆名錄；《集外集拾遺》編後說明；魯迅《哀詩三首（悼范愛農）》按語；《死魂靈》附記；關於魯迅先生的病中日記；《譯叢補》編後記；《譯叢補》編後再記；《魯迅全集》編校後記；略談魯迅先生的筆名；關於漢唐石刻畫像；魯迅先生的日記；阿 Q 的上演；《魯迅風》與魯迅；留存於魯迅先生處的幾位友人的舊詩集錄（節錄）；《魯迅年譜》的經過；附：年譜之改正；《魯迅三十年集》印行經過；魯迅《勢之必至，理有固然》附記；因校對《三十年集》而引起的話舊；許廣平關於魯迅藏書出售問題啟事；研究魯迅文學遺產的幾個問題；丁聰《阿 Q 正傳插畫》序；魯迅覆許廣平信（1926.8.15）附記；讀唐弢先生編《全集補遺》後；《魯迅書簡》編後記；魯迅藏書一瞥（《北行觀感》選錄）；無可補償的損失（《遭難前後》節錄）；《魯迅文集》後記；許壽裳《亡友魯迅印象記》讀後記；《魯迅三十年集》為何不包含譯作；王士菁《魯迅傳》序；我所敬的許壽裳先生；陳煙橋《魯迅與木刻》序；致《文藝新地》編者；胡今虛《魯迅作品及其他》讀後感；少兒版《魯迅作品選》序言；致《光明日報》編者；讀《永不磨滅的印象》；魯迅手跡和藏書的經過；致《文匯報》編者；致袁家和；魯迅《題〈芥子園畫譜〉三集贈廣平》詩的幾句說明。

三、魯迅和青年們；青年人與魯迅；從女性的立場說「新女性」；魯迅先生的學習精神；魯迅與中國木刻運動；魯迅先生對批評的態度；追憶蕭紅（節錄）；魯迅眼中的蘇聯；《吶喊》中的幾個女性；從魯迅的著作看文學；魯迅和青年；魯迅與翻譯；魯迅和青年——在團中央魯迅紀念會上的講話；魯迅如何對待祖國文化遺產；和小朋友們談魯迅——在北京北海少年之家舉行的魯迅紀念會上的講話；魯迅與漢字改革；略談魯迅對祖國文化遺產的一、二事；略談魯迅與蘇聯文學的關係；魯迅反對帝國主義的匕首；魯迅對婦女

的同情；魯迅先生怎樣對待寫作和編輯工作；文藝—革命鬥爭的武器——談談魯迅的寫作態度。

四、魯迅先生往哪些地方躲；北新書屋；片段的記錄；最後的一天；魯迅先生大病時的重要意見；我怕；母親；魯迅的生活之一；魯迅的生活之二；魯迅先生與海嬰；魯迅先生的晚年（1926～1936）；魯迅先生的日常生活；魯迅先生與家庭；魯迅先生的寫作生活；魯迅先生的娛樂；民元前的魯迅先生；魯迅先生與女師大事件；魯迅先生的香煙；魯迅故居（《北行觀感》選錄）；第一次到了魯迅先生故鄉；關於魯迅的作品‧故里‧逸事；魯迅在日本；魯迅的日常生活；魯迅在「五四」時期的文學活動；「五四」與魯迅；為了永恆的紀念——記仙臺魯迅紀念碑揭幕典禮；仙臺漫筆；景雲深處是吾家；回憶魯迅在廣州的時候。

五、魯迅回憶錄（節選）；前言；「五四」前後；女師大風潮與「三一八」慘案；魯迅的講演與講課；北京時期的讀書生活；所謂兄弟；廈門和廣州；我有一次當學生；內山完造先生；同情婦女；「黨的一名小兵」；為革命文化事業而奮鬥。

附編、關於魯迅先生的遺書（黃裳採寫）；許廣平回憶魯迅（方明記錄）——記許廣平十月十七日在北京師範大學紀念晚會上的講演；革命工作者應該學習魯迅為人民服務的精神（慧年採寫）——許廣平、周建人漫談魯迅先生生平；魯迅夫人口中的魯迅（青涵採寫）；二十年歲月 三千里行程（沈鼎採寫）——許廣平和海嬰在紀念魯迅逝世二十週年的日子裏。

附錄、「攜手共艱危」（陳漱渝）——紀念魯迅的親密戰友許廣平同志；景宋著述編目（馬蹄疾）

編後記

上世紀 90 年代由江蘇文藝出版社出版的兩部《許廣平文集》其實是同一個內容，只是一個版本是精裝版三卷本（書的前面附有多幅照片），定價 98 元；一個版本是全三冊軟精裝，定價 65.8 元。此為紀念許廣平誕辰一百週年和逝世三十週年而出版。該書由海嬰編、責任編輯為張昌華和孫金榮，該書在「出版前言」中指出：

文集共三卷。輯錄了許廣平 1917 至 1966 年間的作品凡 389 篇。這幾近囊括了她的著述的全部。首卷收作者有關家庭、童年、求學乃至走上社會搏擊風雲的自述、與社會名士交往以及評說世事諸方面的文字；第二卷遴選作

者追憶魯迅的生活、學習、戰鬥和有關為紀念魯迅發表的講辭等篇什；第三卷含《兩地書》和作者致魯瑞、朱安、胡適、周作人等手札四六通。必須強調說明的是：《遭難前後》係建國後首次公開發表，現照 1980 年香港文學出版社版（柯靈序）錄入，它真實地記錄了作者被日人囚禁時在牢獄中與敵作不屈不撓鬥爭感人的場景。《兩地書》是遵作者生前遺囑「不必作任何修改」的原信手稿排印；致胡適等人的一批信函，均是第一次刊布。

選編的原則是，根據作品的內容分門別類，將內容相關相近者結集，每篇文末盡可能注明寫作年代及原載刊物和出版日期及期號。目次編排以作品發表先後為序。若干寫作、發表日期無法稽查者，由作品內容判斷可能發表的時間循序插入；個別無法判定的，列於同類文末。

第一卷目錄如下：

出版前言

自述：同行者；我的小學時代；像搗亂，不是學習；新年；遭難前後；我的鬥爭史；校潮參與中我的經歷；風子是我的愛。

論女性：從女性的立場說「新女性」、從經書上看到的女性；妻的酬金問題；貢獻於全國婦女教育會議；為自己呼籲；舊話謀新；婦女運動像競賽；三八節與中國婦女；三八感言；「三八」話今年；戰後的英國婦女；慰問雷潔瓊先生；生與死；新興婦女運動與現社會運動之聯繫；悼死慰生；「三八」婦女節感想。

記人：魯迅先生往哪些地方躲；北新書屋；憶蕭紅；我所敬的許壽裳先生；邱白同志和魯迅相處的時候；一片冰心在玉壺；記「五四」時代天津的幾個女性。

雜感：人才必出學校說；不畏難說；與同學書；富貴不足為榮說；公園和少年；懷疑；六個學生該死；酒癮；內幕之一部；一死一生；瞎扯；過時的話；反抗下去；力的缺乏；略談兒童讀物；從養魚想起；我不懂；鼠和貓的故事；好日子；將來和現在；大雨；慶祝感言；重振文風；死後審訊；歲末打油；爭取自由的號角響起來了；挽於再先生；檢討；一封平常的信；我喜歡看的好報；阿 Q 的時代；認清時局；他們的感召；論美國「基本之目標」；還不是可以痛哭的時候；白髮；局面怎樣變好；浪費；新「五四」運動；千日紅。

詩・散文・劇作：依稀認識的廬山；為了愛；街頭小景；旅行小感；掃墓記；頌普希金；狂歡之夜；祝《新華日報》；紹興婦女的生活；第一次到了

魯迅先生的故鄉；魔祟（獨幕劇）。

新時代：土地改革工作給我的教育；在德蘇演出參觀的一些印象；交心過程；訪蘇觀感；火炬‧黎明‧旭日東昇；七一，黨的生日；親切的回味。

永恆的紀念：魯迅先生的精神；魯迅《夜記》編後記；魯迅《病中通信》附記；魯迅《且介亭雜文末編》後記；週年祭；紀念魯迅與抗日戰爭；魯迅先生的關於婦女；《死魂靈》附記；《魯迅全集》編校後記；紀念還不是時候；魯迅先生二週年祭；阿Q的上演；《魯迅風》與魯迅；關於《嵇康集》的標點；留存於魯迅先生的幾位友人的舊詩集錄；《魯迅三十年集》印行經過；如果魯迅還在；魯迅《勢所必至，理有固然》附記；因紀念想起；我們怎樣紀念；十週年祭；讀唐弢先生編《全集補遺》後；《魯迅書簡》編後記；王士菁《魯迅傳》序；《魯迅文集》後記；《吶喊》中的幾個女性；陳煙橋《魯迅與木刻》序；胡今虛《魯迅作品及其他》讀後感；魯迅和青年；魯迅覆許廣平信附記；許壽裳著《亡友魯迅印象記》讀後記；魯迅和青年；和小朋友們談魯迅；為魯迅逝世二十週年作；紀念魯迅；「五四」與魯迅；魯迅反對帝國主義的匕首；為了永恆的紀念；文藝——革命鬥爭的武器；讀《永不磨滅的印象》；魯迅《題〈芥子園畫譜〉三集贈廣平》詩的幾句說明。

寫在後面。

目錄中的「寫在後面」一文乃周海嬰和馬新雲所寫。該文寫道：

> 母親逝世已經三十年了；她含憤遠去，那是「文革」時期的1968年3月3日；是江青私自竊取魯迅書信的全部書稿，已出版的和被壓制未能出版的，還有一直爭論不休的《答徐懋庸並關於抗日統一戰線問題》一文的十五頁手稿，使母親憂憤交加，心臟病突發去世。
>
> 三十年了，今年又恰巧是母親誕辰一百週年，有這部文集也算可以告慰母親了吧！
>
> 母親一輩子自立自強，忙忙碌碌，從沒有止步不前，從沒有歇息過，即使在短短幾個月內寫成《魯迅回憶錄》，由於勞累過度出現高血壓、冠心病之後，也沒有休息，喘一口氣。她隨身帶著硝基甘油含片，忍著不時突發的心絞痛，工作，工作。哪怕清晨天微亮，就要到西部飛機場去迎送婦女界外賓的事，也絕不懈怠。
>
> 母親生在一個革命的時代，讀小學的時候辛亥革命成功，思想認識隨年齡的增長而提高，到「洪憲盜國」，已經萌發「為國效命」

的志願。入女子師範，積極參加學生運動，是學生會幹事之一。配合運動，發表抨擊教育當局，呼籲教育改革的文章，雖然遭到「即令出校，以免害群」開除學籍的打擊，毫不灰心，毫不退縮，毫不妥協，堅持鬥爭。父親在回憶往事的時候，曾經對母親說：「小刺蝟，我們之相處，實有深因。」從文集中所收母親早年的文章，讀者當能看到實證。

父親去世之後，母親心懷終身未能稍減的哀痛，不遺餘力地宣傳和維護父親的事業，重新獨立獻身於民族、民主革命和婦女解放運動。在抗日戰爭的艱苦條件下，在「孤島」上海，曾遭日本侵略者的憲隊逮捕，身受包括電刑的酷刑，堅貞不屈，用鮮血和生命保護了同志和朋友，發揚了崇高的民族氣節。新中國成立，母親顯得年青了許多，更加意氣風發，她的大量文章，都是這一時期寫成的。

文集中的《兩地書》是我父母的合著。出版社認為顯示了我雙親的兩個人的世界，特別是他倆的愛情，主張收入。我們自然十分贊成，十分高興。是的，這部在我父母原始通信的基礎上，經過雙方增、刪，修改而成的合作作品，既然一直收入父親的全集，自然也理應收入母親的文集。他倆的生命是「相依為命，離則兩傷」，他們的《兩地書》是此情的結晶，是此情的寫照。

我們為母親的一生感到驕傲和崇敬。在那「文革」非常時期，七十歲的母親，受不了極嚴重的刺激，不幸心臟病突發去世。我們只有把悲痛和紀念深藏在心裏。多年來，我們迫切希望能夠出版她的文集，特別是這幾年，許多老同志的各種紀念文集一一出版。當收到他們或其子女惠贈的文集，內心裏不免有一絲遺憾：我們想哪怕編一冊薄薄的有關母親的小書，也不易。今天，這部一百萬字的《許廣平文集》終於問世了。文集裏的一些關於母親生平的資料，是統戰部一位曾經是母親黨小組的領導宋堃同志，歷經辛勞，從檔案裏摘錄彙編的。我們在這裡要特別向他、向一切關心母親政治生命的老領導、老朋友致以衷心的感謝。〔註9〕

《許廣平文集》第二卷目錄如下：

〔註9〕此文寫於 1998 年元月，周海嬰、馬新雲《寫在後面》，《許廣平文集》，江蘇文藝出版社，1998 年 1 月第 1 版第 1 次印刷，第 1 卷第 571～573 頁。

欣慰的紀念：獻詞；母親；魯迅和青年們；略談魯迅先生的筆名；魯迅先生的日記；魯迅先生的學習精神；魯迅先生與海嬰；魯迅先生與家庭；魯迅先生的日常生活；魯迅先生的娛樂；魯迅先生的寫作生活；魯迅先生與女師大事件；研究魯迅文學遺產的幾個問題；忘記解；魯迅先生的香煙；在欣慰下紀念。

關於魯迅的生活：片段的記錄；元旦憶感；青年人與魯迅；關於魯迅先生的病中日記；魯迅的生活之一；魯迅的生活之二；魯迅與中國木刻運動；瑣談；因校對《三十年集》而引起的話舊；從魯迅的著作看文學；不容情的對敵戰鬥。

魯迅回憶錄：前言；「五四」前後；女師大風潮與「三一八」慘案；魯迅的講演與講課；北京時期的讀書生活；所謂兄弟；廈門和廣州；我又一次當學生；內山完造先生；同情婦女；嚮往蘇聯；瞿秋白與魯迅；「黨的一名小兵」；為革命文化事業而奮鬥。

魯迅回憶錄（續）：關於漢唐石刻畫像；魯迅先生的晚年；最後的一天；《魯迅年譜》的經過；魯迅故居和藏書；魯迅在日本；略談魯迅對祖國文化遺產的一二事；魯迅先生怎樣對待寫作和編輯工作；仙臺漫筆；魯迅手跡和藏書的經過；景雲深處是吾家。

回憶與懷念：我怕；魯迅先生大病時的重要意見；民元前的魯迅先生；魯迅先生對批評的態度；魯迅眼中的蘇聯；關於魯迅的作品‧故里‧逸事；紹興與魯迅；魯迅與翻譯；魯迅如何對待祖國文化遺產；魯迅的日常生活；魯迅與漢字改革；略談魯迅與蘇聯文學的關係；魯迅在「五四」時期的文學活動；魯迅對婦女的同情；回憶魯迅在廣州的時候。

《許廣平文集》第三卷目錄如下：

兩地書

第一集、北京（1925 年 3 月至 7 月）

第二集、廈門——廣州（1926 年 9 月至 1927 年 1 月）

第三集、北平——上海（1929 年 5 月至 6 月）

書信：致魯瑞；致朱安；致周作人；致胡適；致蔡元培；致季市；致子英；致吳院長、徐先生；致中央人民政府文化部文化局；致劉皓；致毛居青；致李鐵根；致袁家和；致蕭三；致暹羅文化界追悼魯迅先生大會籌備委員會；致北京晚報記者。

值得一提的是，筆者手頭上定價 68.5 元的軟裝版《許廣平文集》〔註10〕僅一厚冊，全書 927 頁，出版於 1999 年 10 月，前面的內容與三卷本的第一卷和第二卷相同，第三卷中的「兩地書」在這裡僅收入了第一集和第二集，第三集和後面的書信內容都沒有出現在這部軟裝本裏，書前的扉頁上也沒有署上「海嬰編」這字樣了。

張昌華在《〈許廣平文集〉出版前後》〔註11〕一文中談及往事。在此文集出版之前，他與周家已經合作出版了魯迅和許廣平散文合集《愛的吶喊》及《魯迅的藝術世界》。1997 年春，他進京拜訪周海嬰，「瞭解到許廣平的幾部著作已多年未再版，市場斷貨，又慮及許廣平先生百年誕辰在即，於是萌發欲編《許廣平文集》的創意」。得到周海嬰的支持，選題在出版社也順利通過，很快就進入操作階段。「海嬰在北京魯博及魯研界朋友的幫助下，陸續將稿件分批寄來。文稿在較短時間內備齊，海嬰附信說『目前奉寄的各類稿子可以說是全部的 99.999%（以擬收考慮的供選稿）』。我請他先編目、分類，他沒有做，說怕我們會為難，『我是有意不分類編目，目的是使你們主動，便於取捨』。這也是真話，他的主導意見一定，可能會左右我們既定的

〔註10〕《許廣平文集》，江蘇文藝出版社，1999 年 10 月第 1 版第 2 次印刷。
〔註11〕 張昌華《〈許廣平文集〉出版前後》，《檔案春秋》，2017 年第 8 期，第 41～42 頁。

編輯方案。我把『編目』奉上，請他『指正』。他覆信說：『文集的分卷方法甚好。就這樣編排好了。』我們相互間的溝通比較順利，雙方都很滿意。」〔註12〕

　　他還談及署名問題。「《許廣平文集》在編選者署名時，我們曾一度『糾纏』了一番。最初與海嬰簽約時，海嬰『打官司』的消息，已見諸媒體沸沸揚揚。社長考慮該書是本社一手策劃的，為保證本社享有該書的專有出版權和對其他編者的制約權，社裏提出本社應有一位同志（讓我）充當副主編。後來在與海嬰一年多的交往中，看出他對我們出版社的權益十分尊重。例如在此期間，他拒絕了另一家出版社要重印《許廣平回憶魯迅》的要求，以保證本社的『文集』能有正常的發行量。所以我與社長商量，還是單署海嬰一人名為宜，更顯『正宗』。」〔註13〕他強調：在該書的運作過程中，海嬰在文稿的處理、對出版社的尊重上和拒絕他人重印《許廣平回憶魯迅》維護本社權益上，已表現了真誠合作的意願。因此，我們才主動提出放棄署名。〔註14〕

　　2000年出版的《十年攜手共艱危——許廣平憶魯迅》屬於「回望魯迅」叢書中的一本，該書係由孫郁和黃喬生主編。此「回望魯迅」的系列書目以題材分為「散文部分」和「論文專著部分」。散文部分總共有十三部書，許廣平這一本被歸在此，其他的有孫伏園等著的《無限滄桑懷遺簡》、鍾敬文、林語堂等著《永在的溫情——文化名人憶魯迅》、周作人、周建人著《年少滄桑——兄弟憶魯迅（一）》、周作人、周建人著《書里人生——兄弟憶魯迅（二）》、柳亞子等著《高山仰止——社會名流憶魯迅》、蕭紅、俞芳等著《我記憶中的魯迅先生——女性筆下的魯迅》、趙家璧等著《編輯生涯憶魯迅》、史沫萊特等著《海外迴響——國際友人憶魯迅》、孫伏園、許欽文等著《魯迅先生二三事——前期弟子憶魯迅》、胡風、蕭軍等著《如果現在他還活著——後期弟子憶魯迅》、馮雪峰著《馮雪峰憶魯迅》、許壽裳著、馬會芹編《摯友的懷念——許壽裳憶魯迅》。論文專著部分共九部書，分別是李長遠、艾蕪等著、孫郁、張夢陽編的《吃人與禮教——論魯迅（一）》、汪暉、錢理群等著《魯迅研究的歷史批判——論魯迅（二）》、朱正、陳漱渝等著《魯迅史料考證》、梁實秋等著《圍剿集》、瞿秋白等著《紅色光環下的魯迅》、伊藤

〔註12〕張昌華《〈許廣平文集〉出版前後》，《檔案春秋》，2017年第8期，第41頁。
〔註13〕張昌華《〈許廣平文集〉出版前後》，《檔案春秋》，2017年第8期，第42頁。
〔註14〕張昌華《〈許廣平文集〉出版前後》，《檔案春秋》，2017年第8期，第42頁。

虎丸著、李冬木譯《魯迅與日本人——亞洲的近代與「個」的思想》、錢理群著《心靈的探尋》、李歐梵著、尹慧瑉譯《鐵屋中的吶喊》、汪暉著《反抗絕望——魯迅及其文學世界》。

孫郁和黃喬生在總序中寫道：這套《回望魯迅叢書》彙集了國內外有關魯迅的回憶錄和研究文字，是迄今為止關於魯迅研究的一次較為全面和規模較大的文獻彙編。〔註 15〕……回憶魯迅的文字，有多種以專著的形式出版。對寫過專著特別是多種專著的作者，我們一般為其編了專集。例如魯迅的夫人許廣平，就出版過《欣慰的紀念》、《關於魯迅的生活》、《魯迅回憶錄》等專著或文集。我們從中選出若干篇，編成一本《十年攜手共艱危——許廣平憶魯迅》，其特點是偏重講述魯迅的日常生活，而儘量少選她對魯迅的作品和思想進行評價的文字。〔註16〕

《十年攜手共艱危——許廣平憶魯迅》的目錄如下：片斷的記錄；最後的一天；我怕，關於魯迅先生的病中日記和宋慶齡先生的來信；魯迅先生大病時的重要意見；《魯迅全集》編校後記；魯迅和青年們；青年人與魯迅；紀念還不是時候；魯迅先生的日記；魯迅先生與海嬰；魯迅先生的娛樂；魯迅先生的日常生活——起居習慣及飲食嗜好等；魯迅的生活之一；魯迅的生活之二；魯迅先生與家庭；魯迅先生的寫作生活；瑣談；《魯迅年譜》的經過；魯迅《勢所必至，理有固然》附記；魯迅先生對批評的態度；研究魯迅文學遺產的幾個問題；魯迅先生的香煙——紀念魯迅先生逝世九週年；魯迅故居和藏書；關於魯迅的作品·故里·逸事；略談魯迅先生的筆名；魯迅與翻譯；魯迅的日常生活；略談魯迅對祖國文化遺產的一二事；魯迅先生怎樣對待寫作和編輯工作；魯迅的講演與講課；所謂兄弟；我有一次當學生；同情婦女；瞿秋白與魯迅；魯迅手跡和藏書的經過；景雲深處是吾家；回憶魯迅在廣州的時候；魯迅先生生平事蹟創作準備會——許廣平答畫家問座談會記錄；十年攜手共艱危（代後記）（後記為黃喬生所寫）。

〔註15〕孫郁、黃喬生《總序》，許廣平著《十年攜手共艱危——許廣平憶魯迅》總序第 2 頁。

〔註16〕孫郁、黃喬生《總序》，許廣平著《十年攜手共艱危——許廣平憶魯迅》總序第 3 頁。

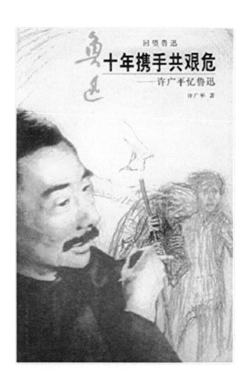

三、許廣平紀念集中的佚文

　　許廣平紀念文集，筆者收集到三種〔註17〕，其中有兩種在後半部分都收

〔註17〕除了本章節提及的兩種外，還有廣東教育出版社 2018 年 12 月出版的《廣遠

入了她的佚文。由民進中央宣傳部、魯迅博物館編的《許廣平》一書由開明出版社 1995 年出版。據具體編者陳漱渝、劉麗華介紹，此書佚文的內容包括三類，第一類屬於回憶性質，其中有對身世和戰鬥歷程的追懷，也有對「五四」時期、「左聯」時期、「孤島」時期戰友的回憶；第二類是許廣平關於婦女運動的有關論文；第三類是許廣平關於民主運動的有關文章；第四類是許廣平的習作和創作。〔註 18〕文章的具體標題依次如下：

我的鬥爭史；我的小學時代；像搗亂，不是學習；新年；校潮參與中我的經歷；風子是我的愛；同行者；從經書上看到的女性；妻的酬金問題；貢獻於全國婦女教育會議；話舊謀新；婦女運動競賽；「三八」話今年；生與死；新興婦女運動與現社會運動之聯繫；悼死慰生；「三八」婦女節感想；我不懂；爭取自由的號角響起來；慰問雷潔瓊先生；還不是可以痛哭的時候；新五四運動；許壽裳著《亡友魯迅印象記》；秋白同志和魯迅相處的時候；一片冰心在玉壺；記「五四」時代天津的幾個女性；憶蕭紅；人才必出學校說；不畏難說；與同學書——論讀書衛生之道；富貴不足為榮說；略談兒童讀物；從養魚想起；鼠和貓的故事；好日子；重振文風；白髮；浪費；千日紅；為了愛；頌普希金；祝《新華日報》；依稀認識的廬山；街頭小景；旅行小感；掃墓記；狂歡之夜；紹興婦女的生活；魔祟（獨幕劇）。

根據筆者查閱，以上佚文皆收入了 1998 年由江蘇文藝出版社出版的《許廣平文集》中。

2000 年由百家出版社出版的《許廣平紀念集》中收入的佚文，則是「從上海魯迅紀念館『朝華文庫許廣平專庫』中擇出的 20 餘篇未刊或未入集文章」〔註 19〕，文章標題依次如下：

我的童年；理想之家庭；冰糖葫蘆；從石榴想起；悼念一個朋友；高爾基和我們——他，全般地愛著人類；馮玉祥先生逝世週年紀念；悼念史沫萊特；民族自覺戰的紀念；中國為什麼勝利；紀念七七；慶賀七一；向中國共產黨學習；中國文學的展望；讀《夜店》；在長崎大會上的發言；在上海人民

平闊——許廣平 120 週年誕辰紀念展》，由廣州魯迅博物館和魯迅文化基金會編。

〔註 18〕 《許廣平》，魯迅博物館、民進中央宣傳部編，開明出版社，1995 年 10 月北京第 1 版第 1 次印刷，第 281 頁。

〔註 19〕 《編後》，《許廣平紀念集》，上海魯迅紀念館編，百家出版社，2000 年 3 月第 1 版第 1 次印刷，第 254 頁。

廣播電臺的講話；題上海《青年報》；五四與婦女；解放中的中國婦女；國統區婦女代表團的介紹；今年紀念「三八」節的意義和任務；偉大的中國人民解放軍教育了我們；蘇聯印象；魯迅雜文選；關於魯迅的生活和創作。

從出版的角度來看，以上三類書（許廣平個人著述、「許廣平文集」、許廣平佚文）更適合專家學者閱讀和研究所用。

四、與魯迅文集合編

許廣平的文章與魯迅的文章合編成一冊書的，目前有兩種。一種是江蘇文藝出版社 1996 年 6 月出版的《愛的吶喊》，分為「魯迅輯」和「許廣平輯」兩個部分，以兩個封面的形式各自展開。還有一種是《橫眉・俯首》，商務印書館 2018 年 9 月出版，這兩本書都是《許廣平文集》的責任編輯之一張昌華所選編的。這兩本書的書名都借用了魯迅眾所周知的關鍵詞，他的小說集《吶喊》以及他的詩歌「橫眉冷對千夫指，俯首甘為儒子牛」。此兩種伉儷散文合集，適合上世紀 90 年代後中國圖書市場對閒情逸致的需求，讀者的定位應該是普通大眾或文學愛好者。

《愛的吶喊》中許廣平的文章標題依次為：魯迅和青年們；魯迅先生的日常生活；魯迅先生的娛樂；魯迅先生的香煙；魯迅先生與家庭；母親；魯迅先生與海嬰；我又一次當學生；最後一天；《遭難前後》節選（人民立場的我；遭難的開始；被解押後；囚徒生活；四天；凌辱的試煉；再煉；受刑之後；新房子；在七十六號；無可補償的損失）；編後記。

《橫眉‧俯首》中許廣平文章的標題依次為：我的小學時代；像搗亂，不是學習；我的鬥爭史；校潮參與中我的經歷；遭難前後；風子是我的愛；致魯瑞（三通）；致朱安（三通）；致周作人（二通）；致胡適（二通）；致蔡元培；致季茀；追憶蕭紅；我所敬的許壽裳先生；慰問雷潔瓊先生；所謂兄弟；內山完造先生；瞿秋白與魯迅；最後的一天；魯迅故居和藏書；魯迅手跡和藏書的經過；為了永恆的紀念——記仙臺魯迅紀念碑揭幕典禮；如果魯迅還在；魔祟（獨幕劇）。

通過以上標題可見，《愛的吶喊》中選編的許廣平的文章的關鍵詞是「魯迅」，《橫眉‧俯首》中所收的許廣平的文章，僅小部分與魯迅相關，主要還是寫自己的經歷和人際交往等。

五、未被再版的文章

1958 年 10 月 7 日～13 日，許廣平隨茅盾、周揚、巴金率領的中國作家代表團出席在蘇聯塔什干（烏茲別克共和國的首都）舉行的亞非作家會議。參加會議的有亞非兩大洲三十多個國家的一百八十多位作家，以及歐洲、美洲、澳洲的一百多位作家。〔註20〕

在 1959 年 9 月出版的書《塔什干精神萬歲——中國作家論亞非作家會議》中編者這樣介紹：此次會議被稱為「文學的萬隆會議」，這次會議精神被稱為「塔什干精神」。在大會上，亞非各國作家就（一）亞非各國文學與文化的發展及其在為人類進步、民主獨立的鬥爭中的作用；（二）亞非各國人民文化的相互關係及其與西方文化的聯繫這兩項議程進行了發言。我國代表茅盾就第一項議程作了題為「為民族獨立和人類進步事業而鬥爭的中國文學」的報告；周揚就第二項議程作了題為「肅清殖民主義的毒害，發展東西方文化的交流」的報告。此外，會議還分成五個專題小組，就（一）兒童文學及其教育意義；（二）婦女對文學的貢獻；（三）亞非國家對戲劇文學的發展；（四）廣播、電影、劇院與文學的聯繫；（五）發展亞非作家之間的友好接觸等五個問題進行了討論。我國作家分別參加這五個專題小組，謝冰心、許廣平兩人被選為第一和第二兩個專題小組的主席。〔註21〕

〔註20〕 《許廣平活動簡表（1948 年 10 月至 1968 年 3 月）》，陳漱渝著《許廣平的一生》，天津人民出版社，1981 年 5 月第 1 版第 1 次印刷，第 159 頁。

〔註21〕 《編者的話》第 3 頁，《塔什干精神萬歲——中國作家論亞非作家會議》，作家出版社，1959 年 9 月北京第 1 版第 1 次印刷。

1958 年 10 月 13 日，亞非作家會議閉幕，會議上一致通過了「亞非作家會議告世界作家書」，並決定在錫蘭成立常設機構──亞非作家常設事務局。1958 年 10 月 22 日，蘇聯政府在莫斯科克林姆林宮舉行盛大酒會，招待亞非各國作家。蘇共中央第一書記、蘇聯部長會議主席赫魯曉夫在酒會上致辭。〔註 22〕

這個由《世界文學》編輯部選編的會議結集名家薈萃，全是當時中國文壇的頂級人物，包括郭沫若、茅盾、巴金、劉白羽、蕭三、戈寶權、郭小川、周揚、冰心、楊沫、葉君健、袁水拍、季羨林等。許廣平寫的兩篇文章是《中國婦女對文學的貢獻》和《塔什干精神》。該書還收入了兩張有許廣平的照片。

〔註 22〕《編者的話》第 3 頁，《塔什干精神萬歲──中國作家論亞非作家會議》。

出席塔什干亞非作家会議中国代表団全体団員合影

筆者一開始以為，《塔什干精神萬歲──中國作家論亞非作家會議》一書

距離現在時間較久遠，又是合集，加上印數僅 5000 冊。比起許廣平五六十年代出版的幾本書〔註 23〕，每次印刷都是幾萬冊，這個數量算很少的。此書可能因此被忽略，從而在後面相關的「許廣平文集」的編選中，因此漏選了這兩篇文章。後經仔細比對與查閱，發現許廣平 1949 年之後發表的一些政論文章或工作報告等多數並沒有被收入「許廣平文集」中。筆者以為不入選的原因有如下幾個：1、這些文字政治性或時效性太強，只為一時一地而作；2、這些文字不具有個人版權，屬於集體創作的範疇；有可能這些文字乃工作秘書所寫；3、編選者認為這些篇章沒有再版價值。

　　江蘇文藝出版社 1998 年出版的《許廣平文集》三卷本中以「新時代」為欄目收入的文章僅 7 篇，篇目見前文。還有百家出版社 2000 年出版的《許廣平紀念集》中收入的佚文部分（篇目見前文）。從全面研究的角度來看，這些篇章也是重要的不可忽略的參考文獻。筆者現將沒有再版的篇目收集列舉如下：

1、《我們對時局的意見》，許廣平等 55 人，原載 1949 年 1 月 25 日《東北日報》；

2、《響應召開世界擁護和平大會中國文化界發表宣言》，許廣平列名，原載 1949 年 4 月 11 日《東北日報》；

3、《革命工作者應該學習魯迅為人民服務的精神》，原載 1949 年 10 月 20 日《光明日報》；

4、《我們需要更好地「學會本領做好工作」》，原載 1950 年 10 月 6 日《中國青年》第 48 期；

5、《三屆二中全會以來》，原載 1951 年 5 月《民進》創刊號；

6、《進入研究》，原載 1951 年 9 月 15 日出版的《文藝新地》第 1 卷第 8 期；

7、《更進一步發揚我們團結與進步的光榮傳統》，原載 1951 年 10 月《民進》第 3 期；

8、《關於新會縣外海鄉地主陳鶴琴事件答覆香港居民李宏業的信》，原載

〔註 23〕 據筆者查閱，人民文學出版社 1951 年 7 月第 1 版 1953 年 8 月第 4 次印刷《欣慰的紀念》，印數為 43000～63000；人民文學出版社 1954 年 6 月第 1 版 1955 年 2 月第 3 次印刷《關於魯迅的生活》，印數為 46500～51500；作家出版社 1961 年 5 月第 1 版 1961 年 5 月第 1 次印刷《魯迅回憶錄》，印數為 21000。

1952 年 1 月 16 日香港《大公報》、香港《文匯報》，同年 4 月《民進》第 4 期轉載；

9、《三屆三中全會以來的組織、宣傳、文教工作報告》，原載 1952 年 9 月《民進》第 6 期；

10、《讓我們更堅強地把保衛和平的事業擔當起來》，原載 1952 年 10 月《民進》第 6 期；

11、《憲法草案宣示了人民民主的勝利》，原載 1954 年 7 月《民進》第 24 期；

12、《發展和鞏固中蘇友好合作，保衛亞洲和世界和平——在中蘇友好協會第二次全國代表大會上的發言》，原載 1954 年 12 月《民進》第 29 期；

13、《我們在前進——看了〈六億人民的意志〉》，原載 1955 年 3 月《大眾電影》第 3 期。

14、《向小學教師們致敬——慶祝「六一」國際兒童節》，原載 1955 年 5 月《小學教師》第 5 期（總第 32 期）；

15、《與胡風思想劃清界限》，原載 1955 年 5 月第 9、10 期；

16、《從胡風事件中取得教訓》，原載 1955 年 6 月《民進》第 36 期；

17、《對待敵人，再不能寬大》，原載 1955 年 12 月《新觀察》第 12 期；

18、《往前看，不要總是往後看》，原載 1955 年 12 月《民進》第 39 期；

19、《認真學習毛主席的講話，正確認識和處理人民內部矛盾》，原載 1957 年 5 月 25 日《民進》第 50 期；

20、《糾正錯誤團結在黨的周圍》，原載 1957 年 8 月 14 日《人民日報》；

21、《關於丁玲、陳企霞反黨集團的活動——在全國婦代會上的發言》，原載 1957 年 9 月 14 日《人民日報》；

22、《新時代的喜悅》，原載 1957 年 10 月《民主與自由》叢刊；

23、《中國民主促進會自我改造競賽決心書》，許廣平等 70 人聯名，原載 1958 年 3 月 10 日《民進整風簡報》第 12 期；

24、《魯迅拔白旗插紅旗的一些事情》，原載 1958 年 10 月 16 日《東海》第 11 期（總第 25 期）；

25、《朝革命的路上變》，原載 1961 年 3 月 25 日《民進》1961 年第 1 期；

26、《中日兩國婦女和人民的友誼是任何力量破壞不了的》，原載 1961 年 5

月 23 日《人民日報》；

27、《和同志們共勉》，原載 1963 年 4 月 5 日《民進》1963 年第 2 期；

28、《回眸時看小於菟（國慶十五週年述懷）》，原載 1964 年 9 月 14 日《人民日報》。

本文的參考書如上圖

寫於 2020 年 1 月 16 日～3 月 21 日

附錄二：許廣平傳記出版 40 年

【摘要】

這是一篇關於許廣平傳記出版（1981～2020）40 年的研究綜述，主要評述了 13 種書籍共四類：許廣平傳記、許廣平紀念文集、「魯迅的學生和伴侶」、「三人行」。根據筆者的閱讀經驗判斷，較有學術參考價值的是陳漱渝的《許廣平的一生》（1981）、李浩的《許廣平畫傳》（2008）、廖久明的《高長虹與魯迅及許廣平》（2005），以及《許廣平》（1995）和《許廣平紀念集》（2000）。文學色彩較濃的則是曾智中的《三人行——魯迅與許廣平、朱安》（2020）、崔冬靖的《師生情緣——魯迅與許廣平》（2015）及范志亭的《魯迅與許廣平》（1986）。

關鍵詞：許廣平傳記；出版；40 年；研究綜述

與許廣平傳記相關的書籍，筆者收集到以下 13 種。

以「許廣平」為主題詞的有六種，其中傳記類三種、紀念文集三種。

1、《許廣平的一生》，陳漱渝著，天津人民出版社 1981 年 5 月第 1 版第 1 次印刷。

2、《許廣平畫傳》，李浩著，上海社會科學院出版社 2008 年 7 月第 1 版第 1 次印刷。

3、《許廣平傳》，陳漱渝著，人民日報出版社 2011 年 12 月第 1 版第 1 次印刷。

4、《許廣平》，魯迅博物館、民進中央宣傳部編，開明出版社 1995 年 10

月北京第 1 版第 1 次印刷。

5、《許廣平紀念集》，上海魯迅紀念館編，百家出版社 2000 年 3 月第 1
版第 1 次印刷。

6、《廣闊平遠——許廣平 120 週年誕辰紀念展》，廣州魯迅文化紀念館、
魯迅文化基金會編，廣東教育出版社 2018 年 12 月第 1 版第 1 次印
刷。

以「魯迅和許廣平」為主題詞的有七種。其中兩種是三個人（一本與高
長虹相關、一本與朱安相關）。

1、《魯迅與許廣平》，范志亭著，河南人民出版社 1986 年 4 月第 1 版第 1
次印刷。

2、《魯迅與許廣平》，張恩和著，中國青年出版社 1995 年 1 月北京第 1
版第 1 次印刷。

3、《魯迅與許廣平》，倪墨炎、陳九英著，世紀出版集團、上海書店出版
社 2001 年 1 月第 1 版第 1 次印刷。

4、《以沫相濡亦可哀——魯迅與許廣平的情愛世界》，龍呂黃、劉世洋
編，東方出版社 2008 年 4 月第 1 版 2008 年 8 月第 2 次印刷。

5、《師生情緣——魯迅與許廣平》，崔冬靖著，山西出版傳媒集團、北嶽
文藝出版社 2015 年 1 月第 1 版 2015 年 2 月北京第 1 次印刷。

6、《高長虹與魯迅及許廣平》，廖久明著，東方出版社 2005 年 1 月第 1
版第 1 次印刷。

7、《三人行——魯迅與許廣平、朱安》，曾智中著，四川文藝出版社 2020
年 1 月第 1 版第 1 次印刷。

以上提及的書，根據筆者的閱讀經驗判斷，較有學術參考價值的是陳漱
渝的《許廣平的一生》（1981）、李浩的《許廣平畫傳》（2008）、廖久明的《高
長虹與魯迅及許廣平》（2005），以及《許廣平》（1995）和《許廣平紀念集》
（2000）。文學色彩較濃的則是曾智中的《三人行——魯迅與許廣平、朱安》
（2020）、崔冬靖的《師生情緣——魯迅與許廣平》（2015）及范志亭的《魯
迅與許廣平》（1986）。

一、許廣平傳記

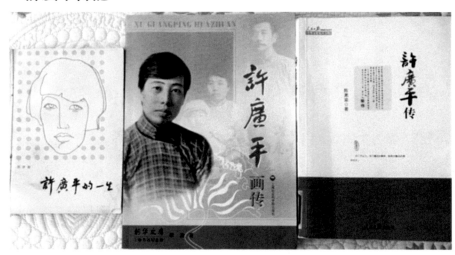

　　最早的一本許廣平的傳記寫於 1981 年，是陳漱渝的《許廣平的一生》，30 年之後，陳漱渝將此書改為《許廣平傳》於 2011 年在人民日報出版社推出。

　　陳漱渝是湖南長沙人，他曾擔任魯迅博物館副館長兼魯迅研究室主任。著有《魯迅與女師大學生運動》、《魯迅在北京》、《魯迅史實新探》、《民族魂——魯迅的一生》、《魯迅實史求真錄》等；編有《中國民權保障同盟》（史料）、《魯迅序跋》、《魯迅語錄》、《一個也都不寬恕——魯迅和他的論敵》、《看，這個醜陋的中國人——柏楊其人其事》等。參加《魯迅全集》（1981年版）、《郭沫若文集》（1992 年版）的部分注釋定稿工作；並出任 2005 年版《魯迅全集》的編輯修訂委員會副主任。〔註1〕

　　作者陳漱渝與許廣平並無交往，他的寫作力求真實。他在 1981 年出版的《許廣平的一生》的後記中寫道：

　　　　今年（筆者按：指 1980 年）七、八月間，我利用業餘時間寫
　　　　成了這本《許廣平傳》。後來根據陳翰笙同志〔註2〕的意見，又易
　　　　名為《許廣平的一生》。我曾先後參加《魯迅年譜》和《魯迅日記》

〔註1〕作者簡介，《許廣平傳》封面勒口處，人民日報出版社 2011 年 12 月第 1 版第 1 次印刷。

〔註2〕根據百度百科，陳翰笙（1897～2004），原名陳樞，中國早期馬克思主義的農村經濟學家、社會學家、歷史學家、社會活動家，中國社會科學院世界歷史研究所名譽所長。20 世紀 30 年代中國農村經濟研究會的創始人。

（上卷）的注釋定稿工作，嘗到了中國現代人物傳記和人名辭典缺少的苦頭。有時僅僅為了注釋一個人物的生卒年月，就需要進行大量調訪工作，甚至求助於公安部門和國外的有關工具書。這就激發了我撰寫現代人物傳記的願望，而為許廣平作傳則是我實踐這一心願的初步嘗試。毋庸諱言，在「四人幫」橫行的歲月裏，傳記文學曾經被他們用來作為製造現代迷信、影射比附時事的工具，產生了極為惡劣的政治影響。

傳記文學的力量和價值首先來源於嚴格的真實。在寫作過程中，我力求體現這種實事求是的精神。我和許廣平同志並無一面之緣，對她毫無感性認識，這就決定了我無力將她的一生描寫得更富有文學色彩。撰寫這本小書時，我主要依據的是有關文獻資料，只有少量素材得之於許廣平生前友好的回憶。所以嚴格說來，這本書更接近於所謂「實錄」，所採寫的基本史實均有案可稽，就連生活細節的描寫也沒有虛構的成份。

許廣平曾經談到，魯迅的可取之處是在於他的平凡。她要求人們把魯迅看作一個「道道地地的普通人」，不要「當他是神、是偶像、是化石，對他抱著『生意眼』的態度。」我想，對於許廣平本人更應該作如是觀。當然，許廣平身上也另有為其他普通人所不及的地方。人們憶念她，是因為她曾經跟魯迅共同經歷了充滿風暴和坎坷，流亡和勞苦，誹謗和打擊的艱難歲月；人們憶念她，還由於她繼承了魯迅的遺志，賡續了魯迅的事業，不僅為宣傳魯迅、研究魯迅、保衛魯迅進行了不懈的努力，而且積極參加了黨領導下的革命鬥爭，在開展婦女運動，發展革命統一戰線和促進世界人民的文化交流及友好往來等方面作出了自己的貢獻。正因為如此，記敘許廣平的一生，就不是單為了介紹她個人的經歷，同時還能以波瀾壯闊的現代歷史進程為經，以許廣平跟她的同時代人在黨的領導下共同參加的革命鬥爭為緯，在中國現代史的長卷上織出不可或缺的一角。〔註3〕

此書中周海嬰的一篇文章放在書的正文前面，講出他對母親的看法，他也強調許廣平的平凡與普通，還特別談及她的犧牲精神。此文寫於 1980 年 9

〔註3〕陳漱渝《後記》，陳漱渝著《許廣平的一生》第217～219頁。

月 25 日魯迅誕辰 99 年。他這樣寫道：

　　我覺得，我的母親並不是什麼聲名顯赫的偉人，而只是一名普通、平凡的中國婦女，但由於她在青年時代就被五四運動的號角喚醒，較早投生於反帝反封建的洪流，並在中國共產黨的領導和教育下，逐漸成長為無產階級先鋒隊中的一名戰士，所以如實地把她的一生記錄下來，也許可以反映出大時代的一個側面。

　　我深切感到，我母親身上一個顯著的特點，是她的犧牲精神。我母親在求學期間，以「笨鳥先飛」的毅力刻苦學習，成績經常名列前茅；在五四運動和女師大學生運動中，她更是勇於衝鋒陷陣。以能力和才華而論，她畢業之後是有條件獨立作出一番事業的。然而母親目睹父親在家庭生活和社會鬥爭中所遭遇的重重困難，便毅然犧牲自己全力幫助我的父親。她清晰地看到，當好父親的助手，比她獨立服務於社會將對祖國和人民更為有利。父親在跟母親共同生活的十年中，在寫作方面所取得的成績竟超過了此前的二十年，這就是對我母親自我犧牲所作出的巨大報償。如果沒有母親的精心照顧和協同作戰，父親就不可能做這麼多工作，甚至可能會更早地被死神奪去生命。

　　母親的犧牲精神，不僅表現在處理跟我父親的關係方面，而且在革命鬥爭中也閃耀出了熠熠光華。父親去世之後，她積極參加了黨領導下的抗日救亡運動，因而當上海租界被日軍佔領之後，在上海文化界進步人士中她第一個被捕，並遭到了日本憲兵的毒刑拷打。在生死關頭，她堅守的信條就是「犧牲自己，保全同志；犧牲個人，保全團體。」這種崇高的犧牲精神，支持她戰勝了人間少有的磨難。鄭振鐸同志稱她為「中華民族的女戰士」，就是對她這種犧牲精神所做的襃獎。

　　在對待自己後事的安排上，母親所表現的自我犧牲精神也是極為感人的。由於一生飽經憂患，母親晚年患有二度心衰。當她預感到將不久於人世時，曾事先留下了一份遺囑，要求把自己的屍體「供醫學解剖、化驗，甚至尸解，化為灰燼，作肥料入土，以利農業。」母親的這種思想，並不是偶然產生的。早在 1925 年 6 月 1 日，母親在給父親的信中就談到願將屍體「供醫學上解剖，

冀於世不無小補」。母親的這種犧牲精神，對於在處理喪事問題上破舊俗、開新風，也起到了很好的帶動作用。母親去世之後，我們按照她的遺囑，將她的遺體火化，把骨灰撒在土地上，實現了她再三囑咐的死後也要為人民服務的遺願。

母親在她七十年的生涯中，從事了多方面的活動。她的最為人們熟知的貢獻，是保存魯迅文化遺產、宣傳魯迅光輝業績。

母親生前不知跟我說過多少次：「海嬰，你要知道，我作為一個女人，在你爸爸死後掙扎著生活過來，是多麼的不容易。」那時，許家把她跟父親的自由結合視為叛逆，因而斷絕了跟她的聯繫；周作人不承認她跟父親的婚姻關係，反而薄待我的祖母、私售我父親的藏書，間接給母親施加壓力。至於母親在敵偽橫行的上海所經歷的種種苦難，更是難以盡述。在這種艱難險惡的處境中，支持母親頑強生活下來的精神支柱，就是保存魯迅遺物。她堅信暗夜必將消逝，曙光即將顯露。在「天亮」之後，她要把魯迅為人民創造的精神財富完好無損地交還給人民。

母親認為，魯迅的稿酬，應當主要用於紀念魯迅的事業方面。早在抗戰剛剛勝利的時候，友人從重慶返滬，支付給母親一筆當地書店出版魯迅作品的版稅。母親便用這筆錢重修了她親自設計的位於上海萬國公墓的魯迅墓地。1948 年冬，母親初到東北解放區，當地書店也曾用紙幣支付了一筆魯迅作品版稅。母親瞭解到這些書店是黨支持開辦的，便讓我將這些紙幣兌換成金條，全部捐贈給東北魯藝。1950 年，蘇北發生水災，母親又把積攢下來的稿費兩億元（折合現在兩萬元人民幣）獻出來作為災民寒衣捐。籌辦上海魯迅紀念館和北京魯迅博物館時，母親無償捐贈了魯迅上海故居和北京故居的全部遺物。有些東西本來是可以留作自用的，比如上海故居的縫紉機和一些傢具、藥品等，但為了保存故居原貌，母親一件也沒有保留，舉家北遷之後才用自己的工資重新購買了這些生活必需品。又如陳師曾饋贈父親的親筆畫，現在已成為稀世之寶，本來留下幾幀作為紀念亦無不可，但母親也未據為私有。為了使魯迅著作能以較低售價供讀者購置，母親又斷

然將魯迅著作的出版權和全部版稅上交國家出版部門，自己未取分文。就連母親本人的一些未刊稿和與魯迅研究有關的信札，她也捐獻給了有關部門。母親去世之後，我們多次清理她的遺物，除了找到一些照片、剪報和母親已刊文章的原稿以外，幾乎再沒有其他東西了。近年來，我有機會三次赴日訪問，接觸到一些日本友人，他們對魯迅的一紙一墨都十分喜愛。當我用魯迅印章蓋成印譜作為紀念品送給他們時，他們非常感謝，視為珍寶。還有一位日本朋友說：「我知道魯迅的手跡是花錢也買不到的。如能得到，我甘願傾家蕩產。」這位日本友人的話雖然帶有一定的文學色彩，但卻真摯地表達了世界人民尊崇魯迅的友好感情，同時也說明母親捐獻的遺物其價值是難以用金錢估量的。〔註4〕

此書由唐弢作序。他的序言寫於 1980 年 9 月 20 日的北京，從一個文學史家的角度講出 1949 年之後中國傳記文學的疲弱狀況，也順帶評價了此書的寫作情況。

序言開頭講了上世紀 30 年代他和郁達夫在上海時談及傳記文學。郁達夫認為，傳記文學在中國有悠久的歷史，不說別的，翻開一部《史記》，不論是《項羽本紀》、《留侯世家》，還是《孟嘗君列傳》，都是出色的傳記文學。只是這個傳統沒有得到繼承和發揚，時至今日，反而看不到一部內容結實的作品，卻讓膚淺的《文人畫像》、《文壇印象記》之類，充斥書市，取正規的傳記文學而代之了。〔註5〕

唐弢指出：幾十年匆匆逝去，傳記文學依舊是學術方面薄弱的一環。直到最近幾年，受到西方出版界的影響，才算有人注意，出了幾種關於政治和文化方面的重要人物的傳記，勉強填補了空白。自然，我們至今還是沒有寫過《雪萊傳》、《拜倫傳》和《服爾德傳》那樣作品的莫羅珂，也沒有寫過《莎士比亞傳》、《王爾德傳》和《蕭伯納傳》那樣作品的赫理斯，更不用說寫過《貝多芬傳》、《米開朗基羅》和《托爾斯泰傳》的羅曼羅蘭了。這些傳記作家以敏銳的觸覺伸入偉大的心靈，「從一個人看一個新世界」，像巴比塞的《斯大林傳》那樣，他們寫出了一個情緒的世界，一個精神和道德的世界，一個絢麗多彩的充滿藝術創造的世界。——通過對象的不同的經歷，給人以耳目

〔註4〕周海嬰《寫在前面》，陳漱渝著《許廣平的一生》第 4～6 頁。

〔註5〕唐弢《序》第 1 頁，陳漱渝著《許廣平的一生》。

一新的感覺。〔註6〕

　　唐弢寫道：就我們國內而言，的確，傳記文學還只是開始，剛剛邁出了第一步。每個傳記文學作者對於自己的人物，無論寫的是政治家還是藝術家，都需有比較詳盡細緻的瞭解，特別是對人物的性格和氣質的瞭解。因此，我們不但要向外國已有定評的傳記文學作品學習，更重要的是，還得從祖國古典名著中吸取歷史的營養──這種歷史的營養，是我們這個國家幾千年來綿延不絕的民族習氣和生活情愫的體現，沒有別的東西可以代表或頂替。

　　他特意指出：傳記文學本身含有一般的歷史的因素，又含有一般的文學作品的因素；但它既不是歷史，也不是文學作品。現有的寫得較好的傳記，大抵能把握對象，運用歷史和文學的特點，施展手法，別出心裁，真實地賦予自己的人物以生命。人物在紙上活了，這就意味著，一部好的文學傳記誕生了。文學傳記裏的人物和文學作品裏的人物不一樣，如果活動在文學傳記裏的人物顯得乾癟，面黃肌瘦，有氣無力，我以為往往不是由於作者生活單薄、手頭掌握的材料不足，而是他本身吸收的歷史的營養太少，沒有力量將長期以來沁入人物心底的民族習氣和生活情愫開掘出來，使人物更為豐腴，更有情趣，一舉一動，一顰一笑，更能符合於歷史的真實的細節；如果寫的是政治或者文化方面重要的人物，這種營養對我們說來尤其是不可或少了。〔註7〕

　　唐弢這樣看許廣平和陳漱渝對她的書寫：無論在政治上或者在文化上，景宋（許廣平）先生都不是一個叱吒一世、氣蓋山河的人物，漱渝同志看來也無意將她寫成這模樣。自然，作為一部反映時代眉目的傳記，主角有她自己的事業，有她自己的獨立的人格，一個女戰士或者一個婦女運動家，這是毫不足怪的；但人們也可以看出，作者的筆觸又常常偏到另一方面，例如「同行者」、「十年攜手共艱危」、「她活在魯迅的事業中」等等，抒寫的就完全是另一回事，另一種形象了。漱渝同志是研究魯迅的，他這樣來寫景宋先生，完全在意料之中，我想，這或者倒不失為駕輕就熟，實事求是之一途吧。〔註8〕

　　該書的目錄如下：

〔註6〕唐弢《序》第1頁，陳漱渝著《許廣平的一生》。
〔註7〕唐弢《序》第2頁，陳漱渝著《許廣平的一生》。
〔註8〕唐弢《序》第3頁，陳漱渝著《許廣平的一生》。

序（唐弢）；寫在前面（周海嬰）。

第一章、舊禮教的叛逆者；第二章、五四運動的洗禮；第三章、女師大風潮中的「害馬」；第四章、同行者；第五章、在大革命的風暴中；第六章、「十年攜手共艱危」；第七章、圍城中的鬥爭；第八章、中華民族的女戰士；第九章、為和平民主而呼喊；第十章、在第二條戰線上；第十一章、把一切獻給黨；第十二章、她活在魯迅的事業中。

附錄：許廣平的家庭生活鱗爪；許廣平活動簡表；許廣平著述編目；回憶景宋先生（王永昌）。後記。

2011 年在人民日報出版社推出的《許廣平傳》，與 30 年前的《許廣平的一生》比較，沒有了唐弢的序言和周海嬰的「寫在前面」，開篇就直接進入正文。附錄內容中，則刪去了王永昌的《回憶景宋先生》。另外，加入了陳漱渝的另外三篇文章《愛的思索：許廣平的佚文〈結婚的筵宴〉》、《都是〈魔祟〉惹的禍》、《我讀許廣平〈魯迅回憶錄〉（手稿本）》，以及「再版後記」。另外，還在每一章的標題部分增加了一些許廣平的黑白照片。

陳漱渝在再版後記中寫道：本書初版是為了紀念魯迅誕生一百週年；本書再版又趕上了魯迅誕生一百三十週年。1995 年，在這本書的基礎上，我和傳記作家丁言昭又合作編寫了一本《許廣平的故事》，作為向第四次世界婦女大會的獻禮。1998 年是許廣平誕辰一百週年，我跟同仁劉麗華合編了一本《許廣平紀念集》作為紀念。2008 年，我又應民進中央宣傳部之約，為民進的機關刊物《民主》撰寫了紀念文章：《那火焰般燃燒的木棉——紀念許廣平誕生一百一十週年》。三十餘年我堅持這樣做，既是為了紀念許廣平，也是為了紀念魯迅。

陳漱渝聲稱，他沒有修正本書中的任何重要觀點和史實，僅僅對個別提法進行了潤飾，如將「國民黨反動派」修訂為「國民黨當局」或「國民黨政府」，以與《魯迅全集》注釋的文風保持一致。初版之後出現的一些新見解或新史料，在修訂過程中採用加注的方式進行說明。〔註9〕

畫傳，「畫」字有兩個意思。一是「畫」作繪畫解，此時「畫傳」專指《畫傳》，比如清代的《芥子園畫譜》，1998 年曾據此出版的《新編芥子園畫傳》；二是「畫」作圖畫解，包括照片、圖片等，此時「畫傳」一般指人物畫傳。

〔註9〕陳漱渝《再版後記》，陳漱渝著《許廣平傳》第 307〜308 頁，人民日報出版社 2011 年 12 月第 1 版第 1 次印刷。

人物畫傳指以圖片和文字兩個主導元素，反映傳主的生活歷史、生平狀況、精神面貌、主要貢獻等的紙質書籍或電子文本讀物。

據說人物畫傳的起源受到了 20 世紀 30 年代豐子愷畫的《阿 Q 正傳》、程十發畫的《孔乙己》連環畫、張樂平的《小咪畫傳》等的啟發。2000 年之後，人物畫傳開始熱起來。最早的應該是上海古籍出版社 2000 年出版的《弘一法師畫傳》、華藝出版社 2001 年出版的《孔子畫傳》、中央文獻出版社 2001 年出版的《開國元勳畫傳》、上海辭書出版社 2001 年出版的《魯迅畫傳》等。2003 年年底畫傳出版突然升溫，其火爆程度可以作家出版社出版的「世紀華人畫傳叢書」為例。這部叢書的第一本《宋美齡畫傳》，在短短的一年時間裏，連續印製了 20 版，並且有美國版、日本版、臺灣版、香港版、韓國版等數個版本。接著，叢書作者師永剛又編撰了第二本《鄧麗君畫傳》，在 2004 年 2 月份推出後走俏，並創造了在大陸、臺灣、香港三地發行的盛況。這套叢書在中國大陸引發了人物畫傳熱。〔註 10〕

李浩的著作《許廣平畫傳》正是在這樣的時代氛圍下誕生。此書的出版時間選在 2008 年，是許廣平誕辰 110 週年、逝世 40 週年紀念，也是許廣平主持的《魯迅全集》出版 70 週年紀念。為了彰顯許廣平為魯迅文化遺產保護、傳佈所做出的傑出的、不可替代的特殊貢獻，上海魯迅紀念館安排了該書的撰寫與出版。〔註 11〕李浩為上海魯迅紀念館研究館員。該書目錄如下：從廣州到北京；遺產與愛情；相濡以沫；沿著魯迅的道路；參考書目；後記。

從目錄的設置上可以看出《許廣平畫傳》的寫作編排很有意味，「從廣州到北京」的主語是許廣平；「遺產與愛情」的主語指的是魯迅；「相濡以沫」是兩人的上海十年；「沿著魯迅的道路」主語又回到許廣平。既有大時代的宏觀視角，又有個體的成長生活軌跡，還從篇幅的均衡上體現並考量到書寫主人翁的主體性，而畫傳的形式在加入大量人物圖片之後，令此嚴謹的學術作品顯出親和的姿態，是一部優秀的許廣平個人傳記，體現了新一代許廣平研究者的嶄新思考和學術積澱。也是筆者此文寫作中提及的與許廣平相關的傳記中，最受筆者推崇的一部書。

〔註 10〕 根據百度百科詞條「畫傳」整編。

〔註 11〕 李浩《後記》，李浩著《許廣平畫傳》第 174 頁，上海社會科學院出版社 2008 年 7 月第 1 版第 1 次印刷。

二、許廣平紀念文集

　　筆者收集到的許廣平紀念文集有如下三種：《許廣平》（1995）、《許廣平紀念集》（2000）、《廣闊平遠——許廣平 120 週年誕辰紀念展》（2018）。

　　開明出版社的《許廣平》一書包括兩部分：緬懷許廣平和許廣平佚文。緬懷的文章作者和題目依次如下：吳大琨的《重新追悼許廣平同志》、李霽野的《紀念許廣平同志》、唐弢的《「忘記了自己」的景宋同志》、柯靈的《上海淪陷時期的許廣平》、丁景唐的《憶念許廣平同志二三事》、王士菁的《真摯的愛情，無私的奉獻——紀念許廣平同志》、梅志的《難忘的笑容——懷念許廣平先生》、于藍的《許廣平的風采》、凌山的《畢生難忘的許廣平先生》、童禮娟的《憶許廣平二三事》、章貴的《許廣平三訪魯迅故鄉》、劉皓的《我所瞭解的許廣平及其心目中的魯迅》、王永昌的《回憶景宋先生》、葉淑穗的《難忘的恩澤　永遠的懷念》、周國偉、凌月麟的《「要把一切還給魯迅——深切懷念許廣平先生》。

　　百家出版社的《許廣平紀念集》包括以下幾個板塊：紀念與追思；研究；佚文；唁電、唁函選；許廣平遺囑。「紀念與追思」的文章的作者和題目依次如下：黃源的《紀念許廣平同志》、王力平的《海嬰帶來的話》、劉恒橡的《緬懷民主鬥士許廣平》、孟燕堃的《上海婦女學習的楷模》、方全林的《做魯迅精神的積極宣傳者和傳播者》、柯靈、陳國容的《深切懷念景宋先生》、方行的《紀念許先生百年誕辰》、袁雪芬的《許廣平指引我走上革命道路》、吳企堯《1948 年護送許廣平離滬赴港的經過》、丁景唐的《在魯迅精神感召下的紀

念》、姚慶雄《熱情廣懷　親切指導——回憶許先生二三事》、吳海發的《回憶許廣平先生》、周七康《回憶和許廣平做鄰居的日子》、孫振啟的《許廣平先生對少年兒童無微不至的關懷》。

　　「研究」文章的作者和題目依次如下：王錫榮的《關於許廣平對魯迅研究的貢獻》、陳鳴樹的《平凡而偉大的女性——紀念許廣平同志誕辰一百週年》、潘頌德的《許廣平對婦女運動理論建設的貢獻》、倪墨炎的《許廣平遭難前後》、哈九增的《許廣平先生——民族靈魂的傑出體現者》、周國偉《神聖的信條　嚴峻的考驗——略述許廣平的愛國主義精神》、張小紅的《十年攜手共艱危——許廣平與魯迅》、陸米強的《許廣平與上海婦女難民救濟會——記許廣平的一封親筆信》、李浩的《「凡我所知，願努力以赴」——讀許廣平致上海魯迅紀念館信》、楊志華《一絲不苟　竭盡全力——讀許廣平對〈魯迅全集〉批註的淺感》、凌月麟的《傑出的女性　崇高的形象——許廣平遺物接運散記》。

　　《廣闊平遠——許廣平 120 週年誕辰紀念展》由廣東教育出版社出版，是一本用銅版紙印製的畫冊，主要由照片和圖片說明組成。該書在前言部分收入了許廣平的長孫周令飛所寫的《我的祖母許廣平》和廣州魯迅紀念館館長吳武林的《相逢此館有因緣》兩篇文章，目錄依次為：耳環、尺素、線團和向日葵。這四個詞的意象都很女性化，用的也是其象徵意味。書的裝幀設計很是時尚。內容按時間順序編排依次為：許廣平的青少年時代、與魯迅相戀、結婚生子及 1949 年之後。

三、魯迅的學生和伴侶

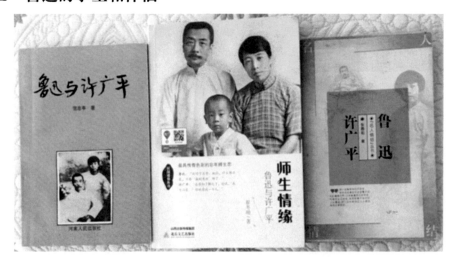

　　以「魯迅與許廣平」為關鍵詞的書籍書寫，筆者收集到的有四種，也就是說，從 1986 年至 2015 年大約 40 年中出版了如下五種。在這裡，許廣平是作為「魯迅的學生和伴侶」的身份被書寫的。

　　1、《魯迅與許廣平》，范志亭著，河南人民出版社 1986 年 4 月第 1 版第 1 次印刷。

　　2、《魯迅與許廣平》，張恩和著，中國青年出版社 1995 年 1 月北京第 1 版第 1 次印刷。

　　3、《魯迅與許廣平》，倪墨炎、陳九英著，上海書店出版社 2001 年 6 月第 1 版第 1 次印刷。

　　4、《以沫相濡亦可哀──魯迅與許廣平的情愛世界》，龍呂黃、劉世洋編，東方出版社 2008 年 4 月第 1 版 2008 年 8 月第 2 次印刷。

　　5、《師生情緣──魯迅與許廣平》，崔冬靖著，山西出版傳媒集團、北嶽文藝出版社 2015 年 1 月第 1 版 2015 年 2 月北京第 1 次印刷。

　　范志亭在 80 年代出版的書後記中寫道：我寫這本書，原因是我愛魯迅，愛他的著作、他的事蹟，乃至他的隻言片語。〔註 12〕此書的寫作得到曹靖華和李何林兩位老人以及周海嬰的幫助和指教。86 歲高齡的曹老依然勞作不息，他說：魯迅當年就替青年看稿，千千萬萬的青年都得到他的關懷和幫助，我就是其中的一個。」〔註 13〕此書總共 8 章，其中以 4 章的篇幅寫了上海生活。目錄如下：小引；第一章、相似的身世（一、相似的家庭；二、相似的叛逆性格；三、相似的婚姻遭遇；）第二章、師與生（一、相遇；二、「害馬」與「學匪」；三、相愛）；第三章、在熱戀中（一、聚散匆匆；二、兩情依依；三、聚會羊城；）第四章、上海生活（一）（一、新婚；二、偉大的犧牲；三、幸福的家庭；）第五章、上海生活（二）（一、普通的生活；二、以沫相濡；三、母親、兒子、兒媳；）第六章、上海生活（三）（一、青年們的家；二、共產黨人最親密的同志；三、異邦友人的朋友；）第七章、上海生活（四）（一、一場出色的戰鬥；二、同死神搏鬥；三、民族的葬禮；）第八章、衛星的閃光（一、挑起魯迅的擔子；二、繼承魯迅的事業；三、保護魯迅的遺物；）後記。

〔註 12〕范志亭《後記》，范志亭著《魯迅與許廣平》第 243 頁，河南人民出版社 1986 年 4 月第 1 版第 1 次印刷。

〔註 13〕范志亭《後記》，范志亭著《魯迅與許廣平》第 244 頁。

　　張恩和在著作的引言中寫道：「魯迅和許廣平的結合，不應該說是「英雄美人」或「才子佳人」的結合，而應該看成是英雄和英雄的結合。」〔註14〕此書上篇為張恩和所寫的兩人情感故事，下篇為魯迅和許廣平的通信。上篇的目錄為：引言；第一章、相逢何必曾相識（一、漂泊的小船；二、相會在古城；三、鴻雁起飛；四、尋找精神上的支柱；）第二章、人生難得是知己（一、探險「秘密窩」；二、讓感情生長出翅膀；三、湧動的風潮；四、迅速縮短距離；）第三章、雨驟風狂天地間（一、狂風乍起；二、英雄本色；三、「風子是我的愛」；四、直面慘淡的人生；五、新的抉擇；）第四章、大鵬比翼東南飛（一、奔向新天地；二、兩地總關情；三「插足」的「插曲」；四、去留問題；五、相聚粵海；）第五章、相濡以沫見真情（一、「大夜」映「璧月」；二、歷史的回音；三、多情亦豪傑；四、戰鬥的幸福；）餘緒。下篇的通信內容包括：一、北京時期（1925.3～8）；二、廈門—廣州（1926.9～1927.1）；三、上海—北平（1929.5～6.）；四、上海—北平（1932.11）。

　　周海嬰為倪墨炎和陳九英的合著提供了多幅珍貴的照片，他在作序時介紹：倪墨炎和魯迅同是紹興人，他幾十年來鑽研魯迅著作，寫過《魯迅舊詩淺說》、《魯迅後期思想研究》、《魯迅革命活動考述》等著作。這本書寫作態度嚴謹，以史實為本，不事虛構，從父母的師生接觸開始，由尊重敬佩到產生感情，寫到雙方各自衝破阻力，攀越到愛情的至高點——婚姻，寫得生動可信。〔註15〕

　　倪墨炎和陳九英的合著一開始在《文匯讀書週報》上連載。據該文編輯劉緒源說：「稿子很受關注，偶有停載，便有讀者寫信或打電話來責問；有時印錯了幾個字，馬上會有來自不同渠道的內行的讀者提出更正；連載未滿三分之一，一家家出版社就找上門來，要與作者商談出版事宜。後經墨炎先生證實，前後共有九家出版社找過他。」〔註16〕劉緒源還指出，此書的新意之一在於認為：早在北師大鬧學潮的時候，許廣平曾暫住魯迅家中，當時兩人便已同居。「作者是從一些外圍材料入手進行這一研究的，其中主要是根據許

〔註14〕張恩和《引言》，張恩和著《魯迅與許廣平》第4～5頁，中國青年出版社1995年1月北京第1版第1次印刷。

〔註15〕海嬰《序一》，倪墨炎、陳九英著《魯迅與許廣平》第1～2頁，上海書店出版社2001年6月第1版第1次印刷。

〔註16〕劉緒源《序二》，倪墨炎、陳九英著《魯迅與許廣平》第6頁，上海書店出版社2001年6月第1版第1次印刷。

廣平的作品，尤其是一篇名為《魔祟》的獨幕劇。」〔註17〕

　　該書目錄除了「小引」和「尾聲」在，總共分為 47 小節來布局謀篇，這樣的編排，明顯適合報章用以連載。小節的標題依次為：1、「滿天星斗」的教師；2、第一封信；3、上門探視；4、支持「害馬」；5、醉打許廣平；6、通信之謎；7、廣平躲進魯迅住宅；8、為先生不平；9、師母朱安；10、許羨蘇；11、廣平的初戀；12、魯迅被免職；13、定情；14、愛情有新的發展；15、臘葉的故事；16、勝利的喜悅；17、慘案發生以後；18、廣平的雜文；19、雙雙南下；20、兩地相思；21、高長虹的鬧劇；22、傳說；23、離開廈門；24、溫馨的生活；25、演講臺上；26、為魯迅說話；27、魯迅辭職和廣平脫黨；28、公開宣布結合；29、忘記自己；30、大熱天遊杭州；31、小別情依依；32、朱安自喻「蝸牛」；33、語堂是阿木；34、幸福的日子；35、五十得子的欣喜；36、王阿花；37、不愉快的時候；38、再次小別；39、出版《兩地書》；40、以沫相濡共艱危；41、關於妓女；42、蕭紅；43、魯迅病重；44、天人永隔的悲痛；45、萬人空巷弔魯迅；46、救國會與魯迅出殯；47、力量源泉是愛情。

　　倪墨炎在後記中指出，他寫作此書的動機是因為 1991 年下半年所寫的《魯迅與許廣平的愛情生活》在《上海灘》雜誌上刊出後被十幾家報刊全文或摘要轉載，於是醞釀以報章連載文字的形式來寫。1998 年 10 月他開始動筆，用了近半年的時間寫了 15 節，之後在編輯劉緒源的鼓勵之下一邊刊出一邊往下寫。其寫作理念是：「要有新材料，要有新見解，既要使一般讀者讀得下去，又要使圈子裏的人（指熟悉現代文學的人）感到有新意。」〔註18〕他和陳九英的分工是這樣的，「我每寫好一節，由陳九英先讀一遍，長了她認為哪裏可刪、可壓，短了她出主意可增加什麼內容，有時她就動手修改。我們生活在一起，她也閱讀了不少魯迅、許廣平的書，不少材料是她找來的。文章寄出前，文中魯迅、許廣平的引文，都由她核對一遍。在成書之前，我們兩人又對原稿進行了清理，並增補了幾節。」〔註19〕

〔註17〕劉緒源《序二》，倪墨炎、陳九英著《魯迅與許廣平》第 7 頁。
〔註18〕倪墨炎《後記》，倪墨炎、陳九英著《魯迅與許廣平》第 214 頁。
〔註19〕倪墨炎《後記》，倪墨炎、陳九英著《魯迅與許廣平》第 216 頁。

　　由龍呂黃、劉世洋合編的《以沫相濡亦可哀——魯迅與許廣平的情愛世界》除了緒論和最後的「魯迅許廣平大事記」外，全書分為七章，目錄如下：第一章、緣繫京華兩相知（相逢何必曾相識；學潮浪裏；鴻信初遞；探視「秘密窩」；母親饋贈的「禮物」；同是天涯淪落人；紅杏情初透）；第二章、志同道合心相印（避難魯宅；「風子是我的愛」；《臘葉》情深；直面慘淡人生；出走紫禁城）；第三章、情濃深處兩地思（青鳥頻傳雲外信；「逢蒙」與「后羿」；我可以愛；辭離廈大）；第四章、花城聚首共攜牽（重聚廣州；助理和「私人翻譯」；道不同不相為謀）；第五章、比翼攜飛情依依（沒有儀式的婚禮；暢遊杭州；永遠的師生情；小別情愈濃；可憫的「蝸牛」）；第六章（愛的奉獻；尋常夫妻情亦真；風雨如晦共艱危；永遠的驛站；當病魔悄然襲來；悲痛的告別）；第七章此「愛」綿綿無絕期（「魂兮歸來」；欣慰的紀念；活在魯迅的事業裏）。

　　崔冬靖在著作的前言中說：「不論魯迅在文壇抑或是革命中取得了多少成就，許廣平始終都不是單純依附他的蔓藤。她獨立、知性，她就守在他的身旁，沒有任何人能取代她的位置。他們是師生，是戰友，更是靈魂的伴侶。」[註20]此書定位為「最具傳奇色彩的忘年師生戀」，為了與之前的幾種書區分開來，主標題就是「師生情緣」。全文共分為七章（卷），目錄如下：第一卷、落花時節始逢君（十月京都始相逢、鴻雁緣牽師生情、與子同袍共抗敵、

〔註20〕　崔冬靖《前言》，崔冬靖著《師生情緣——魯迅與許廣平》第 7 頁，山西出版傳媒集團、北嶽文藝出版社 2015 年 1 月第 1 版 2015 年 2 月北京第 1 次印刷。

上門探視增情誼）；第二卷、風雨人生貴相知（良師益友解「苦悶」、烏雲壓城迎風潮、患難之中情萌動、紅粉知己許羨蘇；端午小聚現端倪）；第三卷、敵愾同仇共患難（避風港灣尋守護、風波未平遭苦難、攜手抗爭初勝利、一往情深始定情、直面慘淡寄哀思、為愛抉擇赴遠方）；第四卷、天涯海角思無盡（雙雙南下新天地、兩地分離訴相思、愛與被愛的權利、何去何從未來路）；第五卷、兒女情長情更真（重聚廣州仍飄搖、共築愛巢定上海、忙碌生活現寧靜、回京探親見朱安、婚後小別情更濃、愛情結晶喜誕生）；第六卷、相濡以沫共艱危（默默守護情意真、清苦生活共相守、革命的永久驛站）；第七卷、萬世此心與君同（病魔來襲磨心智、與世長辭全民哀、真情思戀恒久遠）。

以上五種書中，四種的作者署「著」，僅有《以沫相濡亦可哀—魯迅與許廣平的情愛世界》一書的作者署「編」。雖然署「編」，此書卻沒有列出參考書目。范志亭的著作寫於 80 年代，是規範而傳統的傳記書寫方式，對時代背景和魯迅圈子裏的友人涉筆較多，書寫的基調節制內斂。張恩和、倪墨炎、陳九英的著作寫於 90 年代，張著以兩地書為線索著墨於情愛的部分，該傳記的篇幅較短，書的後半部直接編入《兩地書》的章節。倪陳合著的特點在於一開始設置了報章連載的方式。崔冬靖的著作寫於 2010 年之後，以女性的浪漫視角來觀照文學大師的情愛傳奇。看得出來，范志亭和倪墨炎兩位是熟讀魯迅的著作，也較為熟悉學界對魯迅的研究情況的。

四、三人行

　　對魯迅和許廣平的書寫中，有兩本較多篇幅涉及到「第三者」，一本是廖久明所寫的《高長虹與魯迅及許廣平》，書的主題詞其實是高長虹；一本是曾智中的《三人行─魯迅與許廣平、朱安》，詳及魯迅的原配夫人朱安。

　　作者廖久明是四川樂山師範學院中文系教師，他在後記中說：「寫作此書，純屬偶然。」〔註21〕他做高長虹的研究，起因也是因為對魯迅研究的興趣，決定以重視史料的態度來考察魯迅與高長虹的關係。之後他得到學界前輩董大中（曾著述了《魯迅與高長虹》）、陳漱渝及高長虹的傳記作者閻繼經等專家的資料資助和建議。他指出：研究前人，是為了研究他到底有多少成功的經驗和失敗的教訓可供後人吸取和借鑒。〔註22〕他認同陳漱渝的判斷──高長虹跟魯迅筆戰的時期，是他一生中思想最為混亂的時期。本書中的高長虹，恰以這段時間為主。〔註23〕作者聲稱「無法把他考證得更偉大」〔註24〕，還強調「此書不對高長虹做全面評價。」〔註25〕

　　此書總共七章，經筆者查閱，其中僅「第六章『月亮』風波」和附錄部分與許廣平相關。第六章的分節和節的標題如下：第一節、眾說紛紜的「月亮」；第二節、「生活」釋義；第三節、「精神的資本家高長虹；第四節、「月亮詩」中的「月亮」有可能是許廣平嗎？第五節、「月亮詩到底是怎樣成為攻擊之作的。附錄中相關的標題為：「《網易·文化·魯迅論壇》：月亮風波論爭（一）」和「《網易·文化·魯迅論壇》：月亮風波論爭（二）」。

　　此書是嚴格的學術著述，注重考證和史料，論述中遵循邏輯和理性原則。難能可貴的是，此書也注重學術書寫的可讀性以及與讀者的互動，有求真求知的問題意識。

　　2020 年由四川文藝出版社出版的《三人行：魯迅與許廣平、朱安》聲稱是「國內首部魯迅婚戀傳記」。該書具有濃鬱的文學品格，作者曾智中很早就關注傳記文學的當代性問題，他說：「我們的許多傳記文學，是『傳記』而非『文學』，作者關注的是歷史的風景線而非當代人的心靈風景線……我寫《三人行》，卻渴望當代讀者能接納它。要做到這點，必須使歷史的風景線與當代

〔註21〕廖久明《後記》，廖久明著《高長虹與魯迅及許廣平》第 365 頁，東方出版社 2005 年 1 月第 1 版第 1 次印刷。
〔註22〕廖久明《後記》，廖久明著《高長虹與魯迅及許廣平》第 367 頁。
〔註23〕廖久明《後記》，廖久明著《高長虹與魯迅及許廣平》第 369 頁。
〔註24〕廖久明《後記》，廖久明著《高長虹與魯迅及許廣平》第 367 頁。
〔註25〕廖久明《後記》，廖久明著《高長虹與魯迅及許廣平》第 368 頁。

人的心靈風景線重合，使二者產生感應與交流。」〔註 26〕

　　該書初版完成於 1987 年〔註 27〕。初版的作者小傳這樣寫：「業餘研究魯迅，深感此事的迷人與累人，故此書一出，或一發不可收，或洗手不再幹。」〔註 28〕之後他果真不言此事，原因是「『迷人』隱，『累人』顯而已。」〔註 29〕曾智中在新版代序中談到上世紀 80 年代寫作此書的經過：1983 年夏天，我開始留心魯迅的情感場域並動手搜集有關資料，開始是想寫魯迅與許廣平，1985 年時又關注起朱安來。1986 年 5 月中國青年出版社來蓉組稿，談及這一寫作計劃，他們要我寫一提綱，後提綱通過。1987 年 3 月底，中青社為此邀我赴海南參加全國傳記文學會議。會後的大半年遂專心從事此書的創作，年底脫稿，一次就通過了出版社的一、二、三審。以後出版陷入危機，但中青社的許多老師對此稿已很有感情，始終不願放棄，幾經曲折，終在 1990 年秋天出書。〔註 30〕

　　此書是三十年後的再版，修訂的主要工作是依據新的研究成果訂正了相關的史實：如許廣平生子，她說魯迅送了她一盆盆栽的小松，魯迅日記中明確記為雲竹，徑改；魯迅、周作人兄弟家庭衝突，川島回憶是老二用銅香爐向老大拋來，許壽裳回憶是遠遠地用一本書擲來，顯然許說更合情理；對楊蔭榆女士，新增注釋，試析其一生功過是非。等等。此書還改正了初版時「一些說得過頭、過滿的話頭，特別是一些花哨之處」，並補入了朱安的遺書。〔註 31〕

　　新版對作者曾智中的介紹是這樣的：成都人、作家、學者。代表作為長篇傳記文學《三人行：魯迅與許廣平、朱安》、中篇小說《聖僧》等，主編有《李劼人全集》、《文化人視野中的老成都》、《成都市文學誌》、《名家說名人

〔註 26〕曾智中《代序：一代人有一代人的心事》，曾智中著《三人行——魯迅與許廣平、朱安》第 5 頁，四川文藝出版社 2020 年 1 月第 1 版第 1 次印刷。
〔註 27〕曾智中《初版後記：黃昏中的沉思》，曾智中著《三人行——魯迅與許廣平、朱安》第 390 頁。
〔註 28〕曾智中《代序：一代人有一代人的心事》，曾智中著《三人行——魯迅與許廣平、朱安》第 4 頁。
〔註 29〕曾智中《代序：一代人有一代人的心事》，曾智中著《三人行——魯迅與許廣平、朱安》第 4 頁。
〔註 30〕曾智中《代序：一代人有一代人的心事》，曾智中著《三人行——魯迅與許廣平、朱安》第 1 頁。
〔註 31〕曾智中《代序：一代人有一代人的心事》，曾智中著《三人行——魯迅與許廣平、朱安》第 4～5 頁。

叢書》、《世界怪異小說文庫》等。

　　該書的目錄如下：楔子；第一章、破落與困頓；第二章、「禮物」的籌備；第三章、「母親娶媳婦」；第四章、寂寞與孤獨；第五章、煩苦與愴惱；第六章、從「廣平兄」到「小鬼」；第七章、「廣平少爺」；第八章、「害群之馬」；第九章、「向著愛的方向奔馳；第十章、大波與大愛；第十一章、海邊的「傻孩子」；第十二章、碧月照大夜；第十三章、第一次離別（1929 年 5月～6 月）；第十四章、小紅象；第十五章、第二次離別（1932 年 11 月）；第十六章、夫與妻之間；第十七章、尾聲：歷史與文獻。

　　　　　　　　　　　　　　　　寫於 2020 年 1 月 20～4 月 19 日

後 記

　　魯迅去世時許廣平只有 38 歲，他留下的遺囑中的一條——忘記我，管自己生活。後來連宋慶齡也曾勸許廣平再婚。可是許廣平的世界再也沒有別的男人，「魯迅的遺孀」成為她後半生的主要標籤。

　　認識魯迅之前，許廣平是個叛逆勇敢的南方女子。少女時代，為了逃避和反抗包辦婚姻，她從廣州北上到天津求學（直隸第一女師，屬於中等女師範學校），又從天津到北京上大學（國立北京女子師範大學，簡稱「女師大」）。她在「五四」之光的燭照下成長，積極參加學生運動，曾被校長楊蔭榆譏諷為「害群之馬」。1925 年，許廣平和魯迅開始師生戀；1927 年 3 月，魯迅追尋她的腳步來到廣州；1927 年 9 月，兩人雙雙前往上海；1929 年 9 月，魯迅許廣平的愛情結晶周海嬰出生。

　　1925～1936，是許廣平和魯迅真正在一起的時間。她給了他一個溫軟的家，為他生下自己的骨血。魯迅正是在這個時段思想成熟並成為中國文壇的領袖人物。認識魯迅之後，許廣平就成為他的得力助手，她幫他抄稿、校對、聯絡等，後來又料理日常生活、生養後代。魯迅去世之後，許廣平吃了不少苦頭，她被日本憲兵抓去關了 70 多天，體弱多病的海嬰被寄養在親戚朋友家，困頓之中，她曾經想要去香港生活，可是為了保存魯迅的遺物，她還是堅守在上海，一直到 1949 年才遷居北京。

　　1949～1968，許廣平相繼擔任中央人民政府政務院副秘書長、中華全國婦女聯合會副主席、中國民主促進會副主席、中國作家協會副主席、對外友好協會理事等職。許廣平更重要的貢獻是編校《魯迅全集》、寫了三本與魯迅相關的書——《欣慰的紀念》（1953）、《關於魯迅的生活》（1955）、《魯迅回

憶錄》（1961），參與了魯迅博物館（北京）、上海魯迅紀念館和廣州魯迅紀念館的籌建和布置等。

在歷次的政治運動中，那些曾經追隨魯迅腳步的友人們紛紛受到衝擊，其中以胡風的經歷最為慘烈，馮雪峰、曹靖華、蕭軍、唐弢等也未能幸免；曹聚仁 1950 年 8 月南下並定居香港，經歷的是鄉愁的折磨。魯迅的兩個弟弟，周作人晚年靠詮釋魯迅和翻譯工作維持生計，1967 年被紅衛兵批鬥致死；周建人在 1948 年加入中國共產黨，1949 年之後曾擔任中央人民政府出版總署副署長、浙江省人民政府副主席、浙江省革委會副主任、全國人大常委會副委員長、全國政協副主席、民進中央主席，他編寫了幾本動植物的教科書，還有一個頭銜是「生物學家」，1984 年在北京病逝，享年 96 歲。

許廣平憑著政治的嗅覺和疏離的態度，一開始並沒有受到特別大的衝擊，但最後還是因為魯迅去世前寫的一篇文章——《答徐懋庸並關於抗日統一戰線問題》被動捲入文壇和政壇的黑旋風中「死於非命」。她在 1968 年 3 月去世，當時屬於「文化大革命」的初期階段。1966 年 5 月 16 日毛澤東發動文革；1966 年 5 月下旬，江青私底下約許廣平到上海見面；1966 年 6 月，魯迅的書信手稿就由博物館被調到文化部；1967 年江青以「中央文革」的名義私藏此文。這篇文章牽動了魯迅在三十年代與周揚等人的矛盾。周揚年輕時曾留學日本，1930 年回上海投身左翼文藝運動，1937 年到延安，歷任陝甘寧邊區教育廳長、魯迅藝術文學院副院長、延安大學校長等，1949 年後一直從事文化宣傳方面的領導工作，任職中共中央宣傳部副部長、文化部副部長等。上世紀 40 年代之後，周揚是中共文藝政策方面重要的執行人。魯迅雖然去世了，可是「魯迅風」作家群影響力還很大。政治對文學的馴服鋪天蓋地而來……

此書的內容從最初的「許廣平主題」寫成了眼前的「魯迅『周邊』研究」。也就是說，書寫的內在動力是對「文壇領袖去世之後，他的家人和友人怎樣了？」以及「他們如何參與建構共和國的文化圖景？」兩個問題的追尋。「許廣平」在此演變成寫作的線索之一，雖然她在文中還是以主體的方式被重點標記，但與她有關的章節僅占全文的三分之一。以時間為線索將這些與魯迅相關的真實人物的行動依次展開，又並列前進，呈現他們在上世紀 30 年代中期到 60 年代末期的生活軌跡。這一段錯綜複雜的歷史時期，從民國到共和國、從抗日戰爭到解放戰爭、還涉及跌宕起伏的政治運動等，國家、民族、戰爭、

政治這些大概念籠罩著他們，時代的大事記和個人的大事記互相交織，能真實地反映他們的奮鬥與掙扎、歌哭與愛恨嗎？寫作中因材料龐雜及線索人物的疊加，筆者一直深陷疑慮的困境，接近全書尾聲，還是未能釋然——

世界從來就沒有好過，過去沒有，現在沒有，將來也沒有。

寫於 2020 / 4 / 16

全書寫於 2020 年 1 月初～4 月底